简办的婚礼

容三惠　著

“深扎”文丛

JIANBAN DE HUNLI

简办的婚礼

容三惠　著

河南大学出版社
HENAN UNIVERSITY PRESS
·郑州·

图书在版编目(CIP)数据

简办的婚礼/容三惠著.—郑州:河南大学出版社,2018.11

("深扎"文丛)

ISBN 978-7-5649-3566-5

Ⅰ.①简…　Ⅱ.①容…　Ⅲ.①中篇小说—小说集—中国—当代　②短篇小说—小说集—中国—当代　Ⅳ.①I247.7

中国版本图书馆 CIP 数据核字(2018)第 252619 号

项目总策划　侯若愚
责任编辑　任湘蕊　朱春华
责任校对　毛晓旭
封面设计　侯一言
出版发行　河南大学出版社
地址:郑州市郑东新区商务外环中华大厦 2401 号　邮编:450046
电话:0371-86059701(营销部)　网址:http://hupress.henu.edu.cn
排　　版　河南大学出版社设计排版部
印　　刷　河南瑞之光印刷股份有限公司
版　　次　2019 年 11 月第 1 版　　印　　次　2019 年 11 月第 1 次印刷
开　　本　889 mm×1194 mm　1/32　　印　　张　7.5
字　　数　208 千字　　定　　价　37.50 元

目　　录

中篇小说

晚　　运

一

中午，王大爷米粒未进，独自蹲在自家大门口，倚着朱红色门板，时而低头沉思，时而抬头望望家院，双肘搭在膝盖上，十指交叉，那双粗糙带有硬茧的手又黑又红似树皮，布满零乱的皱纹。手背上那道道鼓胀的深蓝色血管，像条条蚯蚓，干巴巴的五指似干柴棒。此时，他满腹闷气，泪花闪闪，一脸无奈的愁容。他深爱自家的农家小院，在这里生活了大半辈子，有了深厚的感情，现在要离开这里，舍不得亲手筑起的新家园哪！

半年前，王大爷家建起温馨新居，不久又娶了儿媳，实现了多年夙愿，正向往着过甜蜜幸福的生活呢！不料，新媳妇提出要和老人分家，而且要把他赶出宅院，这是王大爷最伤心的事。他实在想不通，儿媳为何如此心毒，你赤手空拳来到这个家，财产都是老人的，你有何理由撵走老人？再说结婚生子，你需要公婆帮你抚养儿女，料理家务，分担生活负担，得便宜你就不懂吗？好好一家人非要弄个家破人散。他常听村里人说，儿大不由爹。他还真不服气，现在想想却有道理。自从儿媳进家门，他隐隐约约地觉得儿子变了，他常常围着媳妇转，听其言，顺其意，在她面前伺候周全献笑脸，像老鼠见猫似的胆怯，将老人冷落一边，如同陌生人，毫无疑问儿子是听了媳妇的话。他禁不住在心里骂儿子："孬种、狼娃，你就没长脑吗？老子把你当成心肝宝贝爱你疼你，养你成人，为你花尽钱财，做了一辈子贡献，你却经不住人家挑唆，吹吹枕头风搂搂抱抱就被冲昏头脑，将父母的恩情一笔勾销，还要撵老子出门，太伤人哪！"王大爷越想越悲伤，越想越恼恨，忍不住默默落下泪来。

这天中午，儿媳钻进厨房，打了十个荷包蛋，给儿子二奎盛了五个，自己吃五个，二人在堂屋客厅里吃着说着笑着，得意扬扬，全然不顾及老人。老伴因儿媳闹分家，气得两天不吃不喝。王大爷觉得儿媳这样做，是故意气老人，排挤孤立老人，目中没有老人，好像在对二奎说，没有老人，生活是多么幸福似的。二奎吃了鸡蛋出来走到大门口，看看父亲说："我去找村主任，叫他来主持分家，另外也叫大哥大嫂来。"那声音虽然不大，但王大爷觉得像炮弹似的砸在心里，把伤透的心又炸得粉碎，真想站起来揍儿子，可他翻翻白眼，压压怒火忍住了。平时，他老实巴交，不善言谈，有什么心事都闷在心里，就这分家之事，觉得说出去真丢人哪！还怕人家笑话他儿子不孝。

王大爷抬头望望天空，火红的烈日照耀着大地万物，释放着高温，将大地烤得如蒸笼一般。又看看熟悉的家院，院里有两棵碗口粗的石榴树，是他亲自栽种的，长势很旺。层层叠叠茂密的树叶，被太阳照得缩着身子，耷拉着头。每年五月间，树上开着朵朵火红的石榴花，每朵花就像一只小喇叭，花瓣中间长着黄色的花蕊，明艳艳的，为这个农家小院增光添彩。现在花谢了，树上缀满了翠绿的小石榴。

王大爷最心爱最满意的是他家的新房。当初盖房时，他做了精心打算，房子要高，窗户要大，地基要深，房间要多，最后按他的要求盖起了满意的新房。他抬头望着那座坐北朝南的高大的四间红砖平房，前檐出厦，带走廊，显得格外壮观。如今，虽然村里大部分人家的房屋都是如此造型，但王大爷家的院子是崭新的，在村里是领先的新宅院，看着舒心，住着舒适。可以说这房子是王大爷和老伴花尽大半生的积蓄盖起来的。

王大爷家住柳树村，地处偏僻，三面环水，在村南形成了半包围圈，河北岸有两座砖窑厂，离村子很近。这里的村民常在窑厂干体力活，可以为家庭增加一些经济收入。王大爷和老伴除种好自家的责任田外，几乎成了窑厂里的固定民工。多年来，二老顶烈日，冒严寒，搬坯拉砖装窑下苦力，为的是多挣点钱。再加上平时省吃俭用，节衣缩食积攒钱，就是为了盖房娶儿媳。

近段时间，王大爷感到身体特别虚弱，是因为心生闷气，茶不思饭不想，晚上失眠，白天还要干活。他已七十有余，显得格外苍老，脸上布满了核桃纹。他感到自己老了丑了体力不如从前了，就遭人嫌了，马上要被儿媳驱出大院，还不知去向呢。他心如刀绞，伤心难过。

村主任背着手低着头顶着烈日无精打采地来了。他当了多年村主任，在村里威信很高，谁家有婚丧嫁娶的事，都免不了叫村主任去，村主任到场，就显得这家人很有面子。村主任念过几年书，文化水平不高，但很会说话，明事理。他如今已年过六旬，曾想辞职，但几次被村民推选，难以脱身。他儿子金泉在广州带一班工人搞建筑承包工程，据说发大财了，在广州买了房，带走了妻儿。金泉家还剩父母、弟媳和侄儿，一家人团团圆圆，和睦相处，幸福地生活。村主任对自己的家庭很满意。他走到大门口，看到王大爷独自蹲着很不高兴，就明白这家孩子不孝，他带着几分伤感说："老哥啊，想开点，村里的情况都这样，儿子大了娶不上媳妇，老子发愁，就托媒人找媳妇，花钱娶进门。娶了媳妇儿，家里就不安生了，像换了主人一样，把父母都晾一边了，过不了多久，就闹分家哩。不过今天二奎叫我来分家，您放心，如果太过分，我就不答应，生儿养女防备老，谁不知道这个理？"他说着还挥手比画着，似乎很反感不孝的孩子。

王大爷摇摇头苦着脸说："大兄弟，您不知道，这人一老，孩子都变了，都成狼娃了，把老人的好处全忘光了。要说父母最了解孩子，可也看不透心哪！我总认为二奎是个心地善良的好孩子，没想到他会变这么快。"说着将身边的小木凳放在村主任面前，示意让他坐。

村主任弯腰搬起凳子，倚着另一扇大门板和王大爷面对面地坐下，从上衣兜里掏出一盒玉溪烟抽出一支递给王大爷，然后自己也抽一支含在唇间，又从衣兜里掏出打火机，"啪"一下给王大爷点上火。

王大爷蹲着向前挪挪，看了看烟卷，很珍惜地夹在手指缝里，觉得这烟只有村主任舍得抽，谁都知道村主任家的条件是其他村民没法比的，因为他的大儿子能挣钱。王大爷又往后挪挪坐在一块红砖上，那块砖是从院里搬过来的，用来阻挡大门脚自由移动的，也方便来人坐着聊天。王大爷抽着烟说："大兄弟，我想不通，孩子们做事太绝情，太过分，一点儿都不理解老人的心情，我是真不想离开这个家呀！这是我辛苦一辈子建的家。"他狠狠吸一口烟，闻到了浓浓的香烟味。

村主任说："老哥，您放心，我会主持公道。"

二奎回来了，后面跟着大哥大嫂，走到大门口看看村主任，又瞧瞧老爹，说："大叔，爹，咱们进屋吧。"他声音低沉，情绪低落，似乎很难为情。

王大爷翻翻白眼看看二奎，心里骂："孬种，你把分家看得没事儿似的，你知道爹娘心里啥滋味吗？像万箭穿心哪！你只听老婆的话，遂她的愿，你考虑老子为你做的贡献吗？谁轻谁重，你鳖娃不知道？这家里除了爹娘的东西，你有什么？爹娘要不给你分，你只能光身滚蛋，可父母做不到啊！对儿女的爱是痴心不改，无私奉献，这就是天下父母心。"王大爷最后慢腾腾地站起来时，感到腰疼得直不起来，便缓缓扶着门板站起来，一手背在身后握着拳头捶着腰，耷拉着头沮丧地跟他们进屋了。

二

全家人都聚在堂屋客厅里，好像人人都有怨气似的僵着脸，瞪着眼。王大爷刚坐下来，都七嘴八舌地咋呼起来，议论着分家之事。王大爷共有三个儿女，女儿远嫁他乡，难见身影。大儿子大奎成家早，分门另过了。他和小儿子二奎一起生活多年，这时候他真想狠揍二奎，骂他忘恩负义，不孝之子，但还想维护他的脸面，因为背着不孝子的名誉是不光彩的。

村主任坐在里面的沙发上，看看这客厅里确实料理得不错，新沙发、新电视、新桌柜，到处干干净净的，不难想象原来的旧家具和破烂儿一定都放到老人屋里了。他坐在柔软的沙发上，也算是上座，抽着烟眯着眼看着他们乱嚷嚷，心想分家的核心问题其实就是解决儿子赡养老人的问题，解决了这个问题，家就好分了，可他们七嘴八舌乱嚷嚷，都不愿养老人，谁都不想老人的功劳。村主任紧皱眉头沉着脸，手一挥说："你们都别咋呼了，静一静。"大家瞬间安静下来，村主任接着说，"下面你们一个个轮着说，轮不到，都别插嘴，都把自己的想法说出来，看看咋赡养老人，老大先说。"村主任的话口气很重，还是比较有威慑力的，大家都照他说的办，但在这关键时刻各自的心理是毫不掩饰的。

大奎倚着西侧耳房门框蹲着，手指缝里夹着一支燃着的香烟，若明若暗地冒着青烟，烟雾袅袅上升，萦绕在他面前。他低头时不时地抽一口，好像思索着想要说的话，然后狠狠抽一口烟，瞪大眼睛抬头望望屋里四周和房顶说："先说好，我不是不养老人，是因为他们太偏心眼儿了，看看给二奎盖的房子多漂亮，在村里除了村主任您家，这房子也是数一数二的，这眼见为实，可老人给我弄的啥？我那三间旧房子，还是我出去打工挣钱盖的。和二奎相比，我像没娘的孩子，没人疼没人爱。二奎才是爹娘的心肝宝贝，这事儿老人心里明白，再说老人跟二奎多年了，有了很深的感情，也乐意和二奎相处，就跟二奎享福呗。"他似乎很有怨气，脸色阴得想下雨，嫉恨兄弟家太好了。

大儿媳坐在大奎身边抿嘴笑，这话是二人商定好的，主要是她出的主意，只是借大奎的嘴巴照她的原话说一遍。她心里像喝了蜜糖水一样甜滋滋的，紧接着大奎的话说："是呀，老人偏向谁就跟谁呗，看看这家多美，都是老人的功劳，老人就该享受享受了。"大儿媳留着齐耳短发，也发福了，穿戴有点邋遢。但说这话很爽快，声音清亮，时不时拿眼神偷瞧二奎夫妇，像是在说养老与我们无关。

客厅里的那套新沙发，套着白底菊花图案的沙发罩，围着茶几摆着，坐在沙发上的有村主任和二奎夫妇。大奎夫妇坐在一旁看着屋里的摆设，心中不满。老人坐在东耳房门口，也不愿和不孝的儿子儿媳坐在一起。屋里的气氛异常紧张，人人都板着面孔脸带怒色，大有一触即发的气势。

二奎坐在沙发上，穿着白底蓝格子短袖衫和超薄料的黑长裤，理个偏分头，鼻梁微凹，嘴巴微凸，因他最年轻，看上去很精神，跷着二郎腿瞧着大哥说："大哥不管爹娘，没道理，老娘也不只生我一个儿。没分家之前，老人爱的是大哥，偏他吃，偏他穿，我小时候就没买过衣服，都穿大哥的旧衣服，为大哥娶媳妇花光了家里所有的钱，老爹给他买自行车，给大嫂买手表。分家时，还把家里仅有的一辆架子车也给了大哥，当时家里除了三间旧房子，就没有一样值钱的东西了。现在凭啥都叫我管，要管各有一份。"这话也是和媳妇提前商议好的，但她提出的过分想法，二奎实在是难以启齿。

二儿媳坐在二奎身边，头发烫得弯弯曲曲蓬蓬松松，染得黄黄的像牛毛，在脑后扎个马尾巴。这是现在时髦女子崇洋媚外故意染成的黄发，追求个性和回头率，自感美丽。脚穿跟如锥、尖如梭的精致黑皮鞋和肉色丝光长筒袜。身穿白底樱桃图案的低领连衣裙，隐隐约约露出肉乎乎丰满的乳房和深深的乳沟，显得乳房似馒头，腰如柳，臀部像半个饱满的大皮球，具有超强的女性魅力。如此打扮，是不受众人欢迎的，就像羊群里站着一头驴，和群体格格不入。她那双眼睛滴溜溜地乱转，很活泛，扭头瞧着二奎示意让他往下说，可二奎只顾注视大哥，没扭头瞧她的眼色。

这时，大儿媳看到了二奎媳妇的眼神，觉得她是个心眼颇多，爱生是非的人，很生气，怒视着二奎像开机关枪似的说起来了："那时候分家，俺住在村南菜地边的一间小茅屋里，低得碰头，像逃荒过路临时搭建的小棚子，那就不是人住的地方。现在要这样，就把家合在一起分。老爹老娘常年在南窑厂累死累活地干，把他们多年的血汗钱都砸在你这房子上了，还有爹的退休金，都让你独吞了，既然大奎是他们的儿子，也该占一份吧。"她情绪激动，嘴似刀子，毫不留情。

王大爷从前是当地的小学教师，工资很低，加上家里的积蓄，积攒多年给大奎娶媳妇花光了，后来分了家，他也退休了，就和老伴一起到南窑厂干活，又积攒钱，给二奎娶媳妇，盖房子。为挣钱，老伴得了腰椎间盘突出，腰里经常贴着膏药，不累则轻，累了加重，但她仍坚持干活。

二儿媳也忍不住了，恼恨二奎软弱，不撕破脸说出来，必吃亏，于是怒气冲冲地说："不管咋样，我不但不养老人，还要让他们出这家院，住在一起是非多，容易生气，不这样，我住娘家不回来，不信走着瞧。"她的目的很明显，是想独占这个新家园。

村主任、王大爷都低头吸着闷烟。客厅里充满淡淡的烟雾和烟味，但没有人咳嗽，好像他们都对烟味有很强的抵抗力，即使烟雾腾腾也无所谓，因为他们的心思全在利益上。王大爷的儿子、儿媳们仍争论不休，都怒目圆睁，额角上的青筋随着呼呼的粗气鼓起。他们坐着不动，心里都打着自己的小算盘，唯恐吃亏，把父母的疼爱全抛一边。

不管他们怎么说，王大爷蹲在东耳房门口，低头默默地抽着烟，一言不发。其实他怒火冲天，肺都要气炸了，没想到自己深爱的儿子都是这样的货，真想站起来对他们大骂一通，扇他们几耳光出出气，老子把全部的家产都分给你们了，最后弄得一无所有，却得到这样的回报，都是猪狗不如的畜生，可话到嘴边，一股怒气顶在喉头，瞪着眼睛发愣，竟然说不出一句话。他恨不能举起铁棒打死他们，养儿反受其害，要他们何用？他只是脸色铁青，浑身颤抖，尤其双手抖得厉害，将夹在手指缝里的烟卷抖掉了。他抬起脚"扑通"一声狠狠踩在冒烟的烟蒂上，踩踏声很重，像是在发泄怒气。至于二儿媳强词夺理说怕住在一起生气，纯属胡言，自从她进家门，老人把她当宝贝，像丫鬟似的伺候她，唯恐惹着她。

王大娘坐在王大爷身后，穿着旧得发黄的白短袖上衣，头发垂在眼前，低头哭泣，撩起衣襟擦着泪带着哭腔说："恁都是狼娃货，娶个媳妇卖个儿，恁都不老啦？都不怕将来儿子对恁这样？"但她也怕言重了，惹恼二奎媳妇，娶媳妇不易，人家可是千金小姐啊！

要“三金一响”，三金就是现在时兴的金项链、金戒指、金耳环，一响是摩托车。她说人家城里的三金是三斤百元钞票，一响是一辆轿车，咱也只能免了。但彩礼钱不能少于四万八，含义是大发家。这些事大儿子都不知道，要知道了，她媳妇不把俺老两口吃了才怪呢。花了不少钱，好不容易把二奎媳妇娶进家门，要是因分家闹翻了，以后住娘家不回来怎么办？她不敢多说，只是忍气吞声，伤心落泪。

村主任再也忍不住了，眼睛闪着怒光，忽然站起来怒吼：“你们都争着不养老人，这家咋叫我分？你们当儿子的命都是父母给的，从小给你们擦屎倒尿，做吃喝穿戴，供你们上学读书，都读的啥？读的破鞋底呀？老人辛辛苦苦把你们养大成人，娶妻成家，把全部的爱都给你们了，你们却都不通人性，不说人话了。养个狗还知道看家，爱护主人哩，你们连狗都不如，看看你们谁说句人话了？人人都说生儿养女防备老，没想到恁爹娘养的都是畜生，是畜生卖了还给主人挣钱哩，你们连畜生都不如。既然都是狼娃，那这样吧，你们都给父母清账，欠老人的还给他们。父母劳动所得挣的钱给二奎盖房子了，由二奎还，老人把你们养大，供上学供吃喝，你们掏保姆费。要按这样算，滚蛋的不是爹娘，而是你们几个王八羔子。”村主任很反感这样的不孝子，真想给他们身上插白旗，画老鳖，脸上印记号，羞辱他们，让大家看看这就是不孝的下场。可人家是一家亲，打断骨头连着筋，清官难断家务事啊！

一阵沉默后，大奎夫妇站起来走了。村主任黑着脸恶狠狠地瞪着二奎夫妇，伸手指着说：“你们俩好好想想，这样对老人合天理吗？要良心吗？”小两口低着头一言不发。村主任说完垂头背手慢腾腾地走了。王大爷及老伴泪水涟涟地去了他们居住的东屋，感到最痛心的是自己最疼最爱的骨肉亲人这样对待父母，怎不叫他们心碎？王大爷劝老伴说：“怨都怨咱生儿了，要都是闺女，不但不花钱，女婿家还给钱，再住着这房子，多美。”老伴说：“不是要给你王家留根吗？”王大爷说：“其实人都迷糊，只要自己这辈子过好，还管下辈子干啥，你腿一蹬，眼一闭，谁还想到你？”

三

半年后，二奎在村边给父母盖了两间低矮的小房子，泥巴砌成的红砖墙体，有的地方还有透明的缝隙。上面搭着几块水泥板，浇了一层沥青。前墙壁留着一个小窗口，就像临时搭建的小厨房，冬不避寒，夏不避暑，里面放一些破烂儿杂物，算是分给父母的日用品。这样的事情在农村不是什么奇闻，有很多老人就住在又脏又旧的小屋里，孤孤单单艰难度日。

村主任的儿子金泉春节回来看望父母，骑着摩托车去赶年集的时候，路过村边看到王大爷从小屋门口出来，慌忙下车说："大爷，怎么住这里？"

王大爷指指门口说："这就是我家呀，因为我没养出好儿女，成了罪人。你啥时候回来了？到屋里坐坐。"

金泉微笑着将摩托车支在路边，和王大爷一起进屋了。金泉在小屋里走走看看，觉得房子矮得几乎碰头，从墙缝里透进的寒风，侵肌袭骨，让人感到透心凉，这不是让老人遭罪吗？老人的小木床上的铺盖单薄破旧，床头堆积着破衣烂衫。透风的小窗口上钉着一张白塑料单，经风一吹"肚子"一鼓一凹发出"呼啦呼啦"的响声。这风来自村外，一般居住在村边的人家，四周没有遮挡物，要比居住在村里寒冷得多。窗口下乱七八糟地摆着盆盆罐罐。尽管当门有个燃烧着的小煤火炉，但没有让人感觉到温暖，只是闻到了浓浓的煤烟味，觉得到处冰冷，难以想象二老怎么在这里过冬。金泉情不自禁地说："大爷、大娘，这里太冷，受得了吗？"

王大爷穿着破旧的黑棉袄，又小又瘦，手脚冻得冰凉，尤其是大拇脚趾头冻得钻心疼，心里免不了怨恨儿子。他慌忙搬起小木凳放在小火炉旁示意让金泉坐，说："金泉啊，俺这不是被儿女打入'冷宫'了嘛，人心会变啊！当初我咋也想不到孩子们会变。"王大爷面对儿子的不孝也很无奈，自我安慰说："孩子们不孝也在环境影响啊！如果一个村里不孝的媳妇多了，她们就会比着学，像患传染病一样，相互传染。如果好媳妇多了，即使有个别不孝媳妇也赖不起来。谁都知道西村刘柱家的儿媳好，刘柱有五个儿子五个儿媳，老婆瘫痪十多年了，现在还活着，儿媳妇轮流照顾婆婆，据说每天吃啥喝啥都是提前安排好的，排好食谱，按时按量进餐。听说那张食谱出自一个营养学专家之手，通过研究食物搭配，避免食物相克，追求营养均衡，避免生病。人家的儿媳比着尽孝，精心伺候，都怕落不孝的名声，所以说西村的不孝媳妇少。可咱村的风气比不上人家，都乐意跟老人分家，似乎成了潮流，不过也有好的，像恁家就是好榜样，谁都知道你是咱村的大孝子啊！”

王大爷和金泉围着小火炉坐着说闲话，王大娘站在面前袖着手，用酱色围巾包着头，连面颊和嘴巴都包着了，看上去很怕冷。她往下扒扒嘴上的围巾说：“金泉啊，你在外面干得咋样？”

金泉穿着黑亮的厚皮袄，皮袄带着翻毛皮领，胖乎乎的脸庞显得很富态，一看便知是个营养丰富的有钱人。他脱掉手上的皮手套，装在衣兜里，又从另一个兜里掏出一盒中华烟，从中抽出一支递给王大爷。

王大爷摆摆手说：“戒烟了，不抽了，这段时间老咳嗽，医生说是抽烟抽的。”其实王大爷不抽烟是有原因的，前不久他妹夫胸部疼，到医院一检查，结果是肺癌晚期，癌细胞已经扩散了。医生说是吸烟吸的，肺都黑了烂了。他知道妹夫是个大烟鬼，没想到抽烟要了他的命。他也怕了，想戒烟了。

金泉说：“戒烟好，以前我也吸，现在不吸了，兜里装烟是给别人抽的，见了乡里乡亲，递支烟打个招呼。”金泉坐在小木凳上，接着大娘的话说：“我在外面还行，带一班人，干建筑承包活儿，南方的钱好挣些。”他看到两位老人过着如此贫寒的日子，顿生怜悯之意，忽然冒出个想法，如果让王大爷跟他干，看个场地，不下力气，干上一两年，今后二老的养老问题就解决了。又看看王大爷的身子骨还可以，接着问，“大爷，家里忙不忙？”

王大爷面前有凳子，但他没有坐。他有个习惯性的动作就是乐意蹲着，无论走到哪里，想歇歇脚，便靠着树或墙根儿就地一蹲，自感轻松自在。这动作是长时间养成的，他曾说常年在地里干活，或在窑厂干活，累了想歇歇，到哪里去找凳子？蹲下来吸支烟就觉得是享受了，等于休息了，久而久之，就觉得蹲着很舒服。王大爷靠着身后的柴火堆蹲着，接着金泉的话低下头沮丧地说："以后就不忙了，分家分了两亩多地，好种好收。另外，闲了还去南窑厂干活，挣点零花钱。"

金泉忙说："窑厂活重啊！您得注意身体。"

"说是这么说，在咱乡下想挣点钱，哪有不出力的呢？"

"您老年龄大了，力不足了，不能苦了自己。"

王大爷抬起头瞧着金泉说："老闲着，也不行，不活动活动筋骨，身体容易出毛病。"

金泉打探了老人的口气，明白其意，以商量的语气说："大爷，我有个想法，过罢年，您跟我到南方去，在我工地上悠悠转转，看个场地，不下力气，我每月给您开四千块钱，包吃包住，您看行不行？"

王大爷看着金泉先是一惊一愣，这是他没想到的好事，在砖窑厂下苦力老两口每月也不过挣一千多块钱，可金泉叫他轻轻松松挣几千，禁不住"吞儿"笑了，亲昵地对金泉说："我的好侄子呀，你这是帮大爷啊！我咋会值这么多钱哩？"

金泉笑笑说："大爷，我看您现在身子骨还行，跟我几年，等行动不便了，您二老就不愁生活问题了。等明年我回来，帮您把房子整整，让大娘在屋里冻不住饿不住，过个幸福晚年。"

王大爷并非是金泉的亲大爷，只是金泉可怜他想帮他。他明白做人的道理，常听人说，凡是成功人士，不在于拥有多少金钱，而在于帮助多少人。如果连帮人的能力都没有，还谈何成功。金泉想到如今的成功人士都乐意拿马云、李嘉诚做表率，他们从一无所有奋斗到成功，付出了很多，也帮了很多人，体现了自身的价值和能力。

王大娘弯腰搬个小凳子也坐下来，高兴得合不拢嘴，露出残缺不全的黄牙齿，眯着眼说："金泉啊，你真是个好孩子，俺俩遇到你这样的好侄子算烧高香了，真是天无绝人之路啊！”

金泉想到老人牙不好，不能吃水果和肉食，易衰老，住得又这么差，以后怎么生活？就从兜里掏出几张百元大钞递到王大爷手里说：“过节哩，办点儿年货，是我一点儿心意。”他站起来走时又说，“大爷，咱就这么定了，等过罢年，咱就走，南方常年不冷。”

王大爷嘿嘿直乐，连声说：“好！好！好！谢谢你，大侄儿！”

金泉是村主任的儿子，今年四十多岁，在广州干了十多年建筑活儿，有丰富的专业经验。当初他考的是大专，在南昌上学，学的工民建专业，即将毕业那年，广州某建筑公司到学校招聘，经面试，一共招了三人，其中有金泉，当即被总工带走，开始在建筑公司当技术员，后来他要求到施工一线去积累实践经验，任项目经理。再后来就带领工人干起了建筑施工承包活儿。

四

过罢年，金泉带着王大爷去南方了，到工地将王大爷的吃住问题安排好，就忙自己的工作了。王大爷吃了饭，要么坐在大门口看着出出进进的陌生人，要么在附近悠悠转转，看看周围的美景，觉得这里既陌生又新鲜。此工地在广州市区内，建的是一栋坐北朝南的大楼，大门口自然朝阳面，门前是一条东西古老大街，大街两旁各有一排又粗又壮的大榕树。树冠遮天蔽日，像搭起的绿色帐篷，枝叶勾肩搭背，交头接耳，似在亲切地交谈，树干得两三个人手拉手才能抱住。它们像长生不老的太爷爷，日夜守护着心爱的大街。

大街两旁的灯柱，原来是又粗又笨又重的灰色水泥线杆，看上去浑身是污垢，像穿着乞丐服，让人不愿接近。现在换成了不锈钢钢管，下端如碗口粗，往上渐渐变细，到顶端就如手腕粗了。原来每个线杆上有几个白球灯，似花朵般的造型，虽然灯多，但光线暗淡发黄，既费电又不亮。现在换成单个带圆帽的白色节能大灯，灯头和线杆形成弯曲的角度，灯头面向路面，发出的是亮度很高的白光，既节能又省电，效果极佳。每到晚上，大街上灯火通明，如同白昼。老人、孩子乐意在大街旁边的绿化带小道上散步游玩。

工地大门口对面，便是印象街小区，其半圆形的大门上写着小区名字，古铜色，流畅醒目。两米高的金黄色自动大门能伸能缩，像网状的金属笼子。大门外很宽敞，左边接近路边的地方有一个绿色塑料垃圾桶，这里常常会有收破烂儿的人，因为禁止入院拾荒，小区居民常常将家里的破烂儿拿到这里卖。

王大爷站在工地大门口欣赏这里的美景，感到新鲜好奇。他没有见过这样的大树、灯光及大街两旁林立的高楼，心说，还是城市好哇，像一幅画一样。

有时，王大爷坐在大门口，觉得闲得发慌，因为大白天工地上的灰、沙、钢筋等建材谁也不会偷。他就到大街对面的小区门口和门卫坐着聊会儿天。大门口有一间带玻璃窗的门房，那是门卫上班休息之地。有时天气好了，门卫就出来坐在门外晒太阳。王大爷就过去和门卫坐着聊天，渐渐都熟悉了，王大爷知道了那个门卫是河南老乡。在外地能见到老乡，就如见到亲人一般。门卫姓杨，王大爷叫他杨师傅。杨师傅穿着深蓝色治安服，大约五六十岁，四方脸，赤红色，很面善，说话慢声慢语的。他下颌上长着一个豆大的小肉瘊，瘊子上还长了两根寸长的发丝状的黑毛，似乎他感到很珍贵，有时候还伸手摸摸肉瘊，捋捋那两根长毛。一次，他们正说着闲话，家属院有两个妇女拎着破烂儿出来卖，却不见收破烂儿的人。杨师傅说："大哥，您也不忙，您把这破烂儿收了吧，听说一斤能赚两三毛钱呢。"

王大爷说："您收吧，还能增一份收入。"

杨师傅说："这是高档小区，住着很多高干，俺有纪律，不能干分外的工作。叫别人看到，会开除我的，您不受啥管制，比我随便。"

王大爷想想，觉得可以，又问："收了的破烂儿往哪里卖呢？"

杨师傅坐在木椅上，扭头闪一下身子往西边指指说："收破烂儿的总站就在西边第一个红绿灯路口，离这里大约四五百米远。"

王大爷心里高兴，想到这个小区大，人口多，经常看到收破烂儿的满载而归。如果他来收，就固定在这里，不耽误看大门，每天赚几盒烟钱没问题，这比在家里的窑厂干活轻松多了。他说："中，等我去总站卖破烂儿时，您帮我看着点工地大门，我卖了钱，给你买烟吸。"

杨师傅呵呵一笑，说："中，没问题。我这里有个弹簧秤，你带着。"

王大爷说："咋收呢？多少钱一斤呢？"

"据说总站收破烂儿是五六毛吧，你一律按三毛收，他们想卖就卖，不卖拉倒。我知道这个小区的人很富，不在乎这小钱。还有这个小区的人家，一般家里不存破烂儿，一有破烂儿趁外出时随手拎着扔到大门口的垃圾箱旁，如果有收破烂儿的，就卖一两块钱，没收破烂儿的就随手扔到那里了，在这里一两块钱顶多能买一两棵葱。"

王大爷慌忙站起来去迎接那个三十多岁的时髦女人，她上穿得体的高领银灰色带花羊毛衫，下穿高弹力黑色紧身裤，足蹬高跟鞋，走路嘎嘎响，行动利利索索，一手提着旧纸箱，一手拎着一摞旧报刊，放到垃圾箱旁。王大爷蹲着用秤称称，摸摸索索从裤兜里掏出一块钱，递给她。她伸手拿着钱没吭声转身走了。王大爷觉得因为她是文化人，高雅爱面子，有素养，给她多少也不好意思跟人争执。另一位是微胖的矮个儿妇女，大约五十多岁，齐耳短发，像是专职家庭主妇，手里拎着一个装特仑苏牛奶的空纸箱。王大爷也称了一下，给她三毛钱。她脸色一沉说："多少钱一斤？"王大爷说："三毛。""这箱子至少也一斤多吧？"王大爷说："这秤不准。"又从兜里掏出两毛钱给她，她拿着钱装兜里上大街了。此时，又来了一位文质彬彬的中年男子，肥头大耳，戴着一副近视眼镜，透过镜片可以看到单眼皮小眼睛，脸形有点偏长。穿着白衬衣黑裤子，显得腰粗体壮。左手里提着一个鼓鼓囊囊的蛇皮袋，右手拎着一个装茅台酒的小空纸箱，里面装着一些旧报刊，放在垃圾箱旁。王大爷伸手提提蛇皮袋，觉得很沉，问："这里面是啥东西？"

他伸手扶扶眼镜框说："都是些没用的旧炊具、旧鞋之类的。"

王大爷瞟一眼那个不大的纸箱子，又看看蛇皮袋说："一共五块钱，中吧？"

中年男子点点头说行。他接过王大爷手里的钱转身走了。他是某单位的人事科长，姓刘。这个周末，妻子出去逛街了，家里没人，觉得闲得发慌想活动活动筋骨，看到屋子里有点乱，便动手整理起来，到卫生间找个旧抹布把电脑桌、电视柜、餐桌、书桌、灶台擦得干干净净，在擦桌子的过程中，顺便也把上面的东西摆放整齐，看着心里很舒服。又将屋里的破烂儿整理一番，觉得更美观了。

妻子从商店回到家，带着大包小包的东西，往沙发上一放，抬头东瞅西瞧，看着到处都很整洁，心中一阵惊喜。突然她觉得有点不对劲，急忙转身到卧室，搜寻曾装过茅台酒的那个纸箱子，已经不见了，顿时焦急万分，额头上冒冷汗。平时她喜欢看报刊，为了屋里整洁，就把看过的报刊都收集起来放在纸箱里，还有过春节时，单位给她和丈夫发的三万元奖金，用黑塑料袋裹得严严实实，放在杂志下面。她急忙跑出卧室，连声急切地叫着丈夫的名字，问他纸箱子哪里去了。

刘科长抬头说："我给它处理了，我扒着看看里面也没什么值钱的东西，都是你老早看过的旧报刊，放着没什么用。"

妻子急得直跺脚，盯着丈夫直想哭，说："怎么没用啊？里面还有三万块钱呢！"

"什么？你咋把钱放那里？"

此时刘科长也慌了手脚，慌忙站起来说："我卖给收破烂儿的了，快快快，咱去找他，他在大门口。"

王大爷正在弯腰捆绑破烂儿，他先把纸箱子拣出来踩扁，踩成上下两张皮，便于摞着捆绑更多的纸箱。另外再将报刊捆在一起。

当他分拣破烂时，发现了那个茅台酒纸箱里的钱，是用黑塑料袋裹着的，当他一层一层地打开，看到里面全是百元大钞。他顿时傻眼了，头蒙了，思想紧张，犹豫不决，这是人人都朝思暮想的东西，都被它牵着鼻子走，都为着它旋转，你工作，你劳动，你背井离乡抛开妻儿去打工，为的是什么？不都是钱吗？这对于王大爷来说，是一笔可观的收入，他要付出多少血汗才能挣到这个数！这钱对他具有很强的魔力和吸引力。他隐隐约约还记得这个纸箱子是那个中年男子拿来的，可他不知道那人的名字、电话，但他可以通过看大门的老乡找出这个人。他也有充分的理由说他没见钱，收的破烂儿卖给总站了。他正在进行思想斗争时，刘科长夫妇跑着来了，二人扯着嗓子高喊："大爷——大爷，您别走，等一等，等等……"

王大爷循声望去，不错，正是那个在纸箱里放钱的人。那女人急忙向王大爷叙说放钱之事。王大爷犹豫片刻说："钱在那个报纸包里，拿走吧，以后不要乱放钱了，要细心。"

刘科长夫妇很感谢王大爷。这件事在小区院里传开了，这个小区的破烂儿都乐意卖给王大爷。

更让王大爷意想不到的是，小区院里有一位年近九十岁的孤寡老头，死在屋里多日了，被人们发现时，身上已经腐烂有臭气了。这位老人有一双儿女，儿子在北京，女儿在上海开公司，平时没有时间照顾老人，只知道给父亲寄钱。老头的老伴十年前就去世了，老头既不去北京，也不跟着女儿，自己孤孤单单在广州生活。儿女回广州处理父亲的后事，看到屋里凌乱不堪，到处是尘灰污垢，还散发着浓重的异味，使人难以停留。将老人的尸体抬出去火葬时，女儿派人到大门口叫王大爷，让他去家里把老人的被褥脏衣赶快收拾收拾弄出去。王大爷用毛巾勒着鼻子和嘴巴，将老人的被褥从楼上弄下来扔在路边，然后拉到大门口的垃圾箱旁，当别人知道是老人的东西时，都捂着鼻子远远地躲着走，怕有臭味、晦气。王大爷弯腰用绳子捆绑着老人的那床蓝底带白点图案的花被褥，那被褥表面被一层污垢覆盖着，也看不出新旧，还散发出浓浓的酸臭味，直往鼻孔里钻。他仍用旧毛巾勒着鼻孔，想尽快捆绑好拉到总站去卖了，可当他干枯如柴棒的手指触及被褥时，觉得被角里有点硌手的硬东西，像是硬纸什么的，有异物感，又发现那被角缝的针脚线歪歪扭扭，他马上猜想到这是老人生前自己缝的针线。王大爷马上联想到这一定是老人生前往被子里装的东西，便两手使劲一撕，撕开个大口，看到里面是成沓的百元钞票，心里激动，又不知所措，最后决定不管怎样，先往衣兜里装几沓钱再说。他遮遮掩掩地往兜里装了几沓钞票，但被子里钱多，兜里装不下了，便慌忙收住被口，又想到里面还有更多钱吧。破旧肮脏的被子，难以让人接触的被子，臭气熏天的被子，他瞬间觉得如获至宝，似聚宝盆、摇钱树，心里激动、惊喜，便迅速将被子卷得紧巴巴地装在蛇皮袋里，这是他专门用来装破烂儿的大袋子。此时王大爷想，如果人家追过来找被子，就还给人家，不找过来就带回自己住处，拆开被子看看是否还有金贵东西。但始终不见老人儿女的踪影，后来想想老人的儿女都是大款，是不在意老人手里的小钱的。

王大爷当天把其他破烂儿卖了，就留下了老人的脏棉子。他唯恐被别人发现，就在别人都上班时，在自己住的小屋里闩上门，打开了老人的旧被褥，把外面的被罩撕开，翻动着里面的棉套，发现棉套里有很多百元大钞，有的折叠成沓，厚薄不等，有的卷成小卷，有的成把儿摆着，还有两沓从银行取出来原封不动的一万元钞票，中间缠着封条。他慌忙把钱装进蛇皮袋里，然后又翻翻抖抖酸臭的被子，确认里面没钱了，才把被子卖了。王大爷觉得自己发了意外之财，这是天上掉馅饼啊！好运当头。他仔细数了数钞票，八万三千元。他又发愁这钱怎么放呢，带在身边不安全，要安全就存银行，但自己是个一看便知的乡下老人，一下子存这么多钱会不会引起别人怀疑？不行，得分开存入不同的银行。他在附近的建行、中行、农行将钱存了。人的精神是钱撑出来的，王大爷说话响亮了，心里有底气了，不愁以后的养老问题，也和城市的工人、干部一样有养老金了。他买了两身新衣服，又理理发，穿戴焕然一新，好像突然年轻了好几岁。

他想到对门的杨师傅帮了他，当初是杨师傅提醒他抽空捡破烂儿，但这秘密不能告诉他。他又和杨师傅聊天，从兜里掏出一盒中华烟给杨师傅。杨师傅说："哟，发财啦？咋吸上这烟啦？"

王大爷嘿嘿直乐，说："这不是感谢你嘛，送给你的，我自己咋舍得吸这样的哩。这不，我抽的是玉溪。"他又从兜里掏出玉溪烟给杨师傅看。

杨师傅说："玉溪也不错，人家当官的也抽这烟，不过也分大小官呢，大官抽中华，小官抽玉溪、帝豪。"

王大爷说："是你帮我指路，又多一份收入。以后你抽烟哥包了，不让你断烟。"

"谢谢大哥，您有情有义啊！"

王大爷说："兄弟帮了哥，哥不能忘恩啊！"他又脱下自己的新衣服，让杨师傅穿上试试看合适不，说："兄弟要穿着合适，我也给你买一件，这附近商场里就有。"

杨师傅穿着不大不小正合适，勾头往身上看看说："这料子、款式都不错。"

"这不值啥钱，表表大哥的心意嘛。"王大爷真诚地说。

第二天，王大爷给杨师傅买了褂子，又比着自己买了两条裤子，送给了杨师傅。但杨师傅只知道他拾金不昧的事，不知道其他秘密。从此二人的关系更亲密了。

起初王大爷也想家，觉得在外打工有种陌生感、孤独感，缺乏亲情和温暖。因为这里的工人来自全国各地，相互不了解，各干各的活，只有相处久了，才能相互熟悉，聊聊天，说说心里话。而在村里干活的都是邻村或同村的村民，祖祖辈辈都生活在那里，相互了解，自然都有亲切感，但挣钱很难，一年也就万儿八千，在外挣钱相对容易些。当王大爷拿到第一个月的工钱时，心情就变了，尤其是收破烂儿发了意外之财，把什么不适感全抛在一边了，觉得有钱能提精神，增底气，有种幸福快乐感，而且这钱来得很容易，觉得自己愧对工钱。有时他也主动到工地上帮帮忙，干些轻活，活动活动筋骨，和工人们聊聊天。

半年后，王大爷适应了城市生活，自然想法也变了，有了新的认识，觉得城市生活水平高，条件好，不用钻进小厨房烟熏火燎地做饭，想吃啥买啥马上能办到，只要有钱就方便。他常到正在施工的楼上转转看看住宅楼的户型，就会想到城里人不但吃得好穿得好，而且住得更好，每套房里都有卫生间、厨房、客厅、卧室，足不出户，就解决了吃喝拉撒睡的问题。可在农村没人设计这样的房子，一般都是平房，厨房和卫生间都在外面，住着没这方便。

王大爷是个闲不住的人，乐意在施工楼上转悠，那天走到二楼准备下楼梯时，捡起两块囫囵砖在手里拎着，准备带到住处垫垫枕头。他喜欢枕高枕头，觉得舒服，容易入眠，高枕无忧嘛。这只是他的习惯，其实高枕头对颈椎不好，容易引起颈椎病。正在施工的楼梯上有一些灰渣和碎砖块，凹凸不平。他没有留意脚下，走的偏楼梯外边，外边还没有安装护栏呢。因走得匆忙，脚踩在一块碎砖上，脚下“哧溜”一滑，“扑通”一声，王大爷从楼梯上摔了下来。如果是年轻人，就不会有什么事，因为是一楼楼梯，距地面不高，但王大爷却摔断了大腿骨，站不起来了，只得回家卧床疗养。金泉按工伤事故赔偿王大爷二十万元，由王大娘伺候他吃喝拉撒。

王大爷回到家中，有天晚上，吃了晚饭，王大娘坐在老伴身旁和他商量，说咱这钱放银行里利息低，不如放到担保公司，这样每月可拿三四千块钱的利息，要放里面，光这利息咱都花不完。

王大爷枕着高枕头半躺着，目光凝视着对面的墙壁，沉思片刻，叹口气说：“不知道稳当不？就怕到时候无本无利了。”

王大娘说：“咱村人弄的钱都给老刘了，就算将来万一出事了，老刘总跑不了吧，咱就找他要钱。再说，那些担保公司都平平安安好多年了，也没出啥事，听说人家存款早的，都翻倍了。”

老刘是本县浩洋担保公司招聘的业务员。他中等身材，赤红色皮肤，单眼皮，说话亲切和蔼，当了多年村干部，负责村民的信贷工作，在当地威信很高，也有较大的影响力，是群众信得过的人。他和王大爷是同村人，近年来帮当地村民将钱投给担保公司拿了高利息，深得村民拥护。

王大爷挠挠头想想说："也是，老刘是咱信得过的人，知根知底，乡里乡亲几十年了，人不错，闲了你叫他来，我问问情况。"

"好，这样放心些。"王大娘爽快地说。

村里人做事都乐意随大流，比如说村里的中青年劳力都出去打工了，即使有个别人在家，也觉得没意思，也外出打工。再如，村里人都把钱放到担保公司了，都知道利息高，都一窝蜂地将自家的血汗钱也投给人家，如果不投就觉得自己缺心眼儿似的太傻，放着钱不捞。他们还自我安慰，万一有什么不测，天塌砸大家，不是一家一户的事。

近年来，全国各地的民间借贷投资担保公司如雨后春笋，遍地"发芽"。大小城市都有很多家，每家给的利率不同，有一分、二分、三分不等，而且公司都是注册的，证件齐全。普通市民和老百姓觉得将钱放在里面比放银行利率高，钱不贬值，每月的利息按时打到客户银行卡上，用着方便。本县有一家浩洋投资担保公司，成立最早，已经六七年了，没出过任何问题，也确实使储户受益了。公司陆续招聘了四十多名农民做业务员，在全县农民之间开展所谓"吸储"业务。在当地向五千多户农民"吸储"两亿多元，他们将揽来的钱交给公司，由公司进行投资，然后公司每月向投资者发放利息。

王大爷的事在当地村里传播很快，谁都知道王大爷躺倒了，但他手里有一笔钱。老刘没等到王大娘邀请他去家里，就主动上门了，一来是看望王大爷，二来是为了"吸储"。这是自己的业务工作，"吸储"多，不但对自己有利，可以从中提成，而且对客户也有利，这是两全其美的事。

老刘来到王大爷家，坐在王大爷床前，尽管王大娘对老伴照顾周全，将周围的衣物都清洗得干干净净，但还是隐隐约约闻到微弱的异味，这种味道说不准，像是一种难闻的混合气味，长期卧床不起的人身上是除不掉这种气味的。老刘看到王大爷面色有点苍白，但精神很好，先是对他安慰一番，叫他精心治疗，好好养伤，注意营养，有什么难处可以找他帮忙，说得王大爷乐呵呵的。

王大爷身后垫着棉被半躺着,看着老刘问:“最近忙不忙?”

老刘说:“咋不忙呢,整天东奔西跑,为大伙服务呢。谁家有点存款都找我,我得上门服务。”

王大爷很关心此事,急忙问:“一般多少钱可以存?”

老刘正想谈这话题,便爽快地说:“越多越好,但一般都存整数,至少一万。也有老人私下里存点养老钱,几千块钱,叫我帮忙,我也得帮啊!我就把老人的钱凑够整数上交,然后再给他们分别算利息。大爷,您也存点?”

王大爷有点担心,怕不安全,要放钱就要放到可靠的担保公司,必须把公司的情况弄清楚,他瞧着老刘说:“现在的担保公司多不多?”

“咱县城有好几家呢。”老刘紧接着回答。

“哪一家最可靠?”

“我最了解情况的是浩洋担保公司,这家公司开多年了,没出过任何问题,而且人家的经济实力很强,我就是这公司的业务员。”

“这公司证件全不全?合法吗?”这是王大爷最关心的问题,认为只要证件齐全都是合法的正规公司,只有把钱放在正规公司,才觉得安全。

老刘笑笑说:“您老放心,公司要不合法,我也不跟他们干,我担着乡里乡亲老少爷们的责任哩。当初我首先就看他们的证件,公司有国家工商局发的营业执照,国家税务局发的税务登记证,质监局颁发的组织机构代码证,还有政府颁发的民间融资合法化的宣传手册,是受政府保护的正规公司。”老刘说着打开自带的公文包,从中掏出一沓公文复印件,递给王大爷看。

王大爷心里有了底,相信老刘的话,瞧着老刘笑笑说:“这不是我在金泉那里出了事嘛,金泉是个好孩子,给我赔点钱,也想放你那里。”

老刘觉得他与王大爷不谋而合,禁不住哧哧地笑,笑意随着嘴的轮廓荡漾开了,笑得很甜,毫不做作,说:“大爷,您放心,我给您争取最高利率。一般十万以下都是一分五,如果存多了,可以拿两分。”其实他想叫王大爷把钱都存上，接着又说，“听说金泉赔你二十万，要放我这里，一年就能赚四万八千元哪！”

王大爷咧着嘴嘿嘿直乐，忽然想起个事，紧接着问：“老刘，如果我要花钱的时候好取吗？”

老刘爽快地回答：“大爷，人家把钱放到我这里，就是图个存取方便，还拿高利，原则上存入期限为三个月，到期归还，如果不取本金继续存，啥时候您需要钱给我说一声，我随时都可以给您取出来，您不要担心。”

“那好啊，太好了！”王大爷满脸笑容地说。他也想尽快拿到利息，禁不住又说，“老刘，我信你，明天叫你大娘跟你去银行把这事办了。”王大爷的钱都是在银行里存着，只能从银行里取出来，才能再存入担保公司。

老刘激动万分，这是存款大户啊，为自己增添了更大业绩，笑着说：“好，大爷，您放心，我一定把这事办好，包您十分满意，您睛等着花钱了。”老刘说着站起来了，那声音像铜铃一样响亮，悦耳动听。走的时候又说：“大爷，以后日子会越来越好，这钱生钱比啥都快，等着发大财吧！还有大娘对您伺候周到，您可得精精神神地活过九十九。”王大娘热情地将老刘送走，觉得自己是有钱人了，心里就有了底气，想办啥事就不难了。就说平时伺候老伴吧，他想吃啥，王大娘给他买啥，生活上调剂得好，营养跟上了，自然就有利于身体健康，这样就少了很多麻烦事。

关于“吸储”之事，老刘兴趣很浓，办事积极性很高。客户只知道自己得了高利息，但不知道老刘能从中获得什么好处，当面谁也不会问他，即使问，他也不会说。后来有人私下里打探，听说老刘除了拿担保公司的工资外，还另外抽取客户的一部分利息。这样他每个月的收入就高得惊人。

五

自从王大爷手里有了钱，生活质量有了很大提高。他和老伴住在村边,原来最怕天黑,院里黑灯瞎火,还能隐约听到田地里的庄稼苗经微风一吹发出的窸窸窣窣声,像有鬼魅出没,感到荒凉可怕。王大娘只能点上小油灯,灯头很小,光线昏暗,屋里的东西分辨不清,如雾里看花。王大娘只能不断地用针把灯头挑大,燃烧一会儿又变小了。现在大奎买电线找电工给父母扯电,安了灯泡,夜幕降临,屋里便灯火通明。王大娘觉得眼明心亮,很高兴。大奎还给父亲买了电视、电扇、收音机等,只要父亲需要什么东西,把钱给他立马就买回来。

平时,王大爷躺在床上喜欢听听收音机,看看电视。电视就在对面的墙壁上挂着,再加上老伴常跟他说说话,也不感觉寂寞。每到做饭时,老伴就先问他吃什么饭,他说喝粉浆面条、咸豆腐脑都行,再煎两个鸡蛋煎饼,说着会嘿嘿直乐。

老伴说:"明天我给你炖排骨,再等两天,我给你炖鸡汤,这样荤素搭配好了,营养均衡,身体就好,咱俩得多活几年,先说有吃有喝有钱花。"

王大爷说:"那是,我一想到咱有钱,精神劲儿就来了,真没想到,老了老了有钱花了。"

老伴瞪瞪眼嗔怪道:"死老头子,这都是拿身子骨换的,多亏侄子心善,如果碰到别人,啥也不给,睛等着上西天了。"

王大爷说:"咱命好。"他一想到银行里存着捡破烂儿捡到的那笔存款,是保密的,连老婆都不知道,另外还有担保公司的存款,心劲儿就足了,笑容也多了,也有食欲了,吃什么都觉得有滋味了,求生欲望也就强了。王大爷吃胖了,脸上也红润了,看上去身体很健康。医生曾说,人是活精神的,精神乐观,免疫力就会提高,抵抗各种疾病,对身体起着很重要的作用。毫无疑问王大爷气色很好,也是精神乐观的结果。

王大爷的两个儿子、两个媳妇知道老人有钱了,像换个人似的,一改从前对老人的态度,来个一百八十度的大转弯,对老人百般温柔体贴起来。大奎、二奎都跟着本村的王毛孩打工。王毛孩组织一班建筑队,专门给附近的村民修房盖屋。现在的村民盖房都是承包出去，一般有两种情况：一种是包工包料，只要户主出钱，就按户主的要求将房子盖好；另一种是包工不包料，户主自己买料，只付工钱。每人根据承包量拿工钱，多劳多得。

大奎、二奎无论多忙多累，晚上总是常到父母身边坐坐说说话，谈谈村里的事、三朋四友的事，给父母解解闷，再问问父母缺啥少啥，只要言一声，很快就买回来。白天两个儿媳也往公婆那里跑，对老人比亲爹娘还亲。

大儿媳给公婆送菜，送包子等。她知道老人牙口不好，就把肉煮熟再掺上萝卜或白菜炒，将香喷喷的肉菜装在饭盒里提着给公婆送去。她会做红烧肉，每隔十天八天做一次，做出的红烧肉色香味俱全，看看闻闻就让人食欲大增。每次做她都给公婆送一碗，嘱咐一次吃不完了，再掺点菜炖炖吃。主要是肉烂好咬，公婆喜欢吃。上街赶集，她给公婆买被褥，买衣服，让老人换着用，换着穿，将换洗的床单衣服装进大塑料袋里拎走，说是回家用洗衣机洗省劲。然后将洗净的床单和衣服再给公婆送去。

二儿媳也大献殷勤。她会做小笼包、水煎包，做的包子有滋有味。她将热腾腾的包子给公婆送去。家里没有饭盒，还特意到街上买了不锈钢饭盒，是专门给公婆送饭用的。她又买了九阳多功能豆浆机，用起来很方便。每天早上，她喜欢将红豆、薏米、黄豆、花生米、红枣、莲子、百合、枸杞等掺在一起放在豆浆机里打豆糊，一般二十分钟就煮熟了，成了很浓的香喷喷的豆糊。各种豆类都有不同的药性，补钙壮骨，营养丰富。常喝此豆糊等于吃保健品，能提高人的免疫力。早上，她把热豆糊盛饭盒里，带着热腾腾的水煎包给公婆送去。她包的饺子很小，皮薄馅香。这是因为她小时候曾听母亲说过，从前老财家的地主婆都会做饭，包饺子包得小，一口一个。同样的菜和佐料，人家的饭好吃。于是她就有意学着做饭，厨艺就提高了。她把煮熟的饺子给公婆送去，然后再回家吃。

两位老人受宠若惊，老了老了掉进福窝里了，身体强壮了，脸上红润有光泽了，整天高兴得合不拢嘴，过去不愉快的事情全忘了。生活中确实如此，有时候儿女不计后果地跟父母发脾气使性子，将老人气得心跳加速，浑身颤抖，甚至危及生命。当时老人恨之入骨，灭儿女的心都有了，可事过之后，过了一段时间，老人对儿女就恨不起来了。如果儿女再向老人说个道歉话，或几句好话，便怨恨全无，爱心不变。现在王大爷面对孝顺的儿子、儿媳，气全消了。晚上两位老人坐在一起闲聊，王大爷说："咱是因祸得福啊！不是金泉赔点钱，孩子们能孝顺咱吗？"

王大娘说："我也看透了他们的心思，是盯住咱手里这几个钱哩，谁都知道咱一天比一天老了，积攒多少钱，到最后不都是他们的呀！还有利息这么高，光利息也花不完哪！"她坐在王大爷床边的沙发里，靠着沙发背，觉得弹弹软软的很舒服，像坐在棉花窝里了。这沙发是前两天大奎从街上家具店里给父母买回来的。这是一对棕色的高靠背新沙发，浑身都柔软富有弹性。他把沙发拉回来，放在外间一个，放在父亲床边贴近床头的地方一个，这是专供母亲坐的。王大娘两臂交叉抱在怀里，笑眯眯地说："你说的话不假，我觉得也是这原因，不管咋样，咱老了，运气还不错，孩子们都孝顺咱了。"

王大爷说："你扶着我坐起来，给我弄根烟吸吸。"

王大娘站起来架着老伴的胳肢窝，"嘿"一声，用力往上一提，将老伴搀起来靠着被子半躺着，说："还是不吸好，吸烟没啥好处。"

王大爷喜欢平躺一会儿，半躺一会儿，侧身躺一会儿，觉得舒服，这就要折腾老伴了。他看着面前的老伴心存感激，是她陪他聊天，是她伺候他吃喝拉撒，是她为他端茶拿药，天天围着他转。他能幸福地活着，全靠老伴体贴入微地伺候。他接着老伴的话笑笑说，这不是高兴嘛，少吸点烟没事，给你聊着天吸着烟多幸福哇！

王大爷床头放的一盒玉溪烟是大奎买的，他对父亲说："没事了抽支烟，解解闷。别多抽。"王大爷也没多大烟瘾，想起来了抽一支。

王大娘也觉得伺候老伴辛苦，但再苦也没在窑上干活苦，在家干点琐碎家务，她很知足。她递给老伴一支烟，用打火机给他点着火。二人不由自主地嘿嘿直乐。

乡村的夜景，静中有动。村民们吃过晚饭常常出去散散步，串串门，有的拿着手电筒，好照路；有的摸黑顺着熟路走。村路上没有路灯，但可以看到家家户户都亮着灯泡。有人说乡下的月亮比城里亮，可能是村里光线暗的缘故。在村里抬头赏月，可以看到月亮散发着柔和的淡黄色光，照在大地上，万物像披上了一层闪亮的金纱，使人感到月光下的一切都有一种神秘的美感，村里的房舍、树木、草丛、路面等都处于朦胧之中，隐约听到各种断断续续的声音，青蛙的"呱呱呱"声、虫鸣的"吱吱吱"声，狗吠的"汪汪汪"声，风吹树叶的"沙沙沙"声。

大奎顶着月光来到父母门前，仅一路之隔，便是黑黝黝望不到边的玉米田，玉米棵一人多高，长势旺盛，一般一棵玉米都结两个七八寸长的玉米棒，正是不老不嫩掰下来可以煮着吃的时候。临路边的玉米田正是大奎家的，紧贴路边还开出来一片菜地，母亲在里面种有葱、蒜、菜豆角、番茄、油菜等。大奎在地里掰了几个玉米棒抱在怀里，推门进屋，又把门关好，看到母亲在外间择菜。

母亲说："你掰玉米棒弄啥？"

大奎说："叫您煮煮吃呀，现在是正好吃的时候。"说着弯腰放在母亲的菜筐里。

母亲说："玉米棒正长哩，掰了可惜。"

大奎走进耳房直接坐在父亲床边的沙发上，亲切地和父亲聊天，聊着聊着，王大爷说："大奎，你爹娘也老了，虽然好景不长，可手里还有几个钱，还想享享人间福，你再给我盖一间好房子，到冬天住着不受罪。现在天热，盖着也快，房子干得也快，十天半月就成了。"

大奎低头想了想，他这段时间也在考虑自己盖房的事，准备拆旧盖新。现在村里的人有钱乐意花在房子上，原来陈旧过时的土坯房子基本没有了，大奎想到自家的房子也该翻新了，如果盖就要增大面积。他眼球一滚，抬头看看平躺着的父亲说："爹，我也准备盖房子，盖成四间，西面单独留一间给您住，您就不用盖房了，这样也方便俺俩照顾您，我娘也清闲点，她也老了，总有干不动的时候。”现在村民盖房是越盖越大，一般盖了堂屋，还盖西屋或东屋，也有盖两层小楼的。大奎原来的房子是三间堂屋，现在想多盖一间。他还有两间西屋，里面存放着杂物。

王大爷想想也合适，大奎家的两个孩子，一个大学毕业在城里工作，另一个是女孩，在外打工。大奎也常出去干活，家里只有大儿媳妇。他说：“大媳妇愿意吗？”

大奎立刻龇牙笑笑，突然站起来给父亲鞠躬，意思是求之不得，说：“爹，我保证儿媳愿意，也乐意伺候您二老。”

王大爷听儿子这么说，高兴得嘿嘿直乐。他也猜透了儿子的心思，那房子不是让老人白住的，是要出钱的。谁都知道，千家万户的老人对儿女都是无私的，只要手里有钱，儿女需要就舍得给。他向儿子摆摆手，示意想坐起来。大奎慌忙站起来搀起父亲让父亲倚着床头坐着。王大爷说：“也好，你盖吧，我给你添添钱。”他也想到住在儿子家总比住这荒郊野外强，人老了，身边有亲人陪伴，就不觉得孤单寂寞，有了依靠感和幸福感，一旦有个头疼发烧的，有人管。他接着说，“你打算盖啥样的房子？”

如果王大爷不提添钱的事，大奎会向他借钱，父亲说添钱正合其意。大奎回答：“咱也不追求太时髦，也不想盖两层楼，就盖像二奎住的房子那样的就行。”

“现在物价涨了，材料价格高，你算算连工带料下来得多少钱？”王大爷说。

大奎给父亲递支烟，点着火说：“这里有伸缩性，说不准，多花三五万也花进去了，少花三五万也能盖起来。”

王大爷吸着烟，低头想想肉烂都在锅里，吃亏占便宜不关外人的事，又想想放在担保公司里的钱，总觉得不踏实。他曾粗略地分析过，担保公司给客户那么高的利息，担保公司的人员也要从中得利，人家用担保公司的钱要出四五分利，人家该赚多少钱？赚的钱全给担保公司了，干活还有什么意义？恐怕公司好景不会太长。

他爽快地说："你把担保公司里的钱取出十万盖房，把房子盖像样一点。"他也想弥补当初分家没给大奎盖房的遗憾。

喜悦顿时涌进大奎的心田，他激动万分，想蹦想跳想欢唱，全身每一根汗毛都活泼得跳起来了，十万哪！他下苦力挣钱，这对他来说是个大数字，少流多少汗水啊！他心说："爹呀，您让我感激涕零，让我终生难忘，这哪是您住我的房啊？分明是我住您老人家的房，这钱够我盖四间大平房了。"他万万没想到老爹会这么慷慨大方，笑笑说："我的亲爹啊！您千万别计较过去我和您儿媳的言差语错，是俺不懂事，以后俺会好好孝敬您，将来您的后事俺全包了，就不让二奎管了。"

这时母亲走进耳房站到他们面前，刚才她听到了他们的谈话。她是个贤妻良母，不管家里事，一般王大爷说了算。她对大奎说："这事千万不能让二奎知道啊，知道了，他两口可不依啊！"

王大爷也嘱咐大奎说："这事保密，到时候盖起房，俺俩过去住就行了。"

"放心吧，爹，我知道。"大奎说话的底气十足，他知道嘴不严跑了风，二奎夫妇不是省油灯，会引起家庭风波，闹得家宅不宁的，决不能为难老人。

大奎从担保公司取了父亲的十万块钱，盖起的房子比二奎的漂亮。砌起红砖院墙，安着红色铁大门，带着牛头锁。院里是平坦的水泥地面，打扫得干干净净。大奎夫妇一同把二老接过去，让二老住在西面的单间里。大儿媳也不让婆婆做饭了，都在一起吃饭，帮助婆婆伺候公爹。他们和睦相处，一起生活。

二奎媳妇不乐意了，怀疑大嫂对老人如获至宝定有原因，一定是公婆给他们拿钱盖房了，气冲冲地对二奎说："老人到大哥家住，也应该来咱家住，对不对？

二奎翻眼瞪瞪她，气哼哼地说："当初是你把老人撵出去的，老人不回，不是正合你意吗？怎么又叫回来了？"

"人谁没有做错事的时候，当初我错了，现在我对二老咋样，你没看见？叫老人说，我对他们好不好？"

二奎也知道现在妻子对老人胜似亲生父母，其因他心里明白，便直截了当地说："你是看中老人手里的钱了，对不对？"

二奎的话对她来说，一针见血戳穿了她的心思，她也毫不隐瞒地说："你不要把话说恁难听行不行？我也是为这个家着想。"她想到在农村挣钱确实难哪！全年靠粮食收入也不过万元。

二奎到大哥家去得也勤了，经常出入父母那里，尤其晚上吃罢晚饭，就去跟父母坐着聊天。二媳妇改善生活仍给公婆端吃喝。弟兄两家的关系也密切起来，亲如一家。二奎私下里也跟父母商量让父母也到他家住，说轮着住有新鲜感。父母不同意，说现在两个媳妇都很孝顺，做父母的也知足了，住一个地方有个安稳窝，省得折腾。

二奎说孝敬老人都有一份，要不，俺哥俩各养一个。

王大爷不乐意了，脸色一沉说："你把我和你娘分开呀！亏你想得出。我没有你娘伺候中吗？再说老夫老妻了，有什么心事在一块说说话解解闷，不觉得孤单。你把俺俩分开，俺有话给谁说？给儿媳妇说中吗？说多了事多气多。你想想自己，有啥心事不对爹娘说也要对老婆说，那是个伴儿，是自己倾诉的对象。"

二奎想想也是这个理，他想到在风景区看鸳鸯戏水，在清凌凌的河面上，有一对鸳鸯精神抖擞地在水里游着，看上去逍遥自在，时不时还交头接耳，亲密交谈，喜气洋洋的。另外还有一只鸳鸯孤零零沮丧地站在岸边低头打瞌睡，大概它是没伴儿了，显得孤单可怜。人也一样，没有伴侣，就会孤单。二奎说："爹，您说得对，只是我没往这方面想。"

王大爷知道两个孩子争着尽孝的心思，都为钱。对老人来说，儿女连心，财不连心。即使不孝的儿女遇到磨难，老人也心疼。他悄悄对二奎说："不要计较爹娘住哪里，你是我的儿子，有什么难事爹还会帮你。"

二奎叹口气压低声音说："这不是又快夏收了嘛，咱每年割麦都用人家的收割机，一亩地要六七十块，也不少花钱。我想买部收割机，我和哥家收庄稼就不发愁了。收了自己的庄稼还可以帮人家收，一麦季下来还能挣不少钱哩。只是我手里钱不够，您能不能给我添点？等我有钱了再还您。”

王大爷琢磨着这也是好事，年年都要收庄稼，买机器也不多余。现在自己有房住，吃喝不愁，也花不了多少钱，帮助儿子是父母的心愿，于是说：“二奎，买部收割机得多少钱？”

二奎说：“有大有小，大的十来万，小的也得七八万吧。我想买个小的，用着方便灵活。”

“我给你添添钱，你手里有多少？”

“我有两万多。”

王大爷知道儿子这钱是外出打工挣的血汗钱，来得不容易。他瞧瞧身边没有其他人，摆摆手，让二奎贴近他。他轻声说：“你想买就买吧，我给你添钱。等两天，你和你娘一起去找担保公司的老刘，叫老刘给你取七万。这事千万不能对你哥说。”

二奎当即龇牙笑了，露出一排整齐的白牙齿，心里美滋滋的如灌一瓶蜜，拍胸脯说：“放心吧爹，我绝对不说，不能让您为难。现在两个媳妇对您好，都是冲着您手里的钱哩，您手里不能没有钱。”

王大爷深爱儿子，觉得钱只要花得是地方，办的是正事，就可以花。另外，他也怕钱放在担保公司不安全，万一钱没了，太伤人啊！存银行拿利息，倒不如买东西哩。

麦熟了，到处充满了麦香味，一望无际黄澄澄的麦田里，只见稀稀落落几部鲜红的大小收割机，其中二奎买的新收割机也在里面收割。收割机轰轰隆隆扯着嗓子吼，像使劲唱着嘹亮的歌，在广阔的大地上回荡。它们昂首挺胸，在麦田里潇洒地来回穿梭，屁股后面像冒着滚滚浓烟，其实那是将秸秆粉碎归田扬起的碎屑飞沫。收割机是一体化收割农作物的机械，一次性完成收割、脱粒，并将粮食集中收到储藏仓，然后通过传送装置自动送到收粮车上，麦粒很干净。村里人说：“用二奎的收割机，新的，还便宜，收得也干净。”

半年后，王大爷的腿慢慢能走路了，老伴常陪着他在村路上悠悠转转。村里新修了两条平坦的柏油路,其中一条就在王大爷家门口。这两条路都通往村外的柏油大道,那里有通往城里的公共汽车站牌,出行方便。平时,村里人每到早上和晚上都出来在公路上散步,注意养生锻炼。王大爷对老伴说:“咱不凑热闹,等到路上人少了再出去活动,那时清静,咱腿脚不灵,不碍人家的事。”老伴说:“我也这么想。”那天,风和日暖,气候宜人。王大爷和老伴一起在村路上散步,他对老伴说:“现在国家有钱了,连村里的路也修了,天阴下雨出来就不踩泥了。”老伴说:“现在日子好了,咱得高高兴兴地活着。”秋阳洒在他们身上,暖融融的光线让人觉得很舒服。村子里到处绿树成荫,空气新鲜,人不多,显得很安静,大多是老人、孩子和村妇。他们喜欢此环境,闲暇时相互走走串串,打打麻将和纸牌,感到悠闲自在。

不久,老刘所在的那家担保公司突然倒闭了,老刘也不见了踪迹。村里许多人家没了生气。王大爷为自己庆幸的同时,又说:“可怜千家万户的钱血本无归啊!”

(原载于《中国作家》2016 年第 12 期)

村　姑

一

时值中午，阳光洒满中原大地。文秀头戴草帽，腋下夹着一捆青草，肩上扛着一把旧铁锹，风风火火从田间回到家中。她家院里有一棵枝繁叶茂的大杨树，为这个农家小院带来一片阴凉。树下有鸡羊猪狗无精打采地聚在一起，它们可能是为了避暑乘凉，腹饥寻食。文秀先把青草撂到猪嘴旁，那头五六十斤重的长白猪，忽然精神百倍，津津有味地大口咀嚼着新鲜猪草，那些鸡羊也过来凑热闹，在草中寻食。每天文秀从田间回来，总是少不了拔点青草给它们充饥，这样就节省了饲料。然后文秀将铁锹靠着门口的墙壁立着，它是文秀常用的得力农具，锹柄在文秀的手掌里磨砺得很光滑，锹头被泥土打磨得闪闪发光。

文秀抬头看到弟弟文柱穿着白汗衫和深蓝色西装裤头倚门而立，手里拿着大学录取通知书，感到十分惊喜，苹果似的脸庞顿时乐开了花，大眼睛双眼皮眯成了月牙，咧开嘴巴露出整洁的白牙。两条短发辫垂在两肩，自来卷发丝，发梢卷曲，为她增加了几分美感和脱俗的洋味。她穿着得体的白底蓝花短袖衫，突出了细腰宽胯、丰胸肥臀，似成熟的大姑娘，但仍有几分孩子气。

虽然文柱考上大学了，但他却高兴不起来，只是垂头丧气地瞧着手里的通知书发呆，觉得这是一场空欢喜，如做一场美梦罢了，黯淡的目光里饱含着忧伤和沮丧。他想到家境贫困，负债累累，上大学又需要一笔很大的开支，没有钱，多年的奋斗就没有结果，美好的愿望就难以实现。他心里酸滋滋、麻辣辣、苦涩涩的，眼睛内不由自主地冒出泪花来。

文秀只顾高兴，没有注意文柱的表情，她站在门口伸手抹一把额头上明油似的汗渍，头稍微前倾，乌黑的发辫一前一后搭在肩膀上，目光直视着通知书，情不自禁地笑着说："行啊，文柱，考上大学了，为咱家争光啦！快拿来，我看看。"她的声音洪亮而清脆，觉得这是一个特大喜讯，是值得炫耀和庆贺的事，说着伸手要通知书。

文柱翻眼看看面前的姐姐，觉得她天真幼稚，头脑简单，还为弟弟高兴呢，就没想到拿到通知书后接二连三的犯愁事，便摇摇头苦笑说："姐，你高兴什么呀？这不过是一张废纸，对我来说没用。"说着他把通知书递给了文秀。

文秀接过通知书，抬头睁大眼睛望着弟弟说："咋没用？没它，你就上不成大学；没它，你就飞不出咱这穷窝；没它，你永远是穷家汉，面朝黄土背朝天，干一辈子农活，下一辈子苦力。"

文柱仍然倚着门板站着，阳光洒在他的肩膀上、额头上和右臂上，却全然不顾它释放的热量，像是失去了知觉，其实他内心充满了激动、喜悦和忧愁。他想把这一喜讯尽快告诉姐姐，证明他的能力，证明他没有辜负姐姐多年来对他的支持，所以刚才他站在门口频频向外观望，是盼望姐姐快点回来。当看到姐姐时，又满怀忧愁，等于给姐姐出了难题。她已经为他付出很多了，还要让她继续付出吗？此时，他垂头丧气，一只脚不停地擦着地面来回移动，喃喃道："有也白搭，上不成。"他的声音微弱，感到十分自卑。

文秀疑惑不解地抬头望着弟弟问："咋上不成？"

他皱着眉头，抬头瞧着姐姐沮丧地说："我的姐呀，你怎么就不明白，没钱，哪所学校叫上？哪有慈善学校？"

文秀还没有考虑钱的问题呢，正为弟弟考上大学而高兴呢，多少家庭的孩子上了多年学，哪个不想考上大学？可他们上学的如牛毛一样多，考上大学的似牛角一样少。因为这正是二十世纪八十年代初，考上大学本科是很难的事，有的一个乡也考不上一个，更不用说一个村了。文秀越发觉得通知书珍贵，把对折着的通知书打开，看到弟弟的名字，一下子觉得弟弟高大起来，一个农村孩子瞬间成为一个令人羡慕的大学生了，马上就要飞出贫困村成为城里人了。在文秀的想象中，城市就是幸福的天堂，灯红酒绿，鲜花似锦，就是最热闹、最富有、最美丽的地方。乡下人每次提到谁谁谁在城里工作，都羡慕不已，无不称赞。莲花村祖祖辈辈都没有出过大学生和城里人，文柱能够脱颖而出，这是村里的骄傲，也是家人的光荣和自豪，更是文柱努力学习的结果。文秀更加感到这通知书来之不易，里面饱含着弟弟十几年来的心血和汗水，还有家人的支持。她将通知书又对折起来，唯恐丢失和飞走了，爱不释手地对文柱说："我给你保管着通知书，等你上大学走的时候再给你哈。"边说边转身走进耳房，打开她床头的小板箱将通知书放在箱子角，然后扣好箱盖落上锁，怕没锁好又特意检查一下才放心。她从耳房里出来走到客厅里靠着后墙的方桌旁，提起桌上的开水瓶给文柱倒了一茶缸开水，搲了两勺白糖，并用小勺轻轻搅搅，递给文柱。文柱接过茶缸，弯腰搬着小木凳避开太阳地，坐在了耳房门口。他心里明白最关心最支持最亲近他的人就是姐姐，所以有什么心事总想对她说。

文秀明白弟弟不高兴是因为钱的问题，抬眼瞪瞪他说："文柱，我看你读书读成书呆子了，没钱想办法呀！要脑袋干啥？贷款，借钱，卖猪，卖羊，我出去打工，不都是办法吗？钱有机会挣，可上学机会难得，一旦失去，你这一辈子就完了，就走不出黄土地了。"她把弟弟上学的事情看得很重，这是关系到他一生命运的大事，不能毁了他的前程。

文柱闷闷不乐地说："上学需要一大笔资金，几年下来要不少钱呢，家里穷成这样了，还扒窟窿借债呀？拿什么还账？我还是早点下学，帮家里干农活，或出去打工，一来减轻你的负担，二来咱想办法勤劳致富。"

文秀也感到口渴，自倒一碗白开水，端着白瓷碗弯腰拎起小木凳，坐在文柱对面的耳房门前慢慢啜饮，默默地沉思着往事。她从小就喜欢文柱。他三岁那年母亲就因病去世了，文秀清楚地记得母亲临走时的情景。母亲在弥留之际伸出干枯如柴的手紧紧拉着八岁的文秀，瞧着站在身旁的文柱，声音微弱嘶哑，断断续续地交代文秀，要好好照看弟弟，带他长大成人，让他成为好孩子……然后就依依不舍泪水涟涟地撒手而去了。文秀牢记母亲的嘱咐和自己对她许下的诺言，多年来她对文柱付出了母亲般的关爱。她一家四口人，哥哥文强，弟弟文柱，还有体弱多病的老爹。家中里里外外主要靠文秀撑着。她是个急性子姑娘，干活利索，说话爽快，通情达理，但发起火来也很厉害，可她很少对文柱发火，而且心里一直偏爱他。文柱性格温顺，不善言谈，是一个听话懂事的孩子。往往性格刚硬的人和性格软弱的人在一起，就好相处，这就好比石磙碰棉花，碰不出火花来。反之，硬碰硬，火花满天飞，最终相互伤害，这在五行中的说法是命相克。她还喜欢文柱的相貌，认为文柱长着一脸福相。文柱肥头大耳四方脸，浓眉大眼宽额头，她觉得文柱将来的运气一定很好。她更喜欢文柱学习棒。他从小到大在学校里学习成绩一直很突出，常常受老师表扬，这是让她最高兴的事。当他在家里主动帮助姐姐干活时，文秀怕影响他学习，就尽力承担全部家务活，争取为弟弟挤出时间学习。每次看到文柱的高分考试卷时，她就大力赞扬，鼓励他再接再厉，继续努力，这也是她最开心的时候。她一直认为弟弟考上大学没问题，果然应验了。她也做过上大学的美梦，由于家境贫困，上到初中就下学了，为的是全力支持弟弟。她认为弟弟学习基础扎实，牺牲自己，成全弟弟是最好的选择。文柱果然没有辜负姐姐的希望，实现了自己的愿望。

文秀知道家穷就穷在为哥哥办婚事上。先是在她家的新宅基地上为哥哥盖起了三间红砖平房，一间厨房，砌着红砖院墙，安着铁大门。其次，女方要三千元彩礼，外加十余套衣服。临近结婚时，又要自行车、手表、缝纫机、大立柜等，不买不进家门。当时一盒黄金叶烟仅售两角五分钱，普通工作人员月工资二十几元。在那个年代里，女方要的彩礼是当地村里娶媳妇嫁闺女前所未有的，人家真的成了千金小姐，对于仅靠几亩责任田来挣钱的文秀家，办这样的喜事是很困难的。喜事成了陷阱,越陷越深,带来了忧愁和怨气。家人都很生气,感到进退两难:不娶吧,已经投入大半个家产了,不能前功尽弃;娶吧,还要借钱贷款,以后怎么还?日子怎么过?文秀对父亲说:“借钱吧,嫂子还带回一部分财产呢。”嫂子的要求像圣旨一样,都一一照办了,却弄得倾家荡产了。不料,嫂子过门不久,又提出分家,将购买的东西全部归了他们,留下的却是四壁皆空的老茅草屋,还有几千元的借款。

文秀家住三间坐北朝南的破旧的土坯茅草房,房顶上长着层层绿苔和毛茸茸混乱的杂草,有的地方还苫着破旧的黑油毡,像破衣烂衫上补了一块黑补丁。用土坯垒成的墙体,已经是伤痕累累,像这样年久失修的房子,在村里已经陆陆续续拆掉盖成了红砖平房,可她家的新房给了文强。

文秀说:“文柱,你不要为家里操心,家里有我顶着。其实你去上学就等于减轻了家里的负担。”

文柱疑惑不解地问:“这话怎么解释?”

文秀爽快地说:“你想想,如果你不去上学,下一步,就会像哥哥一样盖房子,买家具,娶媳妇,这笔花费不比学费低呀。如果你出去上学了,将来毕业在城里有了工作,成家立业,家里这一切费用就免了。”

文柱觉得姐姐说得有道理,是个有头脑有思想,想得开,看得远的人。姐姐在他心中高大起来。

文秀说:“你只管去上学,钱的事,我想办法。”

“姐,你是说梦话吧?你去哪里借钱?这又不是小数。”

“你不信?”

文柱摇摇头。

“我试试吧,咱先借钱把学杂费交了,然后我出去打工,你就不用发愁生活费了。”文秀说。

文柱知道在村里借钱是何等艰难,即使有钱户,也不轻易往外借钱,那钱都是他们的血汗钱。人家借钱也是借给在短时间内有偿还能力的村民,可自己家已经是负债累累了,借了钱,怎么还?

文秀端着碗一口一口喝着开水，其实心里一直在考虑钱的问题，无论如何一定要让弟弟上大学。她喝了半碗开水去厨房做饭了。

第二天将近中午，文秀果然借来了钱，弟弟问："姐，这钱是借谁家的？"

文秀高兴地说："你猜。"

文柱从小就敬佩姐姐聪明，很难办的事情，姐姐却办成了，哥哥办婚事的钱也是她借的。他知道姐姐是一个很能干的姑娘，每天除了料理好家务，养好家畜，就是一天到晚干农活。她家种的小麦、玉米、大豆、红薯等都高产。她把自己的责任田当成了宝贝，把庄稼当成了宝贝，怕它们渴了，饿了，精心伺候，时不时为它们增加营养。日子一天天好起来，可哥哥一场婚事把家里折腾得穷困不堪，接下来他上大学的费用还要全靠姐姐供应。文柱禁不住脱口而出："姐，你是咱家的大恩人。"

文秀乐呵呵地说："文柱，你说什么呀，啥恩不恩，都是自己人，不能说外话。我说过，人的命天注定。你长一脸福相，是你的命好，你很幸运，遇上好人了。这钱是借村西头瘸子大哥的，他让你安心读书，有什么困难就尽管说，等你将来工作了，有钱了，再还，他现在不急着用钱。"

文柱知道李瘸子是村里的养鸡专业户，人很精明，经常看一些养家禽家畜的书籍，精通技术。村里人说他是万事通，谁家的牲畜有病了就找他看病寻偏方，而且他是义务服务，成了村里的兽医。他养了上千只鸡，年收入可观。家里就他一个人，因腿瘸，驼背，个子矮，年龄大，没有娶上媳妇。文柱情不自禁地说："姐，等我工作了，一定好好报答你，好好感谢瘸大哥。"

文秀说："不要说客气话了，你快准备准备去学校报到吧，到学校把心思用在学习上，其他事你不用操心，告诉我就行了，再苦也就几年，等你毕业参加工作了，一切都会好起来。我把家里的地种好，也能创收，农闲时我就进城打工。"

二

文秀送弟弟上学走了,她准备进城打工。她在家里收拾好行李,带上几件换洗的衣服,穿上她认为比较好的得体的蓝布裤和棉布白衬衣,虽然看着有些土气,但丝毫没有掩盖她的灵气和美丽。她手里拎着一个鼓鼓囊囊的花布包,这布包是她用碎布料剪成小方块,再一块一块拼凑起来,用针线亲手缝制的,包口还镶了花边。她穿的蓝布裤因时间过久外面褪了色,她就把没有褪色的里面翻过来当表面,再缝合起来,而且缝的针线很细腻,缝好后如新衣。她身上挎着陈旧的黄军包,走到门口对着门后墙壁上挂的小镜子照了照,看看自己端庄秀美的面容,伸手理理额前卷曲的刘海,觉得卷曲的发丝很好看。右边鬓角上方戴着一个紫色蝴蝶图案的发卡,看起来像一只活灵活现的真蝴蝶张开翅膀飞到了她头上。然后又整整衣领,觉得自己比平时精神了,漂亮了。她也曾向往美好的生活,如果自己生在富贵之家,可能就是一位光彩照人的大学生了,前程似锦,快乐幸福。但又一想世上不幸的人很多,就认命吧。

文秀刚满二十三岁,似一朵鲜花刚刚绽放。她高高兴兴地走出家门,到城里打工,向往着城市的美好生活。那是一九八七年,全国已经掀起了农民工进城打工的热潮,农民都热衷于到北上广一线城市和省城打工,认为那里条件好,挣钱容易。但文秀不想去那里,听说那里人多车多地方大,生活不方便,不管买什么东西,还是办什么事情,都要跑很远的路程,来来往往坐地铁乘公交,转来转去,把大部分时间都扔到拥挤不堪的车上,每人都呼吸着从多人呼吸道里排出的污浊的空气,如果都是健康人还好,就怕传染病人呼出的空气,易传染别人。还要租房,即使工资高一点儿,又贴到了房租上,再加上物价高,其实落不了多少钱,而且远离家乡,来回不便。她知道自己的情况和别人不同,老爹身体不好,一旦病情加重,就要马上回去。她思来想去还是乐意在县城打工,因为城市小、空气好、离家近、来往方便,乘公交车可以直接到达。

文秀来到县城时,天色已近傍晚。她随着下车的人流从车站出来,在附近的一条大街上茫然地走着,不知道要去哪里,禁不住东张西望。她是第一次来到县城,感到这里的一切都很陌生和新鲜,也感到自己如一只离群的孤雁,离开了家乡,孤孤单单在陌生的人流和环境中穿行,看到了附近新盖的大楼,还有商场、邮电大厦、饭店等林立在大街两旁。暮色渐渐降临,她觉得眼前像蒙了一层纱,远处的景物看着都模糊起来。不料,路边线杆上碗口似的灯碗里的灯泡突然都齐刷刷地亮起来,散发出淡黄色的光,照亮了大街小巷。大街上仍是川流不息,人头攒动,骑自行车的、骑摩托车的、步行的。偶尔也有吉普车穿行,那时的吉普车是绿色的,除了突出的车头外,车身像面包似的,这在当时比今天的小轿车都气派,因为车少,坐吉普车的大多是政府高级官员。她觉得城市和农村的环境截然不同,最明显的特点就是:城市人多楼高,到处是柏油马路;乡下人少地阔,到处是黄土路,一旦下雨都成了难走的泥巴路,脚常常陷在泥浆里拔不出来。看到这些,她就理解了乡下人乐意进城打工的原因。

文秀看到车站附近的大街两边,稀稀落落蹲着一个个中青年村妇,穿戴朴实,带着浓郁的乡土气息,像是附近郊区的村民。她们面前都摆着一个小竹篮,篮子上都搭着家用的白笼布,可能是从讲究卫生的角度去考虑吧,唯恐大街上飞扬的灰尘钻进她们的篮子里。篮子里面散发着香喷喷的卤肉味,浓香四溢,闻着醉人肠胃,诱人嘴馋,勾人食欲。文秀不由自主地来到一位村妇面前,询问人家篮子里面卖的是什么东西。村妇抬头看看她说:“这是卤熟的家兔肉,肉嫩味香熟得透,老人孩子都能吃,两块钱一只,买一只吧。”她眼巴巴地望着文秀,想让文秀买一只,目的是尽快卖完,早点回家。如果剩下卖不出去,就不新鲜了,再拿出来卖,就卖不上价钱了。

文秀知道那时的村民多半都喂家兔,把兔子装在笼子里喂一些草料就行了,很省劲。目的是等兔毛长长了剪掉卖兔毛,价钱很贵，一般剪掉三五只兔子，可以卖二三十元钱，这在当时就能解决村民的油盐酱醋问题。如果买布料做衣服，可以做三四件衣服。这是村民们增加经济收入的办法。如果喂的兔子多了，家里来了尊贵的客人，就用棍棒敲死一只剥剥炒肉吃，算是改善生活，但难以做出人家卖的卤肉味。文秀蹲下来轻轻掀开笼布看看，那一只只剥了皮光溜溜黄澄澄的被卤熟的兔子，像是新鲜的刚卤出来的，还散发着温热气呢。香味钻进了文秀的鼻孔和肠胃里，使她多想买一只撕巴撕巴吃了，解解久没食肉的馋嘴，充实饥饿的肠胃，但兜里仅有一块钱，不能花呀！花了万一找不到活干，回家的路费就没了，馋水只能往嘴里咽，也只能忍着饥饿。她犹豫片刻，最后只好又把笼布盖上，慢腾腾地站起来走了，她向附近的饭店走去，准备给人家干一些端盘子洗碗的杂活。文秀还看到大街两边摆着很多小地摊，热热闹闹卖着丰盛的小吃，有卖瓦罐饺子的，有卖烧饼的，有卖胡辣汤的。她只能视而不见，匆匆忙忙离开这里，急着找到干活的地方，不然晚上就要露宿大街了。

文秀来到附近路旁的蓝天宾馆，向老板讲明来意，碰巧宾馆里正缺勤杂工。老板是一位体态丰满的中年妇女，浓眉大眼双眼皮，白胖的圆脸似小盆，使人马上联想到一定是宾馆里花天酒地的生活和舒心的日子养肥了她，有点营养过剩。她睁大水灵灵的眼睛，上下打量着面前的文秀，觉得文秀是一个勤快能干的姑娘，看着她赤红色的皮肤和粗糙的双手，便猜测到她是经常在太阳底下干活的村姑，这样的姑娘能吃苦耐劳，是干活的好手，当即就留下了她。

文秀对自己的工作环境很满意，那是一座陈旧的四层高青砖墙宾馆楼，但里面都做了新的简单装修，楼上楼下到处干干净净。在里面工作冬暖夏凉，风吹不住，雨淋不住，日晒不住，也累不住，还拿工钱。文秀觉得好像一下子到了幸福的天堂，过着舒心快乐的生活。她在这里干了将近一年的端盘子洗碗工作，老板就叫她去客房部了，在那里工作既清闲又干净，一般是打扫打扫室内卫生，或为客人开开门锁，在服务台值值班。她心里清楚这是老板对她关照，为她安排了一份满意的工作，她心存感激，但是有件让她意想不到的事情发生了。一天晚上，将近十二点了，有位客人忽然打电话要她送开水。她提着开水瓶轻轻敲开了210的房门。已经很晚了，楼上楼下都静悄悄的，别的客人都进入了梦乡，为了不影响他们休息，她准备等客人打开房间门，把开水瓶顺着门缝递给客人就行了。但客人不但不接水瓶，还叫她进屋，说有事商议。文秀没有多想便走进了房间，询问他有什么事，如果不是要紧的事，明日再说。

客人痴痴地盯住文秀的面容，心里禁不住赞叹，从没见过这么漂亮的姑娘，感谢上苍对他的恩赐，让他一饱眼福，渐渐地那目光里含着猥亵之意，继而生出邪念。客人是一位中年汉子，南方人，那里是改革开放的窗口。他知道在南方的宾馆里，那些服务小姐是很开放的，经常往客房里打电话，询问客人是否要求全面服务，比如陪吃喝陪玩乐陪洗睡，凡是客人有什么要求，她们都可以满足，当然这是一种高消费服务，她们都是冲着他们的钱包来的，为的是多增加一份经济收入。但那些女子的长相也就一般化，只是注重穿戴打扮，故意把胸脯挺得高高的，穿着紧身瘦腿裤，将屁股兜得圆鼓鼓的，嘴唇上涂着红唇膏，像猴屁眼似的，弄成黑眼圈，文成柳叶眉，卖弄着身姿，嗲声嗲气的好像玩具人。化了妆的女子失去了自然美，可文秀是一个真真切切、朴实可爱的姑娘，深得客人欢心。

文秀看他身材不高，穿着宽大的白裤头，穿一双蓝拖鞋，光着黑亮肥胖的脊背，像肉案子似的，鼓着孕妇似的肚子，盆子似的面容，火球般的眼睛，不禁感到有几分恐惧和羞涩。文秀已经从他的的目光里读出了什么，有了几分警觉和戒心。她对此人不但没有好感，而且感到讨厌恶心，想赶快放下水瓶迅速逃离，唯恐出现什么不测。可是客人站在门口堵住了她的去路，并且指着里面的茶桌说："把茶瓶放里面去。"宾馆各个单间的布局都是一样的，中间横卧着橘黄色双人床，或单人床，床的对面紧靠墙壁摆着一张橘黄色抽屉桌，两边分别摆着两个小矮柜，桌上放着20英寸的彩电。那矮小的橘黄色圆形茶桌和两边低矮的藤椅都是靠着窗口下的后墙摆着的，文秀要把茶瓶放到茶桌上，就必须一直往里面走。她想想自己的职责就是为客人服务的，茶瓶就应该放在茶桌上，不能说人家说得不对。她犹豫片刻，极不情愿地提着水瓶往里面走，可夜深人静，不宜久留，不能耽误人家休息。文秀迅速走到茶桌旁放下水瓶，转身出来，使她意想不到的是客人随即把房门反锁上了，并且堵在文秀面前，"嘿嘿嘿"冷笑着说："小姐，今晚陪陪我，好吗？"他认为这是一种金钱交易，算不了什么，你情我愿就可以平安无事。

文秀的头轰地懵了，顿时脸色胀红，十分恐慌，浑身直起鸡皮疙瘩，连连摇头说："不行，不行，我在值班哩。"边说边感到羞怯万分、无地自容，直往外闯，面对素不相识的陌生人，觉得这是对她极大的侮辱。她惊慌失措，感到突然间就要大难临头了。她穿着白色的短袖衫和黑色的超短裙，这是当时比较流行的穿戴，也是职业女性的装束。不料，客人向前一步，迎面伸出双手抓住文秀的双臂，觉得软绵绵、肉乎乎的，顿时似触电一般，使他春情激荡欲火烧身。文秀颇感恐惧，不知道外面的世界多精彩，只知道在本宾馆里没有遇到过这样的事情，也从未想过此事，太突然了，使她猝不及防。她本是柔中带刚的个性，柔弱瞬间荡然无存，刚性猛然爆发，怒火中烧，气冲冲地说："你快放开我。"

"小姐，别生气，这是因为我喜欢你。"

"我是良家女子，是出来堂堂正正地打工哩，不是做见不得人的事哩。"文秀的语气很生硬。

客人像孙子一样在她面前卑躬屈膝地说："小姐，我是真的喜欢你。"

"喜欢我，你就不能伤害我，快放开我。"

客人仍然不放手，目光直视着文秀，面容狰狞，目光凶恶。

文秀的目光也似利箭般直视着他，恼怒地说："可我不喜欢你，如果你强逼我，我就死在你面前。"

他却嘿嘿冷笑着说："假正经，谁不知道宾馆里的小姐还争生意呢，你这到手的生意不做，傻货。"

文秀浑身哆嗦，愤怒道："我决不做这样的生意，要找你到别处找。"文秀知道姑娘家一旦失身，就是奇耻大辱，会成为遭人唾骂和指责的坏女人，遗臭终身，成为没人要的骚货剩女，污言秽语集于一身是没法见人的，是羞辱爹娘和祖宗的事。她小时候刚刚记事，母亲就悄悄对她说以后不要和男孩玩，她不明白是什么意思，但她对此言记得清清楚楚。后来她一想到村里发生了两件尽人皆知的事情，才彻底明白母亲说那句话的意思。这两件事都发生在七十年代。一是村支书的女儿去当兵了，已经到了部队。那时候当兵政审很严格，要查直系和旁系三代以内的亲属关系，在这方面她没有任何问题，但是体检时，查出了她的处女膜破裂了，部队怀疑她有男女作风问题，就把她开除了。当公社武装部将女孩送回家时，她父亲知道了女儿不能入伍的原因。想到发生这样的事情在村里属于奇耻大辱，家人无法出门见人，当天晚上，她父亲把她打得死去活来，遍体鳞伤，并且逼她去死。第二天早上被母亲发现时，她已经气绝身亡，浑身冰凉了。她喝了大量农药，白皙的皮肤变得乌青，美丽漂亮的女孩变得惨不忍睹。家人悄无声息地把她埋葬了。二是文秀本家的婶娘因为和大队民兵营长相好，被人捉住了，生产队干部对她大会批小会斗，然后到各村游街。她的脖子里挂着一双破烂鞋，头上戴着纸糊的高帽子，后面跟着成群结队的大人和小孩，嬉笑她，用不堪入耳的语言辱骂她，呸她，向她身上抛脏物。男人们说她"赖货、不正道、婊子"，女人们说她"不要脸、骚货，这样的女人活着还不如死了"。那时候文秀还小，不明白男女之间的事，也跟在游行队后面看热闹。游着游着好像是不解人恨似的，他们就把婶娘抬起来，撂皮球似的往上抛，下落时再接住，就这样吆喝着连续多次抛落，当走到文秀家前面那条村街上时，从婶娘的裤裆里掉下一卷又腥又臭又脏的破黑布，有人用脚踢，有人用棍挑起来，吆喝着叫人看，有人嘿嘿嘿地取笑。她像玩物似的被人随意玩耍，一切都由不得自己了。她觉得五脏六腑像挪了位，身体像分了家，魂魄像在死亡线上游离，无法形容被羞辱的极大痛苦。后来文秀才明白，那时候婶娘可能正赶上月经期，因为过去的女人在经期都用肮脏的破布当月经纸用，后来有了卫生纸，为女人提供了方便。文秀清楚地记得那一天婶娘被折腾得人鬼不如，回到家里，叔叔又狠狠地揍她一顿，当天晚上她就悬梁自尽了。婶娘死后，不仅没有人说她好，而且成了人人唾骂的对象。叔叔说她死了就对了，不死家里人咋出门见人。这两件事让她记忆犹新，对她的心灵触动很大：女人是不能失去贞洁的。现在面对此客人，绝不能失身当婊子。

客人说："别人我还看不上呢，你真幸运，我偏偏看上你了。"说着伸手去解文秀的衣扣。

文秀鼓足勇气，拼命保护自己，满腔怒火猛然喷发出来，增添了无穷的力量。她挣脱他的手往后躲闪，身后是藤椅和淡黄色金丝绒落地窗帘，只听"哗啦"一声，接着又"咔嚓"一声，她不但转身拉开了窗帘，也打开了窗户玻璃，怒视着客人说："你不要过来，不要逼我，你要逼我，我就跳下去。"

客人以为这是吓唬人，风流女子到处都有，即使良家女子也会被他俘虏，让她主动投入他的怀抱。于是便毫不畏惧地一步步逼近她，想先用武力来制服她，然后再用甜言蜜语来哄骗她，人是高级动物，没有不吃腥的猫狗，然后他踢开了阻挡他的那把矮藤椅。

文秀躲避到了窗户边，情急之中，心如刀绞，心急如焚，想迅速离开这里。如果直接从里面向外冲，是冲不出去的，不但有双人床横向阻挡，而且他正站在过道中阻拦，那样会投入他的怀抱，她深知自己力量薄弱，定会闯入虎口。当客人伸手再去抓她时，文秀不知从哪里来了极大的力量，转身蹿出了窗口，只听"扑通"一声闷响，这声音有点奇怪。

客人先是一惊一愣，接着又感到十分恐惧，霎时，脸上的血液像是凝固了，变得青中泛黄，心脏砰砰砰加速跳动，好像要从喉咙里蹿出来，使他心神不得安宁。天哪！这不是闯了大祸、出了人命、犯下了滔天大罪吗？他后悔至极，也后怕至极，不该逼迫人家，一念之差，伤害了别人，也害了自己，越想越觉得愚蠢透顶，本来可以避免一切事情发生，你情我愿也就罢了，万万不能强迫人家呀！

他紧握拳头狠狠地捶打自己的头，同时感到浑身无力，双腿打战。他不敢往窗子下面看，只想迅速逃命，赶快离开这里，逃出去或许能保住命，不管她是死是活，只要销毁自己的证件，隐姓埋名，就算终日过人鬼不如的生活也行，逃避警察是关键。他这么想着，急忙收拾行李，仓皇而促逃。

这座宾馆楼的后面是一个硕大的操场，那个窗口下面是一个长方形的大沙坑，里面堆满了细沙粒。文秀恰巧跳到了沙坑里，只是弄了一身沙粒，受到了惊吓，膝盖上碰破点肉皮，但没有伤着筋骨。她从沙坑里慢慢地爬起来，拍打拍打身上的沙土，伸手一点一点抠抠耳朵里的细沙粒，揉揉眼睛，吐出嘴里的沙土，感到身子稍微有点疼痛，但没有什么大的不适。文秀认为这是上天在营救她，这是娘在阴曹地府保佑她，不然怎么这么巧合，正好这里就有个沙坑，而且就在这个房间的窗下，之前她并不知道这些情况。但再一想又感到后怕，也感到自己鲁莽，如果没有跳到沙坑里，不就缺胳膊断腿成残废了吗？她还怎么供弟弟上学？怎么干活？怎么照顾有病的老爹？如果成了瘫子恐怕性命就难保了，一生也就完了，可自己还年轻啊！觉得自己真傻，怎么忘记了呼救？忘记了挣扎？忘记了用欺骗来保护自己的生命？想着想着禁不住落下泪来，边抹泪边又回去值班了。她感到外面的世界并非像想象的那么完美，有阳光，也有阴影，阴影之下也有恶鬼。一场惊吓，使她魂飞魄散，像做了一场噩梦醒来，感到后怕。心说："文柱呀，一方土养一方人，姐骨子里不是犯贱的种，思想传统守旧，把贞洁看得比自己的生命都重要，难以适应外面的精彩世界，姐没本事在城里挣钱，还是回家想办法吧。如果换作别人，思想开放，不顾廉耻，一夜风流不但能挣一些钱财，而且一切都平安无事，可姐做不到，姐知道女人一旦失身，就为将来自己的婚姻埋下了祸根，一时的痛快就会换来终身的不幸。"待天一亮，文秀收拾好行李，迈着沉重的脚步无精打采地踏上了返乡路。

三

文秀回到家，轻轻推开虚掩着的房门，听到父亲在耳房里痛苦地呻吟，慌忙放下行李连声叫爹。父亲躺在前墙窗口下原来文柱睡过的小木床上，听到文秀的喊声，知道女儿回来了，颇感惊喜。文秀掀开花布门帘来到父亲身边问："爹，你是咋啦？病啦？"

父亲看到女儿，禁不住鼻子一酸，泪出来了，哽咽着说："秀啊，你咋回来了？"

"我想家，也挂念您啊！"

"好闺女，幸好你回来了，要晚了，恐怕就见不成爹了。"

"爹，别这么说，你得的是啥病呀？"

"绝症，恐怕这一躺倒，就起不来了。"

"您咋不早说？托人给我捎个信也行啊，咱离县城又不远。"

"我不想拖累你，想让你好好工作。"

"还是看病要紧哪！有病可不能耽误。"

父亲垂头丧气地说："早死早安生，我也活够了。"他平躺在床上，身上搭着黑被单，干巴巴清瘦的面容，像糊上了一层揉皱的黄表纸，如果轻轻捏一下，就会骨皮分家。他无神的目光正在亲昵地看着身边的女儿。

文秀看着爹的模样，顿生怜悯之情，眼里冒出了泪花。她认为父亲患病应该怪罪她，因为她没有在家，一定是爹饥一顿饱一顿，吃不好饭，睡不好觉，营养跟不上煎熬出来的病，再加上他本来就体质虚弱。她站在父亲身边说："爹，咋能这样说呢？谁不得病啊，有病慢慢治，以后我就守着您，哪儿都不去了，好好伺候您，身体慢慢会好的。"

"秀啊，在家待着挣不来钱啊！还得还账，还得供你弟弟上学哩。"

"爹，我想好了，在家养家禽家畜，搞科学种田，照样能挣钱。"

“也好，家里离不开你，在家做事方便，爹相信你能干好，从前你就不怕吃苦受累，对家做的贡献大啊！不是你哥折腾，咱家也是好户。”父亲提着被单搌搌眼里的泪花，然后撑着身子想坐起来。文秀急忙搀扶着他的胳膊，觉得爹的胳膊像干柴棒似的，身子像个骨头架子，马上意识到他病得不轻啊！父亲倚着床头半躺着，文秀怕他躺得不舒服，慌忙拿着旧大衣垫在他背后说：“爹，咱去医院看病吧。”她摸摸裤兜，里面装着一个月的工钱，除了吃喝，还有三百多块钱，她想用这钱为爹治病。

父亲轻轻摇摇头，抬胳膊摆摆手少气无力地说：“不治了，就是治也白搭，白花钱，城里的大干部得了这病，还治不好哩，别说咱这草命人了。”

文秀坐在床边，看着父亲憔悴蜡黄的面容，似乎失去了常人体内的血液，像是患了严重的贫血症，马上想到父亲的病情很严重。她一下子联想到病危的人都是这样的脸色，心里很不是滋味，泪汪汪地问：“爹，你到底得的是啥病啊？”

父亲瞪大眼睛看着女儿，伸指头指着嗓子，声音嘶哑地说：“噎食，吃啥都噎，吃一口吐一口，撑不了几天了。”

文秀明白了爹患的是食道癌，急忙说：“人家会不会看错病啊？咱到别的医院再复查复查，行不？”

他又摇摇头说：“不查了，错不了，我知道。”

文秀听说患这样的病一般是气上所得，生气是主要原因之一，便急忙问：“爹，是谁气您啦？”

父亲垂头想了想说：“你可说对了，我这病是气出来的，我知道不是一半天了。从操办你哥的婚事起，我就窝着气，不管咋样，把你嫂子娶到家了，我的气也就消了。可刚过门，她就要分家，我又生起闷气，咱们的财产都给她了，她却把咱们往火坑里推，往死处置啊！黑心烂肚子的事她都能做。更让人生气的是，去年我割麦割到晌午，渴得很，走到你嫂子家门口，拐到她厨房里，看到案板上的盆里有水，就舀一瓢水喝，可你嫂子看着我嘿嘿笑，我不知道她兔孙笑啥哩，等我把一瓢水喝完了，她才说那是淘菜水。她个鳖娃孬孙货，赖得烧手，不是人哪！要是她爹娘，她会这样看笑话？我就是把肉割给她，把心掏给她，她也不知好歹呀，没良心的畜生。就是别人看见了，也不会叫我喝脏水吧！还有你哥也是孬种货，分家时我跟他商量，借款咱各分一半，可他坚决不同意。我说家业全给你了，你就不为弟弟、妹妹想想，叫我少作点难？他不听，只顾自己。你们都是我的儿女，手心手背都是肉，可你哥嫂做事太绝啊！你说我气不气？”

文秀坐在床边，劝说父亲：“爹，您犯不着生气，谁家都有磕磕碰碰的事，千家万户都是一样的，只是您不知道。哥和咱都是一家人，吃亏占便宜没到别人家，只要你想得开，不生气，有个好身体比啥都强。”

“话是这么说，可心不由己呀！当老人的，对儿女都心疼，只是苦了你和文柱。”他对女儿絮叨絮叨长时间闷在心里的话，觉得精神好多了，气也消了，心情也舒畅了，只是想文秀这闺女心太善良，太善良的人往往容易吃亏受气，并不是说好人就有好报，好在她遇事想得开，度量大，但愿将来她能过上好日子。父亲平时说话的力气都没有了，可一见到女儿像打开了话匣子，有说不完的话。

文秀看着父亲很虚弱，说话很费力气，轻声对他说：“爹，您先歇一会儿，我给您烧盆水，洗把脸。”她想到父亲的病已经严重到这一步了，可怜他还孤孤单单一个人躺着，身边没有亲人照顾。他为儿女奉献了一生，此时应该得到儿女的回报。她还在外面干什么？内心巨大的悲痛油然而生，伸手捂住嘴巴从爹房间里冲出来，唯恐在爹面前忍不住哭出声，让爹心里难受。文秀转身去了厨房，怎么也忍不住“哗哗哗”流出的眼泪。

父亲想到他已经多日没有洗过澡了，性命快没了，还讲什么个人卫生、仪容仪表啊，就没有那个心劲儿了，也很长时间没有照过镜子了，可能浑身都是灰吧。他也想到人是很奇怪的，在家里倒无所谓，穿戴邋邋遢遢，衣帽不整，甚至都不想洗漱了，图个轻松自由舒心快乐，完全暴露了人的惰性，可一旦出门总要注意一下自己的面容，不管美丑，洗洗脸再出门，唯恐脸上不干净惹人笑话，似乎脸面是专门给别人看的。他也想到他不可能再走出家门了，下一步就是去阎王殿报到了，那一定是个大场面吧，会见到大鬼小鬼阎王爷，然后去见死去的家人，他最想见的是多年未见的妻子，这也算是离家出走吧，所以刚才女儿说为他洗洗脸正合他意，觉得还是女儿孝顺。此时他也想起从前人死了，家人给他们洗洗脚手脸，穿上新衣服，打扮得整整齐齐送他们离开人世，这是亲情的表露。他不想等咽了气浑身僵硬了让女儿洗着难受，觉得这是个好机会，把脸洗干净，把想说的心里话说完，就死而无憾了。

文秀烧了一锅开水，先灌满一茶瓶提到父亲的房间里，放在耳房门口的抽屉桌上，然后将锅里剩余的开水用水瓢舀到水盆里，又兑了一半凉水，伸手摸摸不热不凉，便端到父亲床边，拿着毛巾在水盆里对搓两把，拧了拧，先为父亲轻轻擦着脸、脖颈和头。文秀耐心十足，擦洗时很慢、很认真、很细致，将父亲七窍里的灰尘一点一点清理出来，擦洗得干干净净。她想到在父亲最后有限的生命里一定要好好陪伴他，给他温暖，给他关爱，让他享受到儿女的亲情，好好送他最后一程。然后文秀掀开父亲身上的被单，准备为他擦洗身子时，看到父亲身上消瘦得几乎没有肌肉了，似一具干枯的骷髅，让人感到恐惧。她立刻想到父亲可能多日不能吃饭了，刚才跟她说了那么多话，是要耗费他很大力气的，这是精神作用吧，或许是因为见到女儿回来高兴吧，或许是他在硬撑着给女儿倾诉肺腑之言，以吐出心中的闷气为快吧，她为父亲感到心酸悲哀。文秀觉得盆里的水渐渐凉了，又提着开水瓶往盆里兑一些开水，盆里的水立即升温了，不管是热天冷天，用温水擦洗皮肤，有利于血液循环和毛孔的收缩，不会刺激皮肤，使人感到舒服。她在温水盆里把毛巾洗了洗，觉得毛巾不热不凉，再为父亲擦洗身子，唯恐毛巾过热过凉让父亲感到不适。文秀一边为父亲擦洗，一边回忆着父亲过去的人生。从她记事起父亲就没有享过一天福，整天为儿女操劳。他平时不爱多说话，只会踏踏实实地干农活，从前在大生产队时，是由队长分工干活，别人不愿干的苦脏累险难的活，队长就想着他，他就毫无怨言默默地去干，而且从不讲给的工分高低。后来分田到户，各种各家分到的责任田，他仍然是好好伺候自家的庄稼，从不言苦和累。母亲去世后，他既当爹又当妈，家里地里什么活都干。近几年他身体一直不好，文秀认为他是积劳成疾，累病的，但没想到他常生闷气，这样的人有气不说闷在心里是不利身体健康的。文秀含着眼泪为父亲擦洗了一遍身子，又拿着剪刀慢慢给他剪手指甲。他的指甲像竹批儿似的坚硬，而且很长，指甲缝里隐藏了很多油腻的灰尘。文秀为他剪了指甲，又取下头上的发卡，用发卡头轻轻拨出每个指甲缝里的油灰，等全部清理完毕，又到厨房里为父亲烧了一碗面疙瘩汤，打了两个鸡蛋，然后炒了几把芝麻，擀成芝麻盐，想到芝麻润肠补钙，营养价值高。她将芝麻盐掠到面汤碗里几勺，给父亲端过去，对父亲说："爹，你喝点面汤吧。"

爹少气无力地说："我很饿，也想吃，可喉咙里咽不下去啊！就像竹筒里紧紧卡住一块石头，上下不通了。"

文秀拿着小饭勺说："爹，我喂喂您，您强咽点，不吃饭不行啊！"她舀一勺不稀不稠的面汤，上面漂浮着一层黄澄澄的鸡蛋花，很诱人食欲。这对几天米粒未进的父亲来说，是多想吃下去啊！父亲张开了嘴，文秀用勺将面汤送进父亲的嘴里，他在嘴里含着，试着往下咽，很痛苦地强咽了几下，感到像什么东西堵住了食道，一点都进不去。他真想放声大哭一场，但他忍住了，不想消耗自身的一点微弱力气了。他很爱女儿，不想在她面前表现出内心巨大的痛苦，唯恐女儿为他担惊害怕。那一口饭含在他嘴里很长时间，最终又顺着嘴角全淌了出来。文秀感到父亲确实不行了，豆大的泪珠顿时从眼睛里冒出来，进而如泉水一般顺着面颊簌簌往下淌。她放下饭碗，让父亲躺好，哭着说："爹，都怨女儿，我不该出去打工啊！"

父亲忍着内心的痛苦笑着说："秀啊，不要难过，人活着都要死，阎王路上无老少。从前你大爷十七岁就当兵去了，为的是吃饱饭，十八岁就在战场上牺牲了。你娘走的时候三十多岁，和他们相比，我已经知足了。"

"爹啊，那是啥年代啊，没吃没喝的，现在日子好了，条件好了，人的寿命就长了。您才六十多岁，比八九十的老人，还有几十年的寿命呢。”

“那才有几个？”爹气息奄奄，无力地干咳两声，但有强烈的表达欲望，就想把内心的话向女儿倾诉，紧接着又说，“我随时就可能去见你娘了，我死了，啥都不用准备，简办，挨着你娘扒个坑，把我埋了就行，千万不要破费。”

“爹，别这么说，您的病会好的。”

“好不了，我主要挂念你弟弟啊！”

文秀心里明白爹是怕因为家穷，弟弟完不成学业，半途而废了，于是紧接着说：“爹，您放心，咱有几亩地就饿不着，没钱，借钱我也供到弟弟大学毕业。”

父亲咧嘴笑了，他眼窝深陷，眉棱骨凸起，大而无神的眼睛让人胆怯。他说：“好闺女，以后就苦了你了。”

文秀心里清楚，父亲茶水未进，瘦得皮包骨头，他的日子不多了。她只想说些劝慰爹爹的话，让他高兴，说：“以后的生活会越来越好，将来咱有钱了，把旧房子扒了盖新的，不比别人差。”

爹开心地笑着说：“我是希望将来文柱有个好工作，你找个好人家，都好好过日子，这房子就不要它了，我躺在棺材里就心满意足了。”

文秀觉得爹每说一句话都很费力气，想说的话也基本说完了，就想让他躺好歇歇。

四

不久，文秀的父亲去世了，文秀想在家里搞科学种田。文秀把想法告诉了文柱，文柱为她买了几本实用的科学种田书籍，帮她选择优良品种，指导她科学管理，果然他家的小麦亩产达到了八百多斤，玉米也获得了大丰收，打破了历史纪录，尤其是她种的三亩棉花田，结的花桃又多又大，开的棉花又白又细，是村里种植最好的棉花。但卖棉花时，技术员却压级压价。人家的棉花，不但丝粗，而且不白，却卖了一等价。她家的明显是优质棉花，却卖三等价。文秀觉得这样卖出去，会吃大亏，又把棉花从街上拉回家了。她很生气，心里骂那个技术员有眼无珠不识货，什么技术员，冒牌货，不知道是谁家的七孙六舅子，靠关系派他收购棉花，给棉花定等级，只看人情，不看棉花。文秀发现有人找他说情，有人私下里给他递纸条，毫无疑问那都是和他熟悉的人干的事。那技术员看到有权有势的人像孙子一样，点头哈腰，不管棉花好坏，都按高价收购。看到陌生的老百姓像大爷一样，盛气凌人，十分挑剔，压级压价。文秀禁不住心里骂："龟孙货，高坟头上添土，坑害老百姓。没权没关系的老百姓怎么了？不偷不抢遵纪守法本本分分种庄稼，有什么不好？常言说，人不得外财不富，富人的钱都来路正吗？"后来听说收棉花的技术员是村里李瘸子的舅，文秀便直接去找李瘸子了。

秋阳西下，万道霞光染红了天上的白云和西边的半边天，照射着莲花村，为它披上一层闪亮的金纱。李瘸子家砌着高高的红砖院墙，安着朱红色铁大门，里面院落很大。他住着坐北朝南的四间青砖小瓦房，房顶上鱼鳞似的小青瓦生出一层毛茸茸的青苔，最西头的单独一间是厨房。这房子大概是四五十年代盖起来的，从前他家是中农户，有些家底。李瘸子的爹娘死得早，留下他和老奶奶。老奶奶打理这个家，有时候在生产队干些轻活。李瘸子就背着书包上学，上到初中毕业，村里就他一人考上了公社高中，当时上高中每天要跑十几里的路程，因为他的腿脚不方便，就放弃了学业，在生产队当了记工员。后来他奶奶去世，大生产队解体，他除了种好自家的责任田外，就在家里养鸡。他把院子西边和东边就着院墙搭起了鸡舍，里面摆着一排排用细钢筋和粗铁丝制作的鸡笼，笼里养着一只只肥胖的母鸡。开始喂养几十只，渐渐发展到几百只，后来养了上千只，成为村里的养鸡大户。为防止鸡生病，他买了养鸡防病治病手册并掌握了养鸡的方法。他家的鸡又肥又大，产蛋量高。如果发现有些鸡老了，或下蛋少了，他就卖给饭店，等来年再养小鸡。

文秀来到李瘸子家门口，看到铁大门虚掩着，便轻轻推开大门，看到他家的院里尽管打扫得干干净净，但还能闻到微弱的鸡粪味。接近大门口的地方有一棵三把粗的杏树，树叶稀稀落落地吊在树枝上，经微风一吹摇头摆尾地飘荡着。文秀站在树下，看到李瘸子正站在鸡舍门口弯腰为鸡笼里的鸡拌食，她忍住心里的闷气，轻声喊一声“大哥”。

李瘸子抬头看见文秀来了，慌忙趔趄着身子一瘸一拐地向她身边走去。他四十来岁，背驼个矮，小眼睛单眼皮，站在文秀面前矮了半头，更引人注目的是他的一半屁股凸得似小山丘，但另一半屁股凹得似干泥坑，形象确实不雅。他瞧着文秀问：“秀，有事呀？”他的语气很温柔很亲切，让文秀心里感到暖融融的。文秀并不鄙视他的相貌，觉得心灵美胜过相貌美，人们一说谁谁是好人，重点是指人的心肠善良，并非是指相貌。李瘸子对人亲切和善心肠好，村民对他评价很高，文秀对他印象也不错。她说：“大哥，你先看看俺家的棉花好不好？”说着低头从自己兜里掏出一团蓬蓬松松雪白的棉花，柔软质细，捧在手里让他看。

李瘸子低头瞧着棉花团说：“好，好，好，我还没见过这样好的棉花哩，又白又细又干净。”

“我选的是优良品种，按科学方法种植。我把它们当宝贝，为它们浇水、施肥、掰花叉，进行科学管理，比原来种植的棉花增产双倍。”文秀说道。

“我知道你是咱村种庄稼的行家。”李瘸子真诚地夸赞她。

文秀本来心里有气，说起话来连珠炮似的：“可你舅，压级压价，要按三等棉花收，人家一等的也没有我的好，不知道这是咋回事？要按他说的等级收购，我就少卖一半钱，这不是欺负人吗？”

李瘸子瞧着棉花说：“我给舅打个电话说说，等问好了你再去。”

文秀由忧转喜，说：“谢谢大哥！”

“客气啥，先回去吧。”

李瘸子给他舅打电话说明了情况，文秀的棉花是按一等价格收购的，这是文秀第一次卖棉花，之后她种的三亩棉花陆续开放，她也断断续续去摘，积攒成堆后再去卖。后来文秀想想，前前后后一共卖了五次棉花，每次都是按一等价收购的，一共卖了一千多元，这在当时算是获得棉花大丰收了，另外还有玉米、红薯、大豆，一个秋季的收入相当于外出打工一年的工钱了。文秀没有想到的是她种的棉花能卖那么多钱，心里明白这主要是李瘸子帮忙的缘故，深深地体会到没人没关系，办事真难呀！不但事事难成，而且还会受欺负，如果李瘸子不帮她，真冤死人哪！不由得对他心存感激。

文秀最后一次去收购站卖了棉花，又去供销社买了一斤半银灰色腈纶线，一斤九元，一共花了十几元钱，准备回家织一条毛裤。那时候没有卖毛衣毛裤加厚保暖衣的，人们要么穿棉衣，要么穿单衣，穿的保暖衣就是家人手工织的线衣和毛衣。村里大部分女人都会织衣服，似乎女人生来就应该会做针线活，或手工纺织，男耕女织是祖传下来的老规矩，否则，就被称为笨女人，被村人瞧不起，所以十几岁的女孩就开始学做针线活。没娘的孩子早当家，文秀上初中的时候就知道纺线织手套织袜子了，后来就成了织衣服的行家。她喜欢用竹针织衣服，而且织得速度很快，针和线在她手里轻松自如地翻飞跳跃，有时手里织着衣服，目光还看着其他地方，凭感觉就不会织错针，一般每个晚上在煤油灯下能织出一两线，反针、正针、麻花针等都织得很熟练，能织出不同的花型图案，这样的功夫是织线衣练出来的。以前没钱买毛线，其实当时人们说的毛线大多是腈纶线，含毛量少，真正的毛线很贵很少，而且不结实。老百姓买不起，能穿上腈纶线衣就不错了，认为腈纶线也不错，既结实又保暖，织成毛衣，多年都穿不烂。一般人穿的是线衣，就是用棉花纺成线，然后再手工织。文秀不管是在田间地头，还是在家里，一有空闲时间就从兜里掏出纺锤纺线。她的纺锤是用一根竹签扎在萝卜头或红薯头上做成的，纺线时，一手捏着棉花，一手捻着竹签使纺锤飞速转动，一会儿就纺满一纺锤线，然后抖抖缠缠合成几股线就可以用竹针织线衣了。她乐意种棉花也有便于纺织的目的。她穿的全是线衣,还为哥嫂弟弟织。当她准备拿买来的腈纶线给自己织毛裤时,却突然改变了主意。她想到欠李瘸子的人情太大了,他家没有女人,没人给他织毛衣线衣的,不如用自己的线给他织一件毛衣。人应该知恩图报,人家帮了你,你应该回报,否则,就是不懂人情世故了。可是她也非常喜欢这毛线,最后决定先给李瘸子织,以后她可以再买。半月后,她为李瘸子织好了一件毛衣,另外凑够两千块钱,准备先还人家一部分。

一天下午,文秀手里拎着鼓鼓囊囊的花布包,轻轻推开李瘸子家的大门,看到他正从堂屋里提着一袋子鸡饲料向门外放,文秀轻声喊:“大哥。”

李瘸子放下鸡饲料,抬头看到文秀来了,慌忙迎接说:“秀啊,这会儿不忙啦? 快,屋里坐。”他从内心里很喜欢文秀,觉得她是一个很懂事的姑娘,把她当成自己的孩子一样看待,说话的语气也像老人对孩子一样。李瘸子知道她家穷,一个女孩子为了哥哥弟弟吃苦受累,他应该帮助她。再说从前他和文秀的父亲关系很好。大生产队时,每到年关生产队杀猪分肉,分肉时都要排成长队按前后顺序分。有一年文秀爹排到了队伍最后,轮到给他分肉时,好肉不多了。李瘸子在现场记账,看看大伙儿一个个提着肉都走了,就剩下他和文秀爹,还有掌秤割肉的。李瘸子知道那一年他家遭不幸,文秀娘去世了,孩子小,喂了两头猪也死了,于是对割肉的说:“给大叔多割点,把我的一份也给他。”老实巴交的文秀爹连声说:“不能要你的,不能。”李瘸子说:“大叔,给你你就要,掂走吧,我好说,这不是剩余的还有肉嘛,我多少弄点就够吃了。”文秀爹明白李瘸子的意思是为了多给他分点肉,在那个因为贫穷家家户户常年吃不上肉的年代里,肉就是最珍贵最奢侈的食品。文秀爹认为这是李瘸子送给他的一份厚礼和大人情,很感动。但也想到李瘸子算是生产队领导班子的成员,占点公家的便宜也有可能,不会没肉吃。后来文秀爹就把李瘸子当成了恩人,家里有什么犯愁事就跟他说说。李瘸子能帮则帮,不能帮,就为他出主意想办法。现在他一个人也不外出花钱,卖鸡蛋时总是人家登门来收购,卖来的钱就放在家里床底下的一个小木盒里，有时也记不得一共有多少钱，除了买鸡饲料，也不花什么钱。看到文秀来，就想着她需要钱的话，还借给她。

文秀每次见到瘸子就感到心里暖融融的，觉得就像老父亲对她说话一样，给她关爱和温暖。她也把他当作亲人一样看待，心里有一种亲近感。他们两家相隔两户人家，都在同一条路的路边住，来往很方便。文秀每次改善生活时，总忘不了给李瘸子端饭、拿包子馒头什么的。当时在乡村说改善生活，一般就是在石磨上磨黄豆汁或豌豆汁，做成咸豆腐脑或粉浆面条，还可以把各种菜掺在一起剁碎蒸菜包子。这样的粗茶淡饭都注意放调料，如椒叶、藿香叶、麝香菜、韭菜、葱等，一般这些菜在农村的菜园子里种的都有，把它们切碎，再加上油盐酱醋一调和，等饭出锅的时候放在锅里一搅，饭味就出来了，村里人都爱吃这样的饭。李瘸子很喜欢吃文秀做的饭，觉得饭味好，能增强食欲。可他一个人吃饭不讲究，有时候懒省事就啃个馒头喝点开水凑合凑合。他心里也清楚长期这样下去对他健康不利，他的身体一直没有出现什么问题，这与文秀经常照料他的生活有关。

文秀进屋从花布兜里掏出织好的银灰色毛衣，微笑着快言快语地说："大哥，你来试试，我给你织一件毛衣。"

李瘸子看到蓬松柔软的新毛衣，上面还织着麻花和菱形图案，此花型显得毛衣瘦长，伸缩力强，毛衣穿着贴身暖和，弹力大，胖人瘦人都能穿，瘦人穿着显得毛衣厚，胖人穿着显得毛衣薄，因为把花型撑开了。他感到十分惊喜，眼睛立刻眯成了一条缝，从来没有奢望能穿上女人织的衣服，平时他不注意穿戴，季节交替感到寒冷的时候，就多穿几件加厚的衣服来避寒。他嘿嘿笑笑说："秀啊，我穿不合适，经常在家不出门，穿赖好都中，拿回去你穿吧。"

"大哥，我是专门给您织的，身子胖，你来试试吧。"

"给文柱穿吧。"

"我给他织的有。"

"这么好的毛衣，我穿着可惜了，天天在家喂鸡，也没人看。"

“这主要是为了保暖，在里面穿的，就不是让人看的。”文秀笑呵呵地说。

时值深秋，天气转凉，当时刮着冷风想下雨。李瘸子外面穿着黑色的薄棉袄。他有两件棉袄，一件薄的，一件厚的。他没有保暖内衣，天一转凉就穿上他的薄棉袄，到了严冬便穿厚棉袄。他觉得在人家姑娘面前脱衣服试毛衣不好意思，姑娘家都穿得利利索索干干净净，他却穿得邋邋遢遢，里面的衬衣也很长时间没洗了脏兮兮的，而且还会有异味，当面试衣服会给人家留下不好的印象，于是说：“不用试了，大小都中。”他接着毛衣不知道说什么好，只觉得很珍贵，这是他从未穿过的高档衣服了。

文秀心里不嫌弃他的穿戴和形象，亲切地说：“大哥，你穿上试试，如果不合适，我再修改。”

李瘸子瞧着毛衣说：“这衣服织得真好，它有弹性，穿着胖点瘦点大点小点都中。”

文秀从褂子兜里掏出一沓子有零有整的钞票说：“大哥，先还你两千块钱，以后手里有钱了再还。”

“秀啊，大哥现在不用钱，前几次卖鸡蛋的钱我还放着呢，都没花，大概有两三千块哩，我还想给你呢，文柱在外面上学，用得着。”

在文秀的心里，李瘸子是个只知道干活，不知道花钱的人，只要吃饱穿暖就满足了。平时他家也没有什么事，又不患病不吃药，确实花不着什么钱，文秀说：“大哥，感谢你对舅舅说了我的情况，他都按一等棉花价收购的，这是卖棉花的钱，不然我是弄不来这么多钱的。”

“钱你拿回去，衣服我收着，这是你千针万线织出来的，多难哪！你的心意我领了。”他明白文秀为他织毛衣是表示谢意的。他也想过，一个家庭，如果没有女人就不算是完整的家庭，没有人缝缝补补，洗衣做饭，吃不好穿不好，家里弄得乱七八糟像猪窝似的。有钱，钱又不会给你做饭洗衣说话。他也想娶个女人，理好家，生活质量就提高了，对身体健康有利。可是到哪里去找呢？他的年龄大了，形象还这么差，也就死心了。文秀隔三岔五地来帮帮他，照顾照顾他的生活，他也非常感动，但对她从没有什么非分之想，始终把她当成亲妹妹，甚至亲女儿一样看待。

忽然，文秀脸色苍白，觉得肚子疼得难受，靠着门板捂着肚子蹲下来。

李瘸子说："秀啊，看你脸色不好，是病啦？"

文秀皱着眉头痛苦地说："我肠胃不好，可能是胃受凉了，没事，一会儿就会好的。"说着她把手里攥着的钱放在凳子上，慌忙跑进厕所。李瘸子把手里的毛衣放在门口的饲料袋上，将凳子上的钱装进文秀的花布包里。文秀知道自己患的不是什么大毛病，吃了辛辣食物，或胃受凉了，都会出现这种情况，得得急，好得也快，有时候到厕所里拉拉稀就好了，有时候吃点小药也就治好了，这就是常说的轻微肠胃炎吧。

一会儿，文秀从厕所出来，李瘸子急忙问："秀，好些没有？不行去医院看看。"

"好多了。"

李瘸子说："可能是肠胃消化不良，你吃些鸡屎皮吧，也就是药书上说的鸡内金，常吃可以帮助消化。"李瘸子说着一瘸一拐地出去，到外面窗口上拿来一把黄澄澄的风干的鸡屎皮，装进文秀的花布包里，说："你回家把它在鏊子上焙干，在案板上擀碎，每到吃饭时候撒到饭碗里吃一点，也可以擀碎烙焦馍吃，吃一段时间就好了。"

文秀知道李瘸子喜欢看书，什么书都看，知道很多偏方，相信他的话，说："我这毛病经常犯，老想着是因为乱吃东西引起的。"

李瘸子把花布包递给文秀说："你回去吧，先吃着，我再杀鸡了给你存着鸡屎皮。"

文秀拿着花布包回到家里，从包里取鸡屎皮时发现她的钱在里面装着呢，她以为李瘸子收下了，没想到他没要，觉得他真是难得的好人，这钱对他来说也许无所谓，但对文秀来说是非常珍贵的，等于为她排忧解难。

后来，文秀的病好了。李瘸子隔几天就杀一只不下蛋的鸡，给文秀拿过去叫她炖着吃，说是补补虚弱的身子。文秀觉得李瘸子对她的关爱如爹娘一般。

五

几年后，文柱大学毕业了，顺利地在省城找到了工作。他心里一直惦记着姐姐，认为姐姐对他奉献的是一种无私的母爱，没有姐姐供他上学，就没有他的今天，他决心要好好报答姐姐的厚恩，一定要把她带到身边享享福。他回到家里对姐姐说："姐，我毕业了，有工作了，以后就苦尽甜来了，咱们有福同享。你把家里收拾收拾，安排一下，咱不种地了，锁上门，跟我住城里。"

文秀温言善语地说："文柱，你的处境改变了，有出息了，以后日子就好过了，姐为你高兴，你的好意姐心领了，可姐不能跟你进城去。"

文柱感到疑惑不解，姐吃了这么多年苦，受了多年累，接她进城过好日子，她怎么不肯去？

兄妹两个坐在自家的旧屋里，文柱坐在门口，文秀坐在耳房门前，坐姿都很随意，你一句我一句地聊着家常。文秀说："以后你就安心在城里工作，不要挂念我，遇上好姑娘谈一个，将来好好过日子。"

"姐，你为什么不进城？"

文秀笑笑说："我在家住惯了，觉得自由，清静，空气好，生活方便。想干啥就干啥，想吃啥不用买，有粮食，有菜吃，想吃啥菜种啥菜，还都新鲜。在城里车多人多，到处乱糟糟的，噪音大，空气差，吃啥用啥都得买。就说那萝卜缨子、白菜帮子啥稀罕呢，可在城里都得买。还有坑里的老鳖，咱村里人都不吃它，在案板上剁剁还怕腥了案板，可城里人把它当成高级营养品上桌，说营养价值高得很。还有那死鸡死猪，咱村里人都把它扔了，可有人把它卖到城里的饭店里和市场上，都让城里人吃了，那不生病啊？"

“住城里不用干农活，累不着，白天晚上到处亮堂堂的，天阴下雨出门不用踩泥巴，生活质量高。”

“可我确实在城里不习惯。”

“住久了，就习惯了。”

文秀低下头说：“我不去。”

文秀执意不去，文柱觉得这不是姐姐的本意，这里面一定有什么原因。因为村里人都很向往城市生活，他说：“姐，你要告诉我不进城的真正原因。”

文秀抬起头注视着文柱，觉得文柱很聪明，知识丰富了，思想复杂了，不是当初简单的毛孩子了，对他很认真地说：“文柱，不瞒你，我就要结婚了。”

文柱一下子愣住了，盯住姐姐紧紧追问：“和谁结婚？”

文秀又低下头说：“和瘸子哥。”

文柱感到十分惊讶，不可思议，姐姐傻了？疯啦？他禁不住“啊”一声：“怎么……跟他？和他结婚？他配得上你吗？你不怕惹人笑话？你精神出毛病啦？”

文秀抬头笑笑说：“我精神很正常，咱欠人家的账太多了。我实话告诉你吧，为咱哥的婚事，我是从他那里借的钱，你几年的学费几乎全是人家拿的，我每次向人家借钱，人家从没说过‘不’字，也从没有催要过账，这是一般人做不到的。不然，我到哪里借钱去？谁给？可人家的钱也是辛苦钱啊！人家帮了咱，咱不能坑害人家。我也多次想过，他虽然貌丑，但心善，是个好人，和他生活在一起，姐会幸福的。”

文柱想想上几年学是没少花钱，原来都是李瘸子给的，他说：“姐，我花人家的钱，以后我来还，不能拿你做交易呀！这是你一辈子的大事，儿戏不得，你不能这样做，将来你会后悔的。”

“这是我自愿的，人家从来都没有非分之想，在我心里他就是最爱我的人。”说到这里，她低头沉思片刻，随后又昂起头说，“我自己的事我当家。我想好了，到他家后，在他家院前的宅基地上再盖三间平房，我们住里面，后院腾出来养鸡，扩大规模。别人出去打工，你在城里工作，不都是为了挣钱养家糊口吗？我在家不用东奔西跑，不操啥心，也能挣钱，多好哩。”

文柱仍然半张着嘴，瞪着眼盯着姐姐，不敢相信这是真的，觉得姐姐糊涂，谁都瞧不上眼的人，姐姐却愿意天天相伴，这样太委屈她了，虽然她说得在理，但李瘸子和姐姐的形象太不相配了，总觉得自己心里愧对姐姐，但又无可奈何。他明白姐姐这样做的原因，等于家里欠的外债一笔勾销了，以后谁都没有沉重的经济包袱了，姐姐是为弟弟着想啊！

文柱进城上班了。在一个阳光明媚，天气宜人的日子里，文秀高高兴兴地来到李瘸子家，把大门反锁上，拿着扫帚在院子里扫起地来，扫了院里又扫屋里，李瘸子阻止，文秀像没有听见一样，只管低头默默地扫着，一会儿将院里屋里打扫得干干净净。然后又收拾堂屋客厅里的东西，把零散的东西整整齐齐地放在合适的位置，把桌上的物品都洗洗擦擦，像在自己家干活一样。

李瘸子感到莫名其妙，觉得文秀的行动反常，百思不得其解。平时来家里有事说事，没事就走，从不久留，可这是怎么了？他在她身后转悠着不停地说：“秀，太脏，有空我来擦，你歇着吧。”

文秀抬起头说：“大哥，一会儿我有事对你说。”

“有啥事说吧，别干这脏活了。”李瘸子想着可能是懂事的文秀利用这种方式来感谢他呢，有什么心事不想直截了当地说了。

文秀把东西收拾好后，看着屋里既整洁又美观，舒心多了，便搬着小木凳倚着门板坐在门口，然后又搬着身边的小木凳伸胳膊放在对面的门板处说：“大哥，你坐，我有事对你说。”

李瘸子坐下来觉得和文秀贴得太近，又挪挪凳子往屋里面坐坐，保持一定的距离，他温和地说：“秀啊，有啥事？”

“大哥，我想好了，咱们结婚吧！”

李瘸子顿时目瞪口呆，刚才觉得她的行动反常，现在又觉得她的语言也不靠谱了，文秀是不是精神上有毛病了？急忙说：“秀，你生病啦？”

文秀心里明白，知道李瘸子不相信她的话，微笑着说：“我不但没生病，而且还精神很正常，我说的是真话，不是儿戏。”

“不是儿戏，是开玩笑，给大哥开玩笑不合适。”

“大哥，谁给你开玩笑啊！我是很认真的，说的是实话。”

“文秀，我四十多了，因为辈低，你叫我哥，如果按年龄你该叫我叔，我这辈子就这样了，半截子入土了，没啥想法了，你年轻，千万别这么想，我平时已经把你当自己的闺女看待了。你是一朵鲜花刚刚开放，找个好人家好好过日子吧。”

“你意思是说，我一朵鲜花插到你这牛粪上了？我乐意，我插定了。”她笑着说。

“可不能这样，咱们咋出门？老少爷们咋看咱？”李瘸子收起笑容，觉得这样做极不合适。

“大哥，咱过自己的日子，你管别人干啥？我决定了，我马上就把被褥拿过来，咱明天就去领结婚证。”文秀的态度很坚决。

李瘸子脸一沉说：“文秀，我不同意，你回去吧。”

文秀明白这不是李瘸子的本意，他内心是多么需要女人呀，有了女人，就能吃得好穿得暖，生活质量就上升了。她说：“大哥，我是这么想的，村里中青年劳力都出去打工了，他们能跑能动为的是挣工钱，咱不跑不动也能挣到钱，我乐意帮你在家干。”

“文秀啊，我是个残疾人，配不上你呀！将来你会后悔的。”

文秀爽快地说：“我不后悔。”

“你还小，欠思量。”

“我不小了，二十五六了。”

“你还是再考虑考虑吧。”

“我考虑很久了，也考虑好了，就这么定了，一会儿，我就把我的被褥拿过来。”

李瘸子激动得心里怦怦直跳，又喜又忧，像做了贼，看到偷来的东西既高兴，又担心被人发现，禁不住轻声说：“你愿意，你哥你弟知道吗？他们会同意吗？”

“大哥，从前我做的事都对得起他们了，是你帮了他们的大忙，人应该知好歹吧？他们会有啥意见？何况又不是你逼迫我的，这是我自愿的,他们有什么理由阻止我?"

李瘸子也曾想过他需要女人,女人会伺候男人,给男人做吃喝,做穿戴,理家务,养家禽家畜,晚上还供男人乐呵。当男人有病了,她还提心吊胆唯恐有什么不测,床前床后无微不至地关心体贴照顾,端茶倒水,喂药喂饭,端屎倒尿,求医拿药,配合医生将男人从死亡线上拉回来。他做梦都想娶女人,不讲什么条件,只要人家不嫌弃他,是个女人就行。但他没有想到是文秀,也不敢想,因为他和她太不般配了,文秀太俊俏了。常言说:好对好,赖对赖,弯刀对着瓢切菜。他认为自己如歪瓜裂枣,怎能配上天鹅凤凰?不料,文秀亲自送上门了,而且还非常固执,坚决要和他成亲,这是他求之不得做梦也没想到的天大的好事,还有什么可说呢?他感到十分惊喜。他也曾灰心丧气认命了,这辈子就孤孤单单地度过余生了,存钱也没有什么意义了。他喜欢文秀,帮帮她是件高兴的事。喂鸡是他喜欢干的事,其他事干不了,在家喂喂鸡,活动活动身子骨,不但有利于身体健康,而且还能创收,他认为这是美差。他嘿嘿直乐说:"秀啊,我是癞蛤蟆吃上天鹅肉了,还有啥说呢?"

文秀说:"我想明天去领结婚证,人到家就行了,不必张扬,也不必待客,老老实实地过咱们的日子,你看行吗?"

"只是太委屈你了。"

"不会,我乐意这么做。"

"你说咋办就咋办。"

"我还你的钱你不要,我都放着呢。我过来后,在咱院子前面盖三间平房,咱俩住进去,这老屋腾出来养鸡。"文秀说。

李瘸子说:"我也这么想过,可一想到就我一个人,也没必要盖房子了。你要过来,咱当然要住新房啊!一会儿,我把钱盒子交给你,你想买啥就买啥,想干啥就干啥。"

文秀笑着说:"大哥,我保证咱们会幸福地度过一生。"

李瘸子高兴得合不拢嘴,说:"好,听你的。以后我喂好鸡,你理好家,咱们幸福地过日子。"说这话的时候,李瘸子仍然觉得这是在做美梦,说的是梦话,不敢相信这是真事。

文秀甜甜地嘿嘿直乐。

文秀来到李瘸子家，按设想的计划，一一做到了。院子前面盖好了三间平房，中间那一间前后都留着门，可以开着，也可以锁上。后院的院墙加到了两米高，墙头上浇灌了水泥并插上了玻璃碴子，院墙和新房子的后墙壁对接着，从外面看像四合院，只是左右两边是鸡舍，新房子中间那一间是过道，这样可以防盗，安全。文秀觉得这样的日子比蜜甜，吃穿花销再不用发愁了，想买什么随时都可以买到，想吃什么就做什么，天天感到舒心快乐。她和李瘸子的精力都投入到养鸡上，到了农忙季节，掏钱叫人家收割庄稼，人家把粮食送到家里。闲暇的时候，两个人坐在一起，李瘸子看书，文秀织毛衣，一日三餐两个人一起做饭，时时刻刻形影不离，似乎谁也离不开谁。

六

第二年，文秀养了一群小鸡，小鸡渐渐长大，一多半是母鸡，一少半是公鸡。李瘸子说："留着母鸡下蛋，留着公鸡吃肉。"文秀说："咱俩能吃几十只鸡呀？经常吃鸡肉会吃够的，不如换换口味。"李瘸子说："你上街去割猪肉、牛肉、羊肉啊。"文秀灵机一动说："对，我上街赶集带几只公鸡给食堂，卖了鸡去割肉。"李瘸子说："主意好，你去吧。"

李瘸子逮了四只花公鸡，用绳子拴着搭在自行车后座上，一边两个。文秀骑着自行车上街了，路过大街西头时，旁边有一家饭馆，她想先把公鸡卖给餐馆，然后轻装赶集，想买什么就买什么，免得带着鸡添麻烦。她把自行车支在门口，大声喊着："老板——老板，卖给你几只鸡，快出来看看，又肥又大又嫩。"饭馆里慢悠悠地出来一个人问："鸡子在哪里？"

文秀一听是南方口音，抬头一看愣住了，天哪！他怎么在这里开起饭馆了？此人正是在县城住宾馆非礼她的那个人。

那人眼前一亮，目光直视着文秀，大惊失色，心惊胆战，这不是跳楼的姑娘吗？她不死也成残废呀？怎么好好的？难道世上出奇迹了，出现两个完全相同的人？是不是大白天见鬼了？几年来他日夜为她受煎熬，吃不好睡不好，一闭上眼睛就出现她的影子，总是在眼前晃动，挥之不去，紧紧缠绕着他。听老人说鬼是见不得阳光的，可这是艳阳高照的大白天啊！明明是个完美无缺的大活人，于是脱口而出："你是人是鬼？"

文秀怒气上涌，盯住他气冲冲地说："你仔细看看，我是鬼吗？"

"老天爷，你还活着？"那人揉揉眼，仔细看着文秀。

"我要死了，你还能活着吗？"

"可我生不如死呀！"

文秀冷笑着说："这话咋讲？"

"我以为你死了，为了活命，东躲西藏，隐姓埋名，有家不能回。原来我在家里开办着窑厂，年收入百十万，自从那天晚上从宾馆出来就不敢回去了。在城里我不敢住宾馆，不敢坐车，白天不敢走动，等夜深人静时悄悄到郊区没人的地方捡垃圾堆里的东西吃，在路边地摊的旁边躲在暗处吃人家剩下的饭渣。我觉得在城里待不下去了，就到乡下走动。"

"这不是你开的饭馆吗？"

"我是在这里打工。"

"你就没回过家？"

"有一天晚上下着雨，等到深夜没人的时候，我像贼一样溜回家里，我只对家人说我犯罪了，千万别报案，不然我就没命了，家人再追问我，我就不说了。我知道我背着一条人命，我怕家人承受不了。当时家人就不敢认我了，我像个灰土驴，不像人样了。妻子给我做点饭吃，找几件衣服，给点钱，催我赶快走，永远别进家门了，一旦被别人发现，家人就犯了窝藏罪。我怕连累家人，再没有回去过。这几年我就是鬼，整天提心吊胆，有几次我受不了，差点没去投案自首。"

时间是淡化爱恨的良药。文秀觉得那件事对自己没有造成什么不良后果，虽然使她铭心刻骨，但愤恨的心情已经渐渐削弱，听他这么说，反而有了怜悯之心，这是她的弱点，她说："记住教训也好，以后千万别再逼姑娘，我没有死，算你幸运，你回老家吧，好好干你的事业。"

那人泪汪汪地说："姑娘，我罪该万死，这是上帝对我的惩罚，以后我一定会做好人。是我害了你，我悔恨终身，欠你的我一定回报。"

文秀不耐烦地说："不要多说了，你叫老板出来。"

刚才大街上人来人往，熙熙攘攘，谁也不留意谁在干什么。文秀和南方人站在大街旁边的饭馆门前，谁也不去注意他们在说什么，像是熟人在交谈。老板出来拿着秤称了鸡，付了钱，文秀就走了。那个南方人急忙追问老板认识不认识刚才这个女子。

老板说："咋不认识，她还是本地的新闻人物哩，是莲花村的文秀，年轻轻的俊俏姑娘嫁给了四十多岁的养鸡专业户李瘸子。"

半月后，文秀收到一张50万的汇款单，是那个南方人寄来的。文秀心里清楚他是用来赎罪的，或许有别的什么想法，可上天保佑，自己没有发生意外，是不幸中的大幸，但决不能和他拉关系。当即，她用快件把汇款单寄回去了。

（原载于《阳光》2015年第1期）

心　计

一

秀秀的男朋友田龙来了。

秀秀从家里出来悄悄去告诉好友高文玲。高文玲忽闪着又大又亮的眼睛，晶莹的眼珠不停地转动着，看着秀秀说："你先回去吧，我一会儿过去。"秀秀看着文玲的眼神有点异常，感觉像藏着什么心事似的，她疑惑不解，心里琢磨："是我不该告诉她？可这事是她多次嘱咐我让我告诉她的。"

秀秀走后，高文玲活跃起来。她慌忙洗洗脸，对着镜子涂上粉脂，立刻散发出浓浓的香味，她看看自己的面容，又抬头瞧瞧墙壁上贴的电影明星刘晓庆的画像，感觉自己的长相和她很相似，那两个短发辫自然地垂在肩上，就是有意模仿刘晓庆的发型留下来的。她时常埋怨自己没那福气，人家像天上的太阳，自己倒像水中的月亮，黯淡无光。要改变人生命运就得抓好时机，这是她最近的奇想。高文玲匆忙换上那件红底带着黄花图案的新褂子，格外靓丽。那是二十世纪七十年代，一般农村姑娘不讲究穿戴，大多数是穿宽松的肥裤子，显得人很臃肿。可文玲跟母亲学得一手好针线活，把自己肥胖的衣服拆开往里缝缝，做得很合身，身材凹凸分明，突出了她的线条美，显得很利索很精神。她想想秀秀比自己差远了，单眼皮，小眼睛，皮肤粗糙且发黑，但她有福气，居然找个某副县长的儿子。

高文玲曾追问过秀秀男朋友家的情况，秀秀说家庭不错，更让她满意的是男朋友有前途，据说准备当兵去。高文玲心想，昔日的好友马上摇身一变就成县长的儿媳妇了，就意味着她将来不会在家务农。常言道:“夫贵妻荣,妻子做得男人官嘛。”可我哪一点比她差?这辈子却注定面朝黄土背朝天,永远和黄泥巴结伴了。如果自己在农村打一辈子土坷垃,简直是珍珠埋在粪土里,窝囊死了,为了将来的幸福,我何不和秀秀来个竞争,那心中的妒火禁不住噌噌往上蹿。

高文玲来到秀秀家,走进院里故意问:“秀秀在家吗?”她的声音很甜,很娇,很清亮。这时,秀秀和田龙正在屋里交谈,秀秀听到文玲的声音便慌忙站起来给文玲搬凳子。文玲走进堂屋,正巧田龙喝完鸡蛋茶站起来把碗放在桌子上,一转身,文玲已站在他面前了,那双明亮的眸子上下打量着田龙。田龙个子不高,穿一套海军蓝中山装,皮肤黑得发亮,小眼睛,老婆嘴,很胖。文玲那颗火热的心一下子凉了半截,但表面上仍然微笑着。田龙看着面前的文玲,目光一下子拉直了,他后退两步打个趔趄,坐在靠近墙脚的板凳上,心想还没见过恁俊的姑娘哩。文玲坐在田龙的对面问:“你是哪村的?”

田龙回答:“是上河村的。”

“俺表姑家就是你村的。”

田龙紧接着问:“你表姑是谁?”

“叫蓝云。”

“她就住在俺屋后,俺是一个生产队。你常去吗?”

“经常去。”文玲回答。

“再去了,一定到俺家去玩。”田龙说。

“一定去。”文玲看着田龙的目光在痴痴地盯着自己微笑,她向他抛个媚眼羞涩地低下了头。农村人说,这是勾引人哩。

二人谈得很投机很亲切很开心很从容,有道不完的话,大有相见恨晚之意。却把秀秀冷落在一边插不上话题,很尴尬、木讷,像个多余的局外人,出去吧不合适,坐着吧又难受。秀秀看着文玲不但没有要走之意,而且越谈兴趣越浓,不给她说话的机会。她悔恨自己不该听信文玲的话,不该去喊文玲,这是我谈恋爱呀,我去叫她干啥哩?她感到文玲今天和往常好像是截然不同的两个人,对田龙格外亲热，而对她却很冷漠，平时的姐妹友情一扫而光，她的言行举止很异常，明显在炫耀自己。这怨谁？是自己引狼入室的，秀秀顿时恍然大悟。

三天后，高文玲对父母说到街上去赶集，其实，她径直来到田龙家。她有两个目的：一是向田龙表白心事，二是想看看他的家。她心里很清楚，那天在秀秀家谈话，田龙那火辣辣的目光已经告诉她，他痴迷的是自己，而不是秀秀。她想抓紧时间把这事摊开。

田龙家是当时村里的富裕户之一。高高的青砖围墙，带厦檐的大门楼，朱红色铁大门，安着铁杠子锁，很气派。高文玲看到如此壮观的景象有点胆怯了，她小心翼翼地走进大门。正巧田龙在院里压水，压井旁还卧着一条大黄狗，看到高文玲，站起来仰着头汪汪叫。田龙抬头见是高文玲，立刻笑容满面，丢下压井柄慌忙迎过去。又回头吆喝着狗制止住叫声，那狗很通人性，夹着尾巴灰溜溜地出大门了。田龙将大门关上，手挠着头说："昨晚我梦见你来了，今儿个还怪应验哩，快进屋坐吧！"高文玲好像没听见似的，目光却望着那带前廊的四间青砖瓦房，廊檐下挂着一串红辣椒和几嘟噜剥光了的黄澄澄的玉米棒，在阳光的照射下熠熠生辉。东屋是两间厨房。院里有鸡窝、猪圈、柴火堆，像其他村民的家院一样，有同样浓郁的农家气息。

高文玲跟在田龙的后面进了堂屋。屋里静悄悄的。文玲环坐在小木椅上环顾四周，她看到屋里摆放着古色古香的朱红色方桌、高靠背罗圈椅、木条几等，都是七八成新的，心里乐滋滋的，到底是县长家，就是比普通农户好，我要是成了这个家的儿媳妇，将来这个家不就成我的了吗？退一步说，即使将来走不出黄土地，待在这样一个家里，也算满意了。如果靠田龙能走出去，住进城里，那是再理想不过了。田龙给文玲倒一杯茶，放在方桌上，又掠了满满一勺雪白的糖倒进杯里搅搅。高文玲亲切地说："田龙，你坐吧！别忙了。"田龙坐在她的对面问："秀秀咋没和你一块来？"高文玲心不在焉地应一声："她家里忙。"

"我听她说，你是她的好朋友。"

“是哩。”

“那你最了解她?”田龙问。

高文玲不怀好意地冷笑说:“村里人都说她胳肢窝里有狐臭气,都不愿接近她,可我闻不见,这可能就是俺俩的缘分吧。”

田龙紧接着问:“她有狐臭气?”

“都说臭气还大哩。”高文玲皱着眉头苦着脸说。

田龙的脸阴沉下来。村里人最忌讳有狐臭气的人,因为当时没有什么好办法能治愈它,患者身上常常散发出难闻的臭味,尤其夏天穿单衣时,气味更大,人人都不愿接近。其实秀秀没有这种病,是文玲故意陷害她的,为了达到和田龙成亲的目的。

文玲看他不高兴,心中暗喜,站起来搬着凳子坐在他身边,贴得很近,抬眼看看田龙,眼神很妖媚,这个眼神被田龙捕捉到了,喜悦瞬间涌进他心头,他仿佛荡漾在春水里,整个身心都沉浸在快乐之中。田龙脸上洋溢着笑意,端起桌上的茶杯递给文玲,亲切地说:“你喝吧,尝尝甜不甜?”高文玲觉得内心的秘密好像被田龙发现了,脸上泛起羞臊的红晕,她腼腆地接过茶杯说:“就是你不放糖,俺喝着也是甜哩。”她低头呷几口茶,本来伸伸胳膊就能把茶杯放回桌上,可她却故意再递给田龙,此时,田龙伸手去接茶杯,却连同文玲的手和茶杯都捧在手里,田龙从她手中取出茶杯放回桌上,然后两双手像抹了万能胶似的粘在一起了,田龙说:“你这手又白又嫩像莲藕,抚摸着像绸缎一样光滑柔软,我猜这肯定是一双巧手。”高文玲心里产生了一种甜丝丝的幸福感,脸上笑眯眯的,说:“这肯定是秀秀说的,因为我常教秀秀针线活,可她就是手笨心粗做不好。”

“她的手像泥瓦匠的手。”田龙嘲笑说。

高文玲听此言“扑哧”一声笑了:“真的?”

“她哪方面都不如你,你要是秀秀多好?”

“唉!可拙婆娘有福哇!”

田龙笑了,他紧紧握着文玲的手,轻声细语:“我要你代替秀秀,中不中?”

这句话正中了高文玲的心意，脸上倏然像红桃似的，羞羞答答不抬眼皮，双手轻轻捶打着田龙的大腿，头埋在田龙的怀里。田龙感到很满足，说白了他就是看上了高文玲的相貌，那椭圆形的胖乎乎的脸庞，白白净净，一双似笑非笑的杏子眼又大又亮，眼珠闪闪溜溜的，十分动人。就在此时，忽然听到大门口有汽车喇叭声，田龙惊慌地站起来，向外张望说："是我爸回来了。"高文玲紧跟着田龙从屋里出来，在大门口看到田龙爸从绿色吉普车里下来，他迎面碰到文玲，愣怔一下，问："这是谁家的姑娘？"接着想说咋长这么俊，可话到嘴边又咽下去了。田龙说："是俺同学。"文玲笑了，笑得妩媚动人，说："叔，您回来啦。"说着羞涩地匆匆离去。

不久，田龙当兵去了，走的时候他让文玲送他，秀秀却全然不知。秀秀为田龙做了一双黑呢子鞋，现在正为他纳袜底，袜底上的针脚像均匀地撒上了一层芝麻，又小又密，脚腰处绣着鸳鸯戏水，是用红、黄、绿、青、蓝五种彩丝线绣出来的。村里人说："你瞧，像一对活鸳鸯，你真有闲工夫，绣得再好踩在脚底下谁也看不见。"可秀秀有她的想法，她乐意在未婚夫面前展现她的手艺，为纳这双袜底每天晚上熬到深夜，有几次针尖刺破了她的手指，她紧紧捏着哈哈气继续纳，手指麻木了也感觉不到，拿着袜底就像看到了田龙，爱像打开闸门的激流一样涌向田龙，忘记了疲劳和睡意，想象着把自己的杰作送到田龙面前的情景，一定会使他惊喜，他一定会赞不绝口。自己的心里会像喝蜜一样甜，那种幸福感会久久燃烧。

那天中午，秀秀从地里干活回来，心情特别好。因为昨晚她把田龙的袜底纳好衬在他的新鞋里，用手绢包好装在提包里，准备明天给田龙送去。她抬头望望天，艳阳高照，春风拂面，心想明天一定也是个好日子。

秀秀和娘在厨房里做饭，秀秀娘烧着地锅，板着脸问："我听说田龙当兵去了，你知道不？"

秀秀在案板上切着菜，摇摇头说："不知道，是啥时候走的？咋不说一声？"

娘说："傻闺女，听说他和文玲好上了。"

秀秀气呼呼地说:“一派胡言,文玲绝不会做那对不住人的事。我俩天天形影不离,我最了解她。”

秀秀娘烧着地锅,扭头瞧着女儿说:“我的傻闺女啊,你还蒙在鼓里呢,田龙当兵走的那天就是文玲送他,他还和文玲通信了,把你撂在一边了。”

“你听谁说的?”秀秀急忙追问。

“你二叔碰见了。”

秀秀心里疑惑,文玲不会做对不住她的事吧?想想平素和她的关系那样好,而且是多年的好朋友。她俩是同班同学,初中毕业后在家务农,晴天在地里一起干农活,雨天挤在一块儿做针线活,无话不谈。到了冬天,文玲的脚、手易冻,手背、手指常常冻得红肿,暖热时觉得又痒又疼,她就让秀秀给她轻轻地搓搓揉揉,感觉特别舒服。秀秀很有耐性,直到文玲说好了,她才停止。文玲说:“你比我姐对我好。”

秀秀做好饭去找高文玲。高文玲正在吃饭,看见秀秀,端着饭碗热情地把她迎进屋里,秀秀禁不住问:“文玲,你说咱俩好不好?”

高文玲慌忙把碗放在桌上,笑眯眯地说:“秀秀你咋这样问哩,谁不知道咱俩好得像一个人。”

秀秀一脸怒气:“我问你个事,你别瞒我,你和田龙好上啦?”

高文玲故作惊愕地问:“田龙不是和你断了关系吗?”

“一个月前还好好的,他咋说变就变啦?就是变,也得给我说说呀!”秀秀说。

文玲收着笑容说:“秀秀,田龙说你不愿意他,就托我表姑从中做媒,说非我不娶。我对姑姑说这样不合适,因为我和秀秀是好朋友,要这样我就像吃了朋友扔掉的剩饭菜一样。可田龙紧追不舍,这不,他到部队半月就给我来了两封信。”而后,文玲转身去卧室把两封信拿出来给秀秀看。

秀秀这才意识到这是文玲的诡计,当即气得脸色铁青,指着高文玲愤愤地说:“文玲呀文玲,今天我才看清你的真面目。”言罢,转身离去,禁不住悔恨交加,泪水夺眶而出,似泉水止不住地往外流,以前她太信任文玲了，对她如亲人一般。

秀秀回家后一头扑在床上痛哭流涕，越想越气，她没想到最好的朋友，会做最对不起她的事情。真想去和她打架，可这又算啥事哩？落个两个女人争男人的名誉，真丢人，可又咽不下这口气，眼睛久久地盯着房顶，泪水顺着眼角像溪水似地流淌，曾经憧憬过的美好生活，此时此刻全部化为泡影，心头的希望之火熄灭了。仇恨却像火山爆发般喷涌而出，她忽然从床上起来，发疯般地抓住墙壁上挂着的挎包，在里面寻找田龙的那双鞋。她捧着那双鞋，先是一愣怔，这里面包含着她的心血呀，不知熬了多少个夜晚做成的，那一针一线都是自己亲手缝的，那针脚不偏不斜，横看成行竖看成行斜看还成行，即使给她自己和爹娘做针线活，也从没这样精心过。不料，用爱心换来的却是背叛，如今还留它何用？她把鞋举得高高的，恶狠狠地摔在地上，然后一脚踢出耳房门，又紧追出去用脚跺，但仍不解恨，又气势汹汹地去厨房拿来切菜刀，使劲握着刀柄，一边对着那双鞋"啪啪啪"像剁草似的在上面乱剁，一边狂吼狂骂狂哭，好像只有对着它才能发泄内心的愤恨。她全身的血液像凝固着不流了，心像被老虎钳子钳着在绞拧。婚事成与不成，她恨田龙没有告诉她，更恨文玲在愚弄她，她像猴子一样被他俩玩耍。她把鞋砍成了碎片，解了心头之恨，也累了，她不哭不骂也不说话，坐在凳子上呆若木鸡，那双眼睛黯然无光，她彻底绝望了。

秀秀睡了一天，不吃不喝。翌日上午，家里人都去地里干活了，她到大队卫生所买了半瓶安眠片，回到家倒半碗开水，含泪把药吞下了，她想安然地睡过去，忘记世间的爱恨情仇。她刚刚躺下，邻居刘嫂领着她的娘家弟弟刘言来了。刘嫂一边"咚咚咚"地敲着门，一边询问家里有没有人。秀秀听到是刘嫂的声音，便撑着身子起来开门。刘嫂是来借架子车让刘言拉茅草回家盖厨房的。她见秀秀那眼哭得像红桃似的，忙问秀秀咋啦。秀秀禁不住泪如雨下，哽咽着说："嫂子，咱以后再也见不成面了。"刘嫂急切地问："你喝药了？"秀秀点点头。

"这会有啥大不了的事哩，不能寻短见呀！"刘嫂提着嗓门急切地说，接着催促刘言赶快把她送医院。

秀秀沮丧地说："嫂子，别去了，没用。"

刘嫂嘁嘁喳喳地埋怨说："老天爷，再大的事，也不能这样做呀！刚长成人，你咋会寻死哩，你这傻孩子。"

刘言接父亲的班在公社医院当会计，他急忙把秀秀拉到医院，找大夫，及时治疗。医护人员把秀秀的肠胃清洗一遍。秀秀的爹、娘、哥哥都赶来了，心里非常感谢刘言。刘嫂知道了秀秀喝药的原因，便悄悄拉着秀秀娘的手，把她拉到左右无人的墙角说："田龙不就是个穷当兵的嘛，有啥了不起，就他那三尺半高，长身子短腿，像一朵开了一半就瘪进去的花朵，浑身上下不舒展，还值得为他死呀？自己的命太不值钱了！你看俺兄弟不比田龙强啊！还是正式会计。你给秀秀说说，看她愿意不愿意。"刘嫂心直口快。

刘言来病房看秀秀，她笑了，瞧着刘言宽宽的肩膀，高高的身材，五官端庄，是自己理想的伴侣。她情不自禁地说："你是恩人。"

刘言紧接着说："是我把你从阎王路上截回来了，对不对？你这样做是最蠢的，好像天下就没有好男人了。人走错了路，可以回过头来再重走，可人的生命只有一次，像你这样轻易把命抛去了，在这世上可就永远再找不到你了。"

秀秀微笑着说："阴差阳错，可能这是咱俩的缘分吧！"

刘言摇摇头说："不能信这个，如果我不去姐姐家，你不是把命丢啦？"

秀秀瞟了一眼刘言，然后羞涩地低下头。

刘言坐在秀秀身边，轻轻理着她前额上的秀发，关切地问："还有哪儿不舒服？"

秀秀说："我的病全好了。"

"真的？"

"没事了。"

"那我带你回家见公婆吧！"

"好！下午咱就回去。"

不久，秀秀和刘言结婚了，两人同床共枕，如胶似漆，恩恩爱爱地生活在一起。

二

高文玲和田龙建立了恋爱关系后，她常到婆婆家干一些家务活，婆婆看到她就像栓保娘看见银环那样，高兴得合不拢嘴。那天临近中午，高文玲挎着花布包来到婆婆家，婆婆慌忙从堂屋里出来迎接，挓挲着手，眯着眼亲昵地说："咦！俺哩银环来了。"当时，人人都会唱两段《朝阳沟》，高文玲很羡慕银环的形象，她就把自己的头发辫留着。她的挎包就是她模仿银环的花布包缝制的，就连走路姿势也像银环。高文玲进屋把挎包挂在墙壁上，又把头发辫往头上一盘，像一朵花，又像少数民族的姑娘。她坐下喝杯开水，然后出来到压井旁去压水，用湿毛巾把堂屋里的桌子、凳子、柜子等家具擦一遍，又把屋里院里的地扫一遍。婆婆在院里收拾着柴火说："今儿晌午咱炸油条。"这在当时的农村就是对客人的上等招待了。

文玲说："娘，我和面。"婆婆进厨房倒了半锅油，便坐下来烧地锅，常言说，热锅炸油条暄。婆婆便用大火烧锅，油锅冒着烟。文玲擀好面叶放在锅盖上，站在锅旁下油条，油条下锅，瞬间就变成酱色了。文玲说："娘，锅太热，火小点。"不料，话音刚落，油锅"轰"的一声着火了，一团燃烧凶猛的火焰直冲房顶。

文玲婆婆吓得心惊肉跳，慌忙跑出来在院里喊人。那厨房很矮，房顶是茅草苫的，极易着火，而且和堂屋紧紧相连，如果厨房着火，就难保住堂屋，整个家就会烧成灰烬。这时，文玲急中生智，"啪"的一声盖上锅盖了，熊熊燃烧的火焰变成滚滚浓烟，从厨房里蹿出来。婆婆坐在院里的石凳上浑身颤抖，面如灰土。

文玲蹲在她面前安慰她说："娘，别怕，没事了。"

婆婆带着哭腔说："孩子，是你保住了这个家呀！"

高文玲知道自己赢得了婆婆的欢心，趁中午和婆婆择菜的机会把心事吐露出来了。她的嘴里像灌了蜜一样，柔声细语地说："娘，田龙当兵去了，我想上大学，到时候他提干了，我也有工作了，不会弄得像牛郎织女那样两地分居，相互牵挂。"她一边说一边察言观色。那时上大学不用考试，是按指标推荐。高文玲做梦就想上大学，心里明白这是走出农村的捷径，大学毕业分配到城里工作，有名有利。当时凡是推荐走的大学生，一般都是有权人的子女或亲属，或有其他关系。一般每年一个大队走一个，也有些大队一个指标也分不到。

高文玲的婆婆有点瘦弱，颧骨微高，稀疏的眉毛下面，眼皮松松地耷拉着，目光里深藏着慈母般的爱。她低着头择着手里的菜不假思索地说："中中中，我给龙他爸说说。"

文玲说："不是恁简单的事，指标难弄，去年俺大队已经走一个了，不知道今年还给不给指标？"

婆婆向后理着披散在眼前的短发，说："不会多难吧！叫龙他爸找找县里、公社里的熟人说说，会不给个面子？"

高文玲心里像喷射出灿烂而快乐的火花，脸上洋溢着笑容，婆母发话了就等于向县太爷下了圣旨，十有八成能行，她心里这么想，一时激动得手里那撮菜没择就放进菜筐了。她说："只要俺爸说句话，准会到处开绿灯。"

婆婆愣怔一下问："啥叫开绿灯？"

文玲扑哧一声笑笑说："你进城看到十字路口那线杆上亮着红灯和绿灯，亮绿灯就是叫通车，亮红灯就是让停车。"

婆婆摇摇头说："我不知还有这事。"

文玲说："可能县城还没有，我去过一趟郑州，在大街上闯了红灯，被路边的警察逮住罚了我，大热天让我站在马路边像烤烧饼似地站了好大一会儿，我才知道绿灯是咋回事。像我这事，只要俺爸说句话，那意思就像开绿灯，没有谁不听他的。"

婆婆"噢"了一声，呲牙笑笑。

当年，高文玲被推荐上了某市师范学院，临毕业那年，不巧正赶上教育制度改革，凡是大中专毕业生全部参加考试，达不到分数线的不安排工作，结果文玲考分很低，国家不安排工作。那时在校大学生大部分不按时上课，学生在家的时间比在学校的时间还长，文玲的基础本来就差，在学校也没有学到多少知识，只能靠公爹为她私下活动了。不久文玲被安排到县中学当教师。

高文玲到单位报到那天得意忘形。那天天刚蒙蒙亮，她便翻身起床，穿上连衣裙，洗漱一番，到操场上和几个老师一起跑操去了。跑了操气喘吁吁地回到住室，端着盆到门前的压井旁去洗衣服，当她撩起裙子蹲下准备开始洗衣服时，发现里面忘穿裤头了。她自责这真是高兴迷了，要是当众被老师和同学发现，可真羞死人了。

三

高文玲的工作稳定了，心却变了。

田龙在某部队后勤工作，他知道高文玲的工作安排好了，写信要去学校见她，文玲立即回信说不让他到学校见面。他们谈了两年多恋爱，不断地书信往来，高文玲始终是甜言蜜语，让田龙高兴。田龙回家探亲，高文玲只好从学校回去。见到田龙她却一脸愁容，坐在卧室里的床上，冷冰冰地说："你怎么越长越没样子，又胖了，有缸粗没缸高，活像武大郎。"

田龙以为是文玲与他开玩笑，便向她身边蹭蹭挠挠头微笑说："我不会像他那样丑吧！这是爹娘给的造型，又不能回笼再捏捏。"

高文玲在田龙的大腿上狠狠拧两把，田龙疼得呲牙咧嘴，还以为文玲是在挑逗他，他说："你的手劲咋恁大？"

接着她又在田龙的脚上狠狠踩两脚。

田龙这才意识到文玲在向自己撒气，觉得她情绪反常，怎么这样对待他，百思不得其解，他皱着眉头说："你这是咋啦？是谁对不住你，你说呀！不能拿我出气呀！"

高文玲哭丧着脸不言语。

田龙气冲冲地说:“我给你摊牌吧！这次回来,我是和你商量咱俩结婚的事哩。”

高文玲眼一瞪,连珠炮似的说:“别想,别想……”

田龙问:“为啥?”

高文玲涨红着脸,嘴像刀子似的:“你现在充其量不过是个中学生吧?”

田龙紧接着说:“你现在是个大学生对不对?我配不上你是不是?”他忍着气站起来给文玲倒一杯水递过去说,“给,喝点水。”

不料,高文玲接过杯子,趁机倒在田龙的手背上,田龙“嘘”一声,赶紧甩手上的开水,那手背立刻烫得像红萝卜似的,片刻就起了一层米粒般的水泡。田龙气得脸色发青,怒目圆瞪,额角上的青筋鼓起来,满腔怒火再也无法抑制了,他转身狠狠扇文玲一耳光。

高文玲捂住脸疯狂般地哭着跑出来,婆婆在后面追,文玲出了大门口,故意放慢脚步。婆婆追到大门外问原因,她痛哭流涕提高嗓门说:“田龙打我,还没进你田家门哩就挨打,将来还折磨死我哩,我高攀不起,拉倒。”她坚决要走,婆婆紧拉着她的胳膊不松手,劝说:“文玲,别哭,咱到屋里说,我打田龙个孬种货给你出气,中不中?”

村上围观的众人私下说:“这是咋啦?没过门就打起来了,这么漂亮的闺女给他糟蹋了,真是一朵鲜花插在牛粪上。田龙就不看看自己的样子。”人们七嘴八舌地议论着。

事后,田龙娘不问青红皂白拿着木棍向田龙身上夯去,他爸也把他臭骂一顿。田龙回部队后,高文玲又写信辱骂他是畜生、没烧熟的二红砖、王八蛋。田龙回信说强扭的瓜不甜,不行就拉倒。这正中了高文玲之计。

高文玲自从接到田龙的退婚信后,像变了个人一样,尤其对化妆产生了浓厚的兴趣。化妆成了她每天必做的事,自以为能增加几分姿色,弥补不足。描描眉可使自然眉毛加长变浓;描描眼影显得眼睛大,而且目光有神;涂涂口红可使大嘴变小,小嘴变大;搽搽粉可以遮盖脸上的雀斑。她每天不化妆不出门。

她还很讲究穿戴。如果天气突变，温度骤降，她仍然穿得很单薄，因为她的体形发胖了，最怕穿棉衣，有时，即使穿西装冻得嘴唇发紫，也不愿穿暖和而臃肿的棉大衣。她喜欢穿针织面料，这种面料柔软，穿在身上没有立体感，贴在身上显得很苗条。她头发也烫了，既可以披肩，又可以扎把，成为县城里的时髦女郎。那天，高文玲上穿紧身得体的高领红毛衣，下穿微型喇叭裤，裤脚外缝上还缀着三个闪闪发光的有机玻璃扣。外穿银灰色长风衣，敞开怀，挺起胸，肩挎黑色精致皮包，高跟鞋踩在地上发出“嘎嘎嘎”富有节奏的声音，径直向高文军的办公室走去。

高文军是高文玲的哥哥，当兵转业到本县，是县纪委书记，他正在办公桌旁低头看文件，高文玲进门喊一声“哥”，声音清脆悦耳。

高文军抬头见妹妹来了，便把手中的文件放在一边，看着高文玲发愣，说：“你咋把自己打扮成这个样子？像外国洋人似的。”高文玲坐在哥哥的办公桌对面，霎时，脸色阴沉下来，说：“这是我的自由，我爱怎么穿就怎么穿。”

高文军看她不高兴，话题一转问：“你的工作、住房都安排好了没有？有啥困难给我说说。”

高文玲哭丧着脸说：“一切都安排好了。”她从皮包里掏出一封信说，“哥，田龙要跟我退婚。”

高文军睁大眼睛看着她一愣：“啥？绝对不可能！”

高文玲装出沮丧的样子，压低声音说：“这是他寄给我的退婚信。”

高文军瞟一眼妹妹手里的信，没有去接，他猜测准是她的诡计。他阴沉着脸说：“如果田龙提出退婚，肯定有原因，他绝不会无缘无故这样做。”

高文玲压低声音说：“这事不怨我。”

“肯定怨你。如果人家要退，早就给你退了，何苦再送你上学，又安排工作，费这事干啥？现在一切都给你安排好了，你却过河拆桥，一脚把人家踢了。你别忘了，不是人家，你现在还是一个农民。”高文军气愤地说。

高文玲低头沉默。

高文军气得站起来在屋里来回踱步，继而道：“你想想这样做对得起田龙他爸、他妈吗？做人要有良心，不能光为自己，不能让人家戳咱的脊梁骨。”

“哥，人家已经提出退婚了，我总不能再去求他吧。再说，这恩情和爱情是两码事。”

高文军更恼火了，指着妹妹说：“你也够缺德了，当初你不去插一杠子，田龙和秀秀会拉倒吗？那时候你和田龙就有爱情了？对你这桩子事咱爹、咱娘和我根本就不同意。既然你这样做了，就不能再做坏良心的事，你的婚事本不该我管，可我今天管定了，是坑、是井、是天堂、是地狱，这是你选定哩，绝不能反悔。如果你做错了事，就给人家道歉去。”

高文玲忽然站起来理直气壮地说：“哥，你是懂政策的人，包办婚姻可是犯法的，这是我个人的事，用不着你管。我后悔的是今天不该对你说这事。”

高文军怒气冲冲地指着妹妹吼：“你滚，你快给我滚！这辈子我再不愿见到你，我没有你这个妹子。”

高文玲把皮包往肩膀上一挎，噘着嘴悻悻地走了。

四

那天，高文玲从高文军办公室里出来，怒气冲冲地回到学校，打开卧室门进屋，“哐咚”一声把门反锁上，然后把挎包甩在床上，直挺挺地躺在床上，头枕在双手上，那两只弯曲的胳膊像蝴蝶起飞时的翅膀。她在深思自己的前程，想想以前走过的路，都是靠斗心计过来的，与田龙和好是不可能的。既然走到这一步，也不管别人评价是好是孬了，今后还要把握好自己的命运，靠哥哥肯定靠不住，他太正直，心太实，公心太强，倒不如吴有志有人情味。吴有志和高文玲是同村老乡，当初他家就住在村当街，高文玲每天上学来来往往路过他家门口，那时候她上小学，他当生产队会计，文玲常常到他家里玩，缠着他给自己写作文，解数学题。她清楚地记得那是一个月明星稀的晚上，几个女孩在他家里捉迷藏，文玲藏在他家的厕所里，被吴有志捉到了，他把她抱起来吻吻她的脸和脖颈，逗得文玲咯咯笑。不久，吴有志去当兵了，转业后分到本县，如今已是县委副书记，要找他办事准行。想想自己专业知识不扎实，教学肯定教不好，倒不如到教务处坐办公室，将来当个教务处主任或副校长什么的，处处受人尊敬，工作还舒心、自由，比当教师强得多。想到此，她马上起床，抬腕看看手表，已经是下午四点半，到门口的镜子前左看右瞧整整容貌，然后，背起皮包去找吴有志。

高文玲来到吴有志的办公室，吴有志正在低头看报纸，他抬头见是高文玲，便热情地指着沙发让她坐，然后，站起来给她倒杯开水放在茶几上，高文玲坐在贴近办公桌的黑皮沙发上。吴有志坐回办公桌旁的沙发椅里，瞧着高文玲微笑说："高才生，最近你的情况怎么样？"

高文玲滔滔不绝地把自己的工作和婚姻情况向吴有志倾诉一番，而且添枝加叶，编得言之有理，埋怨高文军包办婚姻。吴有志同情地说："你从小就是一个聪明伶俐的姑娘，是咱村的一枝花，招人喜欢，这事我相信你知道咋解决。"吴有志接着问，"你公爹出车祸了，你知道不知道？"

高文玲摇摇头说："不知道，啥时间？"

"前几天，我是听一个战友说的。"

"伤情重吗？"

"算他命大，司机重伤，他居然没事，仅胳膊上蹭破一层皮。"

高文玲的公爹并没有在本县工作过，但和吴有志比较熟，因为他们常在省城一起开会。其实高文玲的工作问题就是她公爹给吴有志打招呼安排的，但此事高文玲不知道。

高文玲把皮包放在膝盖上，以乞求的目光看着吴有志说："有志哥,高文军不帮我,你得帮帮我。”

“有啥事,尽管说,咱是自己人,哪有不帮之理?”吴有志说。

“说心里话,我不想教学,想到教务处去,以后的路可能就好走些。”

吴有志笑笑说:“文玲啊,可惜你没从政,你要是从政准是棵好苗子,你的心眼好用。那样吧,你先到教务处去,等以后有机会再说。”

高文玲笑了,那脸像一朵盛开的鲜花,那嘴唇是红的,牙齿是白的,那双眼瞧着吴有志放光彩,心里甜蜜蜜的。她觉得吴有志不是亲人胜似亲人。

半年后,高文玲任教务处副主任。

夜深人静的时候,高文玲想起在师专上学时,刘小栓是班里学习最好的学生,也是女同学暗中关注的白马王子。听同学说他在家乡已经有对象了,他原是大队团支书,他未婚妻是大队妇联主任。那年就分给该大队一个指标,本该未婚妻先走,未婚妻说让他先走,自己下一年再走。不料,国家教育制度改革,她永远失去了上学的机会,但刘小栓师专毕业后又参加了高考,考上了上海交大,这样一来他和未婚妻的差距越来越大。文玲想到此,心里一阵高兴,她翻身起床,伏案疾书,给刘小栓写了信,写罢信,翻翻同学通讯录,直接寄给刘小栓。她一连写了三封信才有回信。信上说上学时他对她印象很深,还谈到有一次,文玲用绳子拴在书桌腿上,他进教室时没留神脚下,“扑通”一声绊倒了,惹得同学们哄然大笑。文玲津津有味地读着信,暗自欢喜。半月后,她直接到学校去找刘小栓。

五

后来,高文玲如愿以偿和刘小栓结了婚,婚后,她的工作也随之调到省城,不久有了自己的孩子,家庭幸福美满。如今刘小栓已是省交通厅厅长，高文玲成了某中学校长，他们住一套150平方米的住宅，装修得如宫殿一般，日子过得比蜜甜，但高文军仍然不和她往来。从前，高文玲把亲情看得很淡，总是认为今天走到这一步完全是靠自己走出来的，亲属谁也没帮她。可近年来，随着年龄的增长，闲暇时常常萌发出一种孤独和思念亲人之感，而且这种思念挥之不去越来越强烈。回首往事，想想自己走过的路、做过的事，有一种愧疚感。多年来，凡是关系到个人利益的事，她便苦用心计击败竞争对手，伤害了一个又一个善良的人，对亲人的劝告置若罔闻。自己的性格自私、霸道，为追求自己的目标，弄得众叛亲离。如今已名利双收，实现了自己的愿望，她感到此生最对不住的一个人就是秀秀，没有她就没有自己的今天。

一天，高文玲去省人民医院看望一位老领导，从医院出来快走到大门口时，迎面碰到秀秀的妹妹玉秀，玉秀愁眉苦脸低着头径直往前走，高文玲看到她愣怔一下，心想她怎么像玉秀，便回头急忙喊，声音很亮。虽然她十多年没见过玉秀，但她没有大的变化，高文玲已经认出了她。

玉秀回头站住，高文玲紧追过来，玉秀看着面前这个身材微胖、穿戴时尚的中年妇女问："你是谁？咋认识我？"

"我是文玲呀！"

玉秀听她这么一解释，说："我想起来了，你是我姐的好朋友，也是她的大仇人。"言罢转身便走。

高文玲又紧追上拦着她问："你姐还好吧？"

玉秀心说："真是冤家路窄，在这个时候又碰上她。"嘴上冷冰冰地说："她好，她很好。"可心里难以抵挡悲伤的感觉，不由自主地鼻子一酸，泪水像泉涌似的流出来。高文玲一边从兜里掏出手纸递给玉秀，一边嘘寒问暖地说："是秀秀病了？"

玉秀擦着眼泪说："她病得很重。"

"什么病？"

"是严重心脏病，必须马上动手术，医院要十万元的医疗费，谁上哪儿弄去？我哥说明天就回去。"

高文玲急切地说:“你别慌着走,我认识院长,我去找他说明情况,一定给你姐治病。”

玉秀摇摇头说:“不好治呀!”高文玲临走时又嘱咐:“你们千万别回去啊!”她想跟玉秀一起去病房看望秀秀,可因多年的隔阂,秀秀恨透了她,这对她的病情极不利,又对玉秀说,“你暂时不要对你姐姐说见我了。”

当天下午,医院通知秀秀家人马上准备手术,秀秀的丈夫一下子愣住了,他问医生医疗费的问题,医院大夫说:“有人已经交了。”

他摇了摇头,心想不会吧,自己没有大款亲戚呀,这是不可能的事,准是医生弄错了,他疑惑不解地又去问那位大夫:“真交了?”大夫皱着眉头不耐烦地说:“你看你这人,我还骗你?”他惊呆了,像木桩似的僵在那儿。

秀秀手术后,高文玲曾多次给玉秀打电话问秀秀的病情,玉秀告诉她病情日渐好转,而且精神越来越好。待秀秀的病渐渐康复,玉秀才把医疗费的真实情况告诉了秀秀,她埋怨说应该早点告诉她,虽然她们有恩怨,但毕竟是一起长大相处了二十多年的好伙伴。如今文玲的言行让她很感动,多年的积怨一扫而光,她提出要见文玲。

高文玲来到医院,推开301病房的门,看到秀秀在病榻上坐着。秀秀见文玲来了又惊又喜,慌忙下床迎接,文玲紧紧握住秀秀的手,仿佛又回到了青年时代,她们微笑着坐在床上,渐渐地眼里都噙着泪花,秀秀情不自禁地说:“文玲啊,不是你,我就成土堆了,咱就见不成面了,我这条命是你给的呀!”

高文玲低头摸着秀秀的手,眼泪滴在衣襟上,看着她的手像干柴棒似的有骨头无肉,又抬头看着她的脸瘦得惊人,高颧骨、尖下颌,突出的眉棱骨下那双眼睛深深地陷了进去,毫无神采,再也看不到当年那副胖乎乎红润的脸庞了,她变化太大了!高文玲在她面前感到很惭愧,是自己太自私,剥夺了她的幸福,毁了她的前程,在她面前自己有永远还不完的账。高文玲感到悔恨和自责,她扑簌扑簌流着泪说:“秀秀,当初是我对不住你呀!是我坑害了你。”

秀秀的泪水在眼眶内打转，她说："事情过去这么多年了，还提它干啥。"

高文玲用手绢擦着泪说："回头想想我真不是好人，知底的人会指责我，谩骂我，嘲笑我，说我是卑鄙的小人。可我是因为穷怕了。记得小时候有一次俺娘让我上街卖鸡蛋，说卖了钱买盐，走到路上我看看竹篮里一共有六个鸡蛋，这是俺家攒了半个月攒下的，我看着又光又亮的鲜鸡蛋嘴里馋得流口水，我拿出来喝一个，快走到街上的时候忍不住又喝一个。那天，天气阴沉沉的想下雪，还刮着寒冷刺骨的北风，街上人很少。我蹲在大街旁边的一个墙角处，蹲了半天没人买鸡蛋。我冻得浑身打战，站起来抱住膀子直跺脚，当我提着篮子准备回家时，有位老大爷给我两毛钱把鸡蛋买走了，我用这两毛钱买一个口哨吹着回家了，俺爹把我毒打一顿，家里几天没吃盐。这件事让我终生难忘。后来，我就一心想走出黄土地，结果把你伤害了，我走出来了。屈指一数十多年了，我没有回过一趟家，我知道回去也不会被家人和村里人接受。"秀秀说："谁还会翻这陈谷子烂芝麻的事？我相信命，我的命就这样。"

高文玲接着说："现在外人看我很风光、很幸福、很幸运、很有面子，却不知我内心的酸甜苦辣。我终日感到身心疲惫，整天为工作忙得焦头烂额，不想干硬撑着也得干，大有骑虎难下的感觉，私下冷静想想，这是何苦呢？失去了正常女性的快乐和自由，没有时间照顾家庭和孩子。这怨谁？全是自找哩，可这些苦衷不能对任何人倾诉，只能憋着，你想难受不难受？若嘴松向别人说了不该说的话，可能今天你的朋友不出卖你，但明天也许会背叛你。秀秀，今天我相信你就像当初你相信我一样，向你说些掏心窝子的话。"

秀秀说："人活到世上都不容易，三百六十行都没好吃的饭。"

文玲接着说："我知道咱乡下人是活精神的，没有精神什么都完了，可城里人是活钱的，没有钱就寸步难行，像乞丐一样。如果再让我重新选择，我宁愿活精神，也不愿再重走我今天这条路了。"

秀秀说："花了你那么多钱，这一辈子也难还完哪！"

高文玲说："秀秀，你千万别提钱的事，以后我还会资助你，不瞒你说，现在我有钱，只是精神很苦。”

高文玲从医院回家，一进家门愣住了，只见五六个公安民警在她屋里翻箱倒柜乱搜查。丈夫刘小栓耷拉着头坐在沙发里，样子很狼狈，已被戴上手铐了。高文玲心里怦怦直跳，脸色煞白，感到有一种面临着灭顶之灾的恐惧，像身边埋伏着一颗定时炸弹马上就要把自己炸得粉身碎骨似的。民警神色严厉地望着她问："你是高文玲吗?"高文玲目瞪口呆，民警拿着手铐"咔嚓"戴在她的手腕上，严肃地说："你们因贪污罪被逮捕了。"公安民警从她家里搜出200万元现金，800万元存款。

在警车里，刘小栓恶狠狠地瞪着高文玲一言不发，那目光像刀子，像利箭，穿进她的胸膛。

（原载于《青年文学》2009年第7期，参评第五届鲁迅文学奖）

红梅出嫁

一

黎明前的曙光和淡淡的晨雾交融在一起，洒在千家万户的窗口上，渐渐驱散屋内的黑暗。红梅娘起床准备做早饭时，却意外地发现女儿床上空荡荡的。她惊慌失措地急忙喊儿子红刚，说："红梅不见了，是不是出事了？"

睡眼惺忪的红刚听此言一骨碌从床上爬起来，脱口而出说："是不是和周天柱那小子混在一起了？想挨揍呢。"他瞬间怒火中烧，如果妹妹和周天柱私奔了，就坏了他的好事。因为家人准备拿妹妹给他换媳妇呢，不这么办他这一生就注定成光棍汉了。他感到情况不好，迅速穿上衣服束着腰从屋里蹿了出来，气势汹汹地说："我找她去。"

母亲在后面皱着眉头摆着手嘱咐："可别惹事呀，我的祖宗。"她怕儿子闹事，又怕女儿跑了，如果真那样，那这家就零散了。

这时大生产队尚未解体，村民没有贫富差别，都是一样的贫困户。红刚径直来到周天柱家。这是一个普通的农家小院，三间坐北朝南的土坯茅草房，院里左侧有一间低矮的小厨房，右侧有一个小猪圈，里面喂着一头半大长白猪，经常哼哼唧唧像是喊饿似的。猪圈旁还有一棵歪脖子杏树，每年夏季可为家人带来阴凉。周家共母子二人，年近七旬的小脚周母把屋里院里打理得很整洁，看着很舒心。周天柱已经二十七八岁了，浓眉大眼，高鼻梁，端庄的五官深深地吸引着同村的同龄姑娘红梅。红刚站在周家门口伸拳捶门，不料，那对虚掩着的旧门板当即就开了。他意识到大事不好，怎么夜不闩门？一定是妹妹在他家里，便怒吼："周天柱——周天柱……"从寂静的屋里发出了微弱的声音:"谁呀？谁呀?"他听得出是周天柱母亲在询问，便急忙答:"我是红刚，天柱在家吗?"话中带气。

"有事吗?"

红刚觉得老人啰唆，皱着眉头苦着脸生硬地说:"有急事，有大事。"他心里清楚，妹妹和周天柱从小青梅竹马，相互爱恋，如今家人也看出了他们的心思，最近又听到村里的风言风语。可红刚已三十五六岁了，而且还长得丑陋不堪，指望妹妹为他换媳妇呢，为实现愿望，也只能棒打鸳鸯了。

天柱娘哆哆嗦嗦披衣起床，点上油腻的小煤油灯，煤油灯散发出昏黄的光，她喊着天柱的名字，却没人应答。当她颤颤巍巍端着灯照照儿子床上没有人时，嘟囔着说:"这孩子去哪儿了？出去也不吭一声。"

红刚心急如焚，他一定是和红梅在一起，跑不远还好，可不能私奔了。因为前两天媒人来提亲，红梅是坚决不同意，见了男方一面，气得两天没吃饭。此事有可能是导致她和周天柱私奔的催化剂，必须迅速到县城火车站围追堵截，一旦乘上火车，一切事就完了。他恨不能马上逮住他们，将二人抓碎捏酥，打断他们的双腿，断了他们的念想。他跑着去喊本家族的兄弟们直奔火车站。

天渐渐亮了，在雾蒙蒙的清晨里刮着阴冷的春风。火车站里的乘客熙熙攘攘在候车室里候车。周天柱和红梅相依相偎地立在墙角，心里焦急不安。红梅手拎一个花布兜，里面装着常穿的几件衣服，倚着周天柱的臂膀站着，似乎感到有点寒冷，时不时地跺跺脚搓搓手睁大眼睛惊恐地望望门口，悄声说:"天柱哥，我怕家里人找来，会出大事的。"

周天柱一手提着旧提包，一手抚摸着红梅的后背和肩膀，亲昵地低头安慰说:"别怕，不会的。"虽然这么说，但心里也忐忑不安，禁不住频频向门口观望。他恨自己倒霉，本来这桩婚事不该出什么麻烦事，自由恋爱，合理合法，无可非议，但处处遭到红梅家人反对，今天这该死的火车也和自己作对，早不晚点，晚不晚点，偏偏今天晚点。他想马上钻进火车里，想扎上翅膀和红梅双双飞向远方，实现他们多年的愿望。他放下提包，双手握着红梅的手，觉得很凉，轻声问："你冷吧？"

红梅抬眼羞涩地微笑说："心里暖和。"这声音只有周天柱能听到。

他掀起衣襟，将她的双手放在他的腹部暖着，红梅感到一股暖流涌遍全身，心里暖融融的，喃喃道："不行，冰着你了。"

他低头看着她微笑说："没事，男子大汉一身火力。他们准备去新疆，听说那里地多人少有农场，有很多外地人定居那里，日子过得也不错。如果不愿待下去，即使回来也生米做成熟饭了。"

红梅胆怯地重复着刚才的话："我怕我哥追过来，真的很害怕。"

周天柱伸手将红梅紧紧揽在怀里说："不会的，车马上就到了，咱一坐上火车，即使他们追来，也撵不上了。"

红梅脸上露出一丝甜蜜的微笑，说："车要不晚点，咱就坐上火车了，上面坐着一定很舒服吧？"

"是的，火车很平稳，据说碗里的水都不晃悠，就像坐屋子里没动。"其实周天柱也没有坐过火车，只是猜测。他想象着一旦坐上火车，就等于和红梅相守一生，过上幸福甜蜜的生活，享受人间天堂的快乐。

红梅说："真的吗？"

"真的，你想啊，火车是在铁轨上奔跑，铁轨又光又平，肯定很平稳啊。"

他们都急着赶快坐上火车远走高飞。因为在当地男女私奔是奇耻大辱，是受人唾骂的，不安分守己的风流男女是被人瞧不起的。这时，铁路民警身穿蓝色制服，手里举着喇叭筒在高喊，让大家排队检票进站。乘客们都提着包带着行李陆续去排队，一会儿都很自觉地排好了队。周天柱和红梅乐滋滋地抢先站在了队列前面，两个人的紧张情绪都放松了，一种甜蜜幸福感涌进心头。正在手拉手高兴之际，也就是马上该检票进站之时，忽然从候车室门口闯进一帮汉子，个个虎视眈眈，目光像探照灯一样在寻找着队列中的周天柱和红梅。领头的正是红刚，凶神恶煞地瞪着牛眼，看到红梅后，跑到她跟前恶狠狠地伸手将红梅从队列里拉出来，拽着她的头发，“啪啪啪”就是几耳光，推搡着她说：“回家，快回家，你是吃豹子胆了，我非剥你的皮不可。”他的手像铁爪一样死死抓着红梅的胳膊，唯恐她跑了。红梅感到胳膊疼痛难忍，脸皮似火烧，禁不住呜呜呜地哭起来，觉得哥哥心狠手毒，有一种不祥的预感折磨着她脆弱的心灵，一场大祸就要临头了。

乘客们都呆呆地瞪眼观看，从他们的目光里，似乎也弄明白了这对年轻人是为了逃婚。周天柱上前阻拦，被红刚当头一拳，狠狠击中了额头和眼睛，他顿时感到眼冒金星。民警迅速上前制止，一帮汉子簇拥着红梅溜走了。

事情来得突然、凶猛，结束得也急。

原来红梅家有五口人，姐姐早已出嫁，现在家里还有大哥红刚和爹娘四口人。红刚将红梅从车站拉到家里并向父母诉说了实情。父亲的眼睛瞪得像灯泡，露出愤怒的目光，恨不能将红梅千刀万剐，说：“吊起来打她，往死里打，把她的腿打断，看还跑不跑了。”

母亲恶狠狠地伸指头捣着女儿的头说：“死妮子呀死妮子，你是一点脸都不要了，还咋出去见人呢？剥你的皮也不亏，一点都不听话。早知道你是这样的货，还不如小时候填尿罐里沁死你哩。伤风败俗，丢人现眼，看看你咋出门见人。”那时男女婚姻很少自由恋爱，大多是父母包办、媒妁之言。逃婚是一件很不光彩的事，是遭众人非议的。

父亲站在门口盯住女儿说：“找绳，捆住打她。”

红梅哧溜蹿进卧室坐在自己床上。平时她的披肩发都拢在脑后用红手绢扎着，因在火车站遭哥哥毒打，头上的手绢也被拽掉了，弄得披头散发，她满脸是泪，诉说自己的委屈：“我这样做是你们逼出来的，瞅瞅你们给我找的对象，啥龟孙样，要力没力，要人没人，黄皮寡瘦，病秧子样，还缺心眼。我就是不嫁马村的石良，就是不换亲，你们为了要媳妇，把我往火坑里推。”

在当地父母包办婚姻，两家换亲或三家转亲，并不罕见，凡是家贫的，或男方残疾的，或长相丑陋找不上对象的，就用自家的姑娘为儿子换媳妇，这样省事，互不花钱。对姑娘来说那就吃了大亏，找的对象就像没人要的破烂儿。两家换亲就是张家和李家的闺女互换到对方家里当媳妇。三家转就是张家的闺女到李家当媳妇，李家的闺女到王家当媳妇，王家的闺女到张家当媳妇，绕了一个圈。虽然这样有点复杂，但好处是可以各称各叫，不像两家换，称叫有点难为情，比如双方有了孩子，母亲的娘家哥或弟，既是舅舅又是姑夫。但这样的好处是简单，只要双方的老人同意就算事情成了，不会节外生枝。

父亲一听到她这么说，蹲在门口沉默了，倚着门板抽闷烟。父亲心硬粗暴，要面子，想的是为顾全这个家只能委屈女儿了。

母亲来到女儿面前劝说：“你不能任性，父母给你养大不容易，你得为父母想想，为这个家想想。千家万户生儿养女防备老，都是为了传宗接代。你哥年龄大了，要找不上媳妇，咱家就断了香火。他整天就这样闷闷不乐，家里收不住他的心，再跑出去了，叫你爹娘咋办？”她说着说着禁不住心里也酸溜溜的，眼泪汪汪地和女儿并肩坐在一起，拉下自己肩膀上搭的蓝毛巾为女儿轻轻擦泪，说，“梅啊，听话吧，任命吧！女人都命不好，过去我找你爹时，也由不得己，连面都没见过，哪有啥自由啊，不也过一辈子。”

红梅哭着愤愤地说：“你们那是啥年代呀？可现在不是包办的年代，你们逼我嫁个我讨厌的人，考虑我的感受吗？我心里比刀绞还难受。”

“娘知道，谁见一个陌生人开始都觉得不顺眼，可在一起时间长了，也就没啥了。女人在谁家都是过日子，现在的庄稼户，贫富都差不多，你就认命吧。”

红刚在客厅里站着，仍是满腹怒气，铁青着脸说：“这事完全怨周天柱那小子，他不是啥好鸟，肯定都是他出的馊主意，我饶不了他，叫他死了这条心。”心想一定给他点儿颜色看看，让妹妹断了跟他的念头。忽然他冲出门外到厨房里，从门后抄起一把斧头跑出家门。

红刚一口气跑到周天柱家里，钻进厨房一通乱砸，把锅碗瓢勺砸成了碎片，厨房里遍地是铁片、瓦片，狼藉一片，但他仍不解恨，又冲进堂屋砸面缸、家具等，什么都砸，吓得周天柱的母亲浑身哆嗦，喊叫着直往外跑。此时周天柱沮丧地回到家，看到红刚像疯子、土匪一般疯狂，便猛扑上去夺过他手中的斧头远远地抛出门外。红刚抓住周天柱的衣领厮打起来，两个人像争夺摔跤冠军似的都毫不示弱，接着紧紧抱在一起在地上滚打起来，相互掐脖子抓脸，拼起命来。

周天柱的母亲在院里大喊："救命啊！救命啊！打死人啦！出人命啦！出人命啦！快来人啊！"从这又尖又亮惊恐的颤声中，可以听出这是在紧急关头发出的求救声。此时，正值中午放工之时，人们都闻声赶来了，有人拉架，有人劝说："这是咋啦？天柱也没跟人家打过架呀！"有人说："红刚你不能跑到人家家里来闹事，有啥大不了的事，找队长，找村干部呀！还有驻村干部哩，不能砸人家的东西啊……"

周天柱的脸上挂彩了，不仅出现了道道萝卜丝似的指甲印，而且还火烧火燎地麻疼。

红刚的鼻孔也出血了，他用衣袖抹一下，伸手指着周天柱说："你再勾引我妹，我给你玩命。"

二人仍怒视着斗嘴。村人拉着周天柱的胳膊，唯恐他们再继续纠缠一起进行你死我活的搏斗。周天柱说："我们是自由恋爱，没有犯法，你不该干涉。"

红刚也被人拽着胳膊，怒视着周天柱说："你跟别人自由我不管，就是不能跟我妹自由。"

"你不该当'老法海'，毁红梅的幸福。"

"我当定'法海'了，你怎么着？看我妹听你的，还是听我的！"说着甩脱胳膊指着周天柱又说，"看看恁家，你能给我妹妹啥幸福？你叫她喝风啊！"

这时，生产队长来了，看看围观的村民，劝他们都回去。村民似乎也弄明白了他们打架的原因，只能私下里议论，慢慢地散开了，谁也管不了这样的家务事。生产队长已经五十多岁了，干了多年，头似西瓜，脸如盆，心直口快，说话声音大腔大调，处理过多起民事纠纷，有一定的经验。他穿着一身黑布衣，背着手，哭丧着脸看看周天柱和红刚，摆摆手示意让拉架的人都松开手离去，三个中心人物站成了三角形，队长伸手指着他两个嗔怪道："看看你俩弄的事，白长个头，都没长脑，打架砸东西能解决问题吗？"他的目光像刀子一样刺着红刚，愤怒地说，"打伤人治病，打死人偿命，砸东西赔偿，这道理你不懂？这是犯法的事。"

红刚怒视着周天柱，伸手指着他说："这畜生把我妹拐跑就不犯法啦？"接着诉说了红梅和周天柱私奔的事。

老队长挥臂向空中指指，然后双手掐腰，木着脸说："人家是自由恋爱，合理合法，家庭要不反对，他们能逃婚吗？这是一桩很好的婚事，俩孩子都愿意，有啥错？"

红刚不满地说："您是一村之长，要一碗水端平，不能把理讲歪了。您考虑到别人的感受吗？哪个当爹娘的不想养个听话的好闺女？就不该当一点儿家？这是俺家的私事。有句古话说得好，清官难断家务事，希望您也别多管这闲事。"

"家务事，我可以不管，可今天你做这无法无天的事，我不能不管，你看看你把人家的东西毁成啥了？小家小户的操持东西容易吗？"他怒容满面伸手指着红刚说，"你砸啥赔啥。"

周天柱直直地站住，身上还粘着灰土，衣领也开了扣，伸手拍拍身上的灰土，摸一下脖颈，觉得黏糊糊的，还很疼，看看手指上沾着血迹，明白是被红刚抓破了脖颈，但又一想这是红梅的大哥，似乎这不是外人了，低头轻声说："二叔，我看这事算了吧。"

老队长指着他说："你脑子有病啊？他把你家毁成这样了，你还这么说，我看你是爱红梅爱到骨头里去了，鬼迷心窍了，受气挨打也认了。算了，这事我不管了。"心想"民不告，官不纠"嘛，低着头背着手走了。

红刚也转身走了，觉得自己太鲁莽，脑子一热就不计后果了。他就是想把周天柱弄得倾家荡产一贫如洗，吃什么没什么，让红梅嫌弃他，断了和他的关系，就达到自己的目的了。他回到家里对父母说："必须让红梅马上出嫁，不然夜长梦多，那小子不死心。如果再弄出点儿什么事，您没闺女，也没儿媳妇，我也不在家待着，不信走着瞧，这个家就叫她整个稀巴烂了。"

父亲说："你马上去找媒人，跟马村的商量，快把婚事办了。"

母亲小声说："闺女不同意咋办？"

"你就是再找人家，她还是不同意，心里都装着那兔崽子哩，好了，不能再拖了，这事由不得她。"父亲很固执地说。

"那就悄悄去找媒人，别让她知道了。"母亲嘱咐。但她心里也不是滋味，儿女连心哪，为了儿子，害了闺女。她也确实看不上这个女婿，和周天柱相比差远了。

父亲对儿子说："就这么办，相互买些彩礼送送，接着就办婚事。"扭头瞪瞪妻子生硬地说，"看看你养的闺女，把人丢尽了，责任全在你，揍你也不亏。"

母亲阴沉着脸毫不示弱地说："你打，你打呀！就会打人，凶得不轻，这个家离开俺母女俩，你们喝西北风，看谁给你们做吃做喝，俩鳏汉条子都是吃货。"她虽然这么说，但还是想要儿媳妇为家里传宗接代。所以要在儿子没有结婚之前严加看管红梅，时时处处盯住她，出门就上锁，比贴身警卫的责任心还强。

当天晚上，周天柱躺在床上翻来覆去不能入眠，多年来美好的愿望和梦想顷刻间破灭了，红梅家人的威逼，加上该死的晚点列车，恐怕这趟晚点车，一晚就耽误了他们一辈子，毁了他们一生的幸福。要不然他和红梅正陶醉在幸福之中，做着甜蜜的美梦呢。他禁不住又想起了和红梅在一起的历历往事。他想起了红梅小时候天真可爱的模样，胖乎乎的苹果脸白里透红，晶莹剔透的眼珠一转，招人喜爱。自己和她从小学一年级到三年级都是同桌，每年到瓜果成熟季节，他给她拿桃、杏，她给他带枣、梨。他家院墙角有一棵无花果树，娘说她一个都没吃成，都叫他吃了。他只是偷偷地笑笑，心里清楚红梅最爱吃这果子，都给她吃了。记得上小学二年级时，红梅看到同学二妞买了一本厚厚的横格练习本，她说很喜欢那样的本，就是没钱买。他知道了她的心思，也想帮她实现愿望，可他也身无分文。某星期天上午，他去同学春强家找春强玩，可他不在家，他娘有病在床上躺着，当他从春强家出来时，看到鸡窝里突然蹿出一只"咯嗒咯嗒"欢叫的老母鸡。他想一定是鸡下蛋了，一看果然不错，便伸手从鸡窝里拿出两个鸡蛋，明白其中一个热乎乎的是刚下的，另一个是原有的。他装进衣兜里就往村供销社跑，用鸡蛋换了红梅想要的本。当他把本给她时，红梅那高兴的样子他一辈子也忘不了。可就在那天中午，他看到春强娘手里拿着棍棒撵着打春强，她边跑边喘着粗气吼："明明我听见鸡叫着跑出去了，鸡窝里咋就没鸡蛋了，不是你偷，是谁偷了？你这么小就学会偷东西了，我非打死你不可。"在村里一般鸡下了蛋，都要从鸡窝里蹦出来，"咯嗒咯嗒"叫几声，好像在向主人炫耀自己的成果。春强边跑边"呜呜呜"地哭，口口声声说："我没偷，我没偷，就是没偷。"周天柱知道是冤枉了春强，觉得那个鸡蛋仿佛噎在他的嗓子眼里咽不下，也吐不出来，难受极了，他不敢当面承认，要承认了，老师和同学不都知道他是小偷了吗？他后悔不该那样做，事后他在家偷拿了两个鸡蛋放在了春强家的鸡窝里。可他一想到满足了红梅的愿望，心里就甜蜜蜜的，觉得很开心，这种心情和感觉是无法表达的。

周天柱想到上小学四年级时，他们的座位排开了，他看到红梅和另外一个男生坐在一起，心里就不是滋味，又看到那男孩还和她分座位，用粉笔在书桌上画上分界线，很明显，他占得多，给红梅分得少。红梅写字时，胳膊肘超过分界线，他就推她。她和男孩争辩，男孩说："我就这么分，谁叫你是女生，我是男生。"同学们听了哄然大笑。周天柱知道她受欺负了，就想揍那个男孩，可又想想不行，自己是班长，不能带头打人。他告诉那男孩："你做得不对，男女平等，不能画分界线，你不听我的，我可以向老师打小报告，但我不愿这样做。"他看到那男孩有知错悔改之意，就送他铅笔和本，和他商议换位置，男孩同意了，他又和红梅坐在一起了。

他们上到初中仍是同班同学。有天中午，在放学回家的路上，红梅开玩笑说："天柱，我觉得你看起书来像傻子，玩起来像猴子，你打篮球时，一跳老高，弹跳力特别强，为咱班争得了荣誉。"他笑笑说："这是我的爱好。因为咱班的体育不行，我再打不好，咱班就抓瞎了。"

"你可别弄得头脑简单，四肢发达了。"

"不会的，你不是说我看书像傻子吗？那是消化知识，丰富头脑哩。"然后二人一阵哈哈大笑。

期中考试，周天柱以平均 97.5 分的成绩夺得全年级第一名。这让红梅大吃一惊。老师让他担任班里的学习委员，让他抄写学校板报。他写了一首诗："是小树，我茁壮成长；是花朵，我将会怒放！今天我们把知识的甘露吸取，明天把芬芳带给可爱的家乡。"红梅把这首诗抄在自己的日记本上，多次在周天柱面前背诵。

二

平时，周天柱喜欢和红梅在一起，喜欢听她说话的声音，喜欢看她俊俏的容貌，喜欢她温柔善良，看见她就有一种想亲近的感觉。他们走出校门后，又在一个生产队干活，人们挥舞着镰刀割麦时，红梅就乐意在周天柱身边割，只要周天柱割到前面，就会在她的麦垄上帮她割几把麦子，这样就减轻了红梅的劳动量，而且能够保持很近的距离。时间久了，村里人也看出了破绽，觉得二人很般配。可红梅的父母坚决让女儿给儿子换媳妇。

红梅的父母把换亲互送彩礼之事瞒着女儿进行，一旦收下彩礼，接下来就是操办娶媳妇嫁闺女之事。那天傍晚，红梅发现自己床上放着一包袱彩礼，知道内情后，异常恼怒，泪如泉涌，抓起包袱扔出门外。父亲见状，瞪着"牛眼"抡起扁担向她打去，怒吼着："我打死你个龟孙，孬种货，你还成精哩。"红梅先挥臂护着头躲闪着，而后死死抓住扁担不放，父亲上前"啪啪啪"又打头，又扇脸。母亲从厨房里跑出来，用头抵着父亲的腰说："你打我，打死我吧！"父亲住了手。母亲望着女儿鼻青脸肿，一头乱发，像个疯子，她"扑通"跪在女儿面前苦苦哀求："梅，你听话吧！娘给你磕头了，难道你忍心看着咱家绝后？看着俺俩老枯桩子没人管？"红梅慌忙去搀扶母亲，母亲又说，"你不同意这门婚事，娘就跪死在你面前。"红梅被逼无奈，也跪下来扑在娘怀里凄惨地叫一声"娘啊"，二人抱头痛哭。红梅哽咽着说："娘啊！您这是逼我呀，我听您的，您站起来吧。"她心里似箭在穿，痛苦不堪，泪水似泉水顺着面颊一行一行地流下来，面对父母无可奈何。她明白父母给她养大不容易，供她吃喝穿戴上学花费，给她关爱体贴温暖，她才从嗷嗷待哺的婴儿长大成人，子女是吸着父母的血汗长大的。父母对儿女恩重如山，情深似海，如果违背父母意愿，就是不听话不孝顺。如果不孝，不但在家没有立足之地，而且还会遭别人耻笑和谴责。她也知道父亲秉性硬、冷漠，脾气暴，说一不二，别人无法改变他的意愿，只能无条件地服从了。不料，站在旁边的父亲，突然大吼一声："都给我站起来，看看你们的样子，都是自作的。"母女都默默地站了起来。红梅像一个战败的俘虏，沮丧地回到卧室，一头扎在自己床上呼呼哧哧哭起来。多年来，她憧憬着美好的爱情，渴望与心爱的人共度一生，不料，一切眨眼间化为泡影，好梦难成。

当晚，红梅躺在床上不吃不喝，眼睛哭得红桃似的。母亲摸索着点上油腻的小煤油灯，坐在床边劝说："梅啊，认命吧。"

红梅哭着说："我不求好家，也得图个人吧。你看那个人，走路软软瘫瘫，没脚跟似的，风一刮就要倒，像个病秧子。说话时嘴里像缠了裹脚布一样呜呜啦啦说不清话语。"

母亲看着红梅面朝里侧身躺着，摸摸她前额上的头发湿漉漉的，就知道是眼泪弄湿了头发，她一直在哭。母亲说："你哥也不俊呀，一脸麻子，像驴脸，还长两个虎牙，向外翻翘着，难看死了。他今年都三十多了，比人家的闺女大九岁，人家也没说啥，论长相，那姑娘不比你差，咱还有啥说呢，不都是为了过下辈人吗？"

"娘啊，这样做，毁了女儿一辈子的幸福，您知道我心里啥滋味吗？我真的不想活了。”

“梅啊，是娘对不住你，可娘和这个家养了你二十多年，你也该为娘想想吧，即使养个小狗小猫，也知道报恩哪。”

“你们知道我的苦衷吗？知道天柱的感受吗？你们不该砸他家的东西，更不该打他，您知道他从小到大多么爱我吗？难道他错了吗？自由恋爱不犯法，你们却办了犯法事。”

“啥都别说了，就算为你爹娘着想了，行不？”

“你们不拿女儿当人看，硬往火坑里推，你们这是为我好吗？”

“死妮子呀，你别说扎心话了。儿女都是母亲身上掉下的肉，娘咋不心疼呢，你哥要能找上媳妇，谁还这么办？想开点，咱村恁多这样办的，人家都过得好好的。”

良久，红梅说：“娘，您出去吧，我心里很乱，想安静一会儿。”

母亲站起来说：“你一天没吃饭了，起来吃点饭吧？”

红梅火了，说：“不吃，不吃，饿死算了。”

母亲悄悄地出去了，红梅将灯吹灭，屋里顷刻一片漆黑，死一般的寂静。红梅感到万念俱灰，一切都由不得自己了，自己像没了魂，心跑到周天柱身边了。她觉得他与众不同，从小就是一个优秀的男孩，还为学校立过大功呢。

记得上初二时，一个下午，室外乌云滚滚，刮起阴冷的寒风，吹得光秃秃的白杨树瑟瑟发抖。突然，教室外有人喊：“救火呀，救火呀！”周天柱起身就从教室里跑出来，看到操场西边的茅草棚着火了。那低矮的茅草棚四周是用茅草捆儿和干玉米秆遮挡着，这是为小学一年级学生搭建的简易教室，孩子们都跑出来了。这草棚还连着初一的教室，如果不马上把火扑灭，就会造成房屋连环着火，后果不堪设想，因为学校的房顶上都苫着风干易燃的麦秸和茅草。眼看草棚上的火苗蹿出来了，火借风势，风助火威，越烧越旺，几个吓坏的孩子在旁边哭喊着。周天柱心急火燎，想到只有截断火路，才能把火扑灭。只见他手臂一挥，抱着草棚旁边的杨树，像猴子一样蹿了上去，又从树上蹿到草棚上，迎着烈火猛扑过去，烟雾和火苗立刻吞没了他的身影。浓烟翻滚，呛得他喘不过气来，他毫不理会，先将草棚与教室连接处的茅草掀起来，扔下去，这时脚下的一条椽子被烧着了。“危险！危险！快下来！”红梅在下面急切地叫着。他好像没听见，只是觉得草棚在晃悠，呛人的烟雾使他不停地干咳，他朝燃烧的主梁狠狠地踹了几脚，然后顺势跳了下来。那时候周天柱的身材是同学中最高的，像成年人的身材，又爱好打篮球，人很强壮。因他用力过猛，只听“轰隆”一声，棚子塌了，燃烧的烈火像烈马断了双腿，倒在地上喘息着……学校大门外便是水坑，同学们成群结队地提着满桶水，端着满盆水过来了，很快将火扑灭了。红梅长长出了一口气，心里久久不能平静。她敬佩周天柱机智、果断、敏捷，欣赏他做事有方，能力强，禁不住为他高兴。她看到他的头发和眉毛被火烤卷了，衣服和袜子被烧出许多小洞，脸上手上划满了伤痕，成了灰脸狼，她又心疼他，可同学们不约而同地笑他大花脸，笑声在红梅的耳旁久久地回响。可他最得意的是在关键时刻得到了红梅的关心和爱护，看透了她的心思，明白了红梅也喜欢他。事后，他写了一封信，反映学校的情况，让所有的同学签名，直接寄给了县委书记，没想到县委书记非常重视，落实了情况之后立即批五千元资金建校。能够得到上级领导的重视和大力支持是大家意想不到的，在当时，这笔资金是相当可观的。学校重建后大变样，周天柱受到了老师和同学们的称赞。后来他高中毕业上大学时凭推荐，遗憾的是他和红梅谁都没能如愿，只好都在家乡务农。现在他和红梅每天都在生产队劳动，但都很开心，很快就到了婚嫁年龄。

三

父母为防止儿女的婚事节外生枝，立即和媒人约定结婚吉日，同一天嫁闺女娶媳妇，为的是喜上加喜。

红梅出嫁那天下着蒙蒙细雨，刮着寒冷的风。她觉得这天气如同她的心情，那丝丝细雨像是她的眼泪。她心中暗想：“老天爷，你是为我悲伤，还是怜悯我？流着泪为我送行，怎么就没办法改变我的命运？”她隐隐约约地觉得此日并非吉日，而是她不幸命运的开始。她坐在手扶拖拉机上，久久地望着生她养她的小山村，想再看一眼青梅竹马的恋人，哪怕是他的身影，也会感到有一丝安慰，但最终没有见到。平时她没有感觉到家乡多么可爱，但真要离开时，她觉得对那里的一草一木一砖一瓦甚至所有的村民都留恋和不舍。她想到要孤孤单单离开家乡到一个陌生的不愿意去的地方生活，勤劳持家，生儿育女，孝敬公婆，直到老死，泪水禁不住溢出眼眶……

到了婆家红梅和接送她的客人一同下了车，看到婆家院里搭着军绿色帆布大棚。她知道这样的布棚是专门为村里人办红白喜事遇到天阴下雨时准备的。大棚下摆着简易的木桌和凳子，婆家就在棚下待客。棚子后面是三间低矮的土坯草房，墙体已是“伤痕累累”，单薄的门板破旧不堪，浑身都是污垢。红梅觉得这像危房，随时可能坍塌。虽然她家也不富裕，也是草房，但要比婆家的房子强百倍。她一分钟也不愿在婆家待下去，可到哪里去？回娘家？她觉得那里从此就不是自己的家了，爹娘都不要她了，生死就由自己的命了。跑出去？她没有容身之地，只能老老实实地做人家的媳妇了。

新婚之夜，新郎迟迟未入洞房。红梅独自躺在床上默默落泪，并非是因为看到漆黑的房顶、肮脏的墙壁、陈旧的桌子和木板箱而感到忧伤，而是因为想起丈夫那短小的身材、蜡黄的面容、呆头呆脑的模样感到心凉。周天柱一表人才，又深深地爱着她，但可恨的是私奔风波之后再没有见到他的影子，更没有谁帮她出出主意。她就像被监禁的囚犯，终日由母亲在家看管。红梅只能劝慰自己，任命吧，事已至此，只能嫁鸡随鸡，嫁狗随狗了。箱盖上那盏小煤油灯散发出昏黄的弱光，照着屋内破烂不堪的杂物，仅仅是婚床上铺上了新被褥。红梅渐渐进入梦乡，忽然她感到有什么重物压在身上喘不过气，睁开眼睛一看，是丈夫石良正趴在她身上急不可耐地撕扯她的衣服。红梅闻到了他嘴里浓烈的酒气，听到他粗重的喘气声,心里禁不住怦怦乱跳,她想反抗,但作为人妻没有理由。于是,她蹙眉皱脸微闭双眼任其摆布,觉得身上像趴着一只癞蛤蟆那么恶心和讨厌,又像一只饿慌了的大灰狼正在张着血盆大口撕扯她。这简直是一种痛苦的人身折磨和精神摧残,她不敢想象以后的日日夜夜怎么度过。她的牙齿死死地咬着下唇,将红嘴唇上咬出一道白印。热泪从眼角里流出,流向双耳,流到带有鸳鸯图案的粉色枕巾上。灵魂似乎飞到了广阔的宇宙间,在寻找着她心爱的人。天柱,天柱,你在哪里?你快来帮我,来救我呀,将恶棍撵走,咱们永不再分离,永远,永远……周天柱从小到大都是她的保护神,只要她在外受人欺负,他就会保护她,所以她又想到了周天柱,但此时他是无能为力了。不料,石良突然"哎哟"一声惨叫,双手抱头从她身上翻滚下来,在床上打滚,就像孙悟空被唐僧念了紧箍咒似的,疼痛难忍,痛苦不堪。他蜷缩着身体,皱着面容,一脸极其痛苦的表情。红梅回过神来看到他的模样,吓得毛骨悚然不知所措。她的脸色都吓白了,不知道石良怎么会出现这种情况,忙问:"你怎么了?是不是喝酒喝多了?"

石良怪叫着说:"我,我,我的头疼病又犯了,哎哟!疼死我了,疼死我了……"他的惨叫声似鬼哭狼嚎,吓得红梅穿着睡衣蹲在墙角缩成一团,浑身哆嗦,起了一身鸡皮疙瘩。她急切地高喊着:"来人哪,来人哪,快来人哪!"石良带着被子从床上滚到地上,像疯子一样撕棉被,捶打箱子,拿着鞋砸红梅,然后举着小木凳向红梅砸去。红梅的额头当即被砸破一个口子,殷红的鲜血顺着鼻翼往下流,她慌忙用围巾紧紧勒着头,用手绢擦去脸上的血迹。她没有想到新婚之夜会弄个烂头,这是村里人最忌讳的不好开端。公婆听到呼救声迅速跑来,公爹拦腰抱着儿子的双臂气愤地说:"你兔崽子发啥疯哩,快给他灌安定药。"婆婆端着水,拿着药。这时,红梅的婆弟石留也过来了,用勺把撬开哥哥的嘴巴灌进药。石留乘机窥视嫂子,那贼溜溜的眼神像刀子一样刺着她。此夜,红梅惊魂不定,将勒在头上的围巾紧了又紧,为的是阻止额头上的血液流出,她感到头晕头疼,一夜未眠,躲在墙角抱着被撕破的被子垂泪到天亮。

后来，红梅得知石良已有三年病史了，经常发作，而且他还有严重的性功能障碍。她最怕他犯病，最怕黑夜降临，在无奈的情况下，只好抱着希望为石良看病。红梅带着丈夫去几家大医院检查，最后确诊是患了第四脑室囊虫病。这种病不能医治，而且病人不能结婚。红梅彻底绝望了，原有的一点希望也像肥皂泡一样破灭了。她面色苍白，身体有些发飘，手足有点颤抖，禁不住伏案放声大哭，以哭来发泄出内心的痛苦和愤恨。她知道今后伴随她的将是那种永不终结、永无希望的孤独寂寞生活，将永远承受心灵上的打击和精神上的折磨。

这一年大生产队解体了，分田到户，各家种各自的责任田。秋收之际，红梅独自在后山上砍甘蔗，天色渐渐晚了，她正准备收工回家时，石留来了。砍了半天甘蔗的她累得精疲力竭，想让石留帮帮忙，不料石留冷不防抱住她的腰。红梅一边挣扎，一边大叫："石留，你干啥？我是你嫂子，不能这么做。"

他淫荡地笑着说："嫂子，大哥不行，我行，你恁漂亮，守活寡不难受吗？你就跟了我吧！"

红梅气得涨红着脸，挣扎着努力甩开石留，恼怒地说："快放开我，放开我，不放，我喊人哩！"

石留毫不在乎地说："你喊吧，这荒山野地没有一个人，喊破天也白搭。"石留使劲将红梅按倒在地，像野兽撕咬小绵羊一样对她强行施暴。红梅拼死反抗，抓住石留的头发，又踢又咬。瘦弱疲惫的红梅哪能抵得住他的力量，最后还是被石留粗暴地强奸了。

红梅哭着跑回家，真想用一把尖刀将石留戳死。她想到他平时的种种劣迹，家里的活他不干，好吃懒做，东游西窜，打架斗殴，恶名远扬。现在她又被他欺负，自己成什么人了？真丢死人了。她好端端一个人招谁惹谁了，弄到这般境地。红梅向公婆哭诉，可婆婆说："别哭了，都是自家人，还不都一样。"

公爹皱皱眉头说："你想开点，老大已经那样了。"

红梅怒气冲冲地说："他是啥货，您不清楚？流氓，二红砖，没人性。”

婆婆马上阴沉着脸说:“别这样说,你娘家哥那模样也不俊吧,俺闺女不照样在你家过。”

“俺哥长得模样不好,可他本分能干,心眼好,对俺嫂子好。”红梅说。

公爹在门口抽着烟狠狠地说:“你要从了老二,他也会对你好。”

红梅说:“他平时咋对我,你没看见?我干活快累死了,他一把都不帮,比猪还懒。”

婆婆哀求:“梅啊,你只要给俺留个后,俺俩都听你使唤,中不中?”

红梅忍不下这口气,连夜跑回娘家,求爹娘让她离婚。她嫂子知道情况后,两手掐腰破口大骂:“你离婚,我立马走人。你心里清楚,咱是一对一换的,我哥、我弟任你挑,你还不满意,可我上哪儿挑?看看你哥那尖嘴猴腮的样子,老扁担个子,妖精样,我就乐意啦?你别不知天高地厚。”

红刚回到家里听到妻子这么说,明白了妹妹回来的原因,顿时脸色铁青,怒气冲冲地盯着妹妹说:“滚回去,立马滚回去,这儿不是你的家。”

红梅听此言,顿时感到透心凉,忍无可忍地说:“你别忘恩负义,处处护老婆,可你要清楚,不是我,她跟你吗?我早知道你这么没良心,打死我也不嫁。这儿不是我的家,我偏不走了。你能怎么着?枪毙我?我没说难听话,你倒说起来了,我今天的不幸,都是你造成的。”

红刚伸手指着妹妹说:“嫁出去的闺女,泼出去的水,想收回来是不可能了,你就死了这条心吧。照你说的,想咋样就咋样,社会不乱套啦?”

“我的不幸是你造成的,我要跟了周天柱,他绝对不会这样对我。”红梅禁不住脱口而出。

嫂子站一旁蔑视地撇撇嘴,翻眼望望她快言快语:“哟哟哟,越说越不值钱了，大姑娘在家还有风流事呀，俺要早知道有这事，还不嫁你家哩，我哥、我弟那不是赔透了吗？赔了妹妹还戴绿帽子。”

父亲的黑眼珠恨得要冒出来，愤怒地说：“都给我闭嘴，庄稼人讲啥样不样，只要会干活过日子都中。墙上画马不能骑，镜子里的烧饼不能吃。画好不当吃不当喝，都给我老老实实地过日子，别吵闹了。明天红梅回家，自己的事，自己办。”

爹娘心疼女儿，更害怕失去儿媳，只得将女儿送回婆家。

四

红梅回到婆家的第二天，早上没有起床，直愣愣地盯着房顶，呆呆地发愣，其实思绪翻腾，想起爱情的破灭，想起半死不活的丈夫，想起禽兽不如的石留，想起一贫如洗的家，想起冷酷无情的父母哥哥，她心如死灰，感到人生已失去意义。天地之大却没有她的栖身之处，如一只孤雁无人疼无人爱无人问，与其无路可走，痛苦地忍受精神折磨，倒不如一死了之。她起床时已近中午。她穿上心爱的红花衬衣和蓝色西装褂，到门口的盆架旁洗洗脸，抬头对着门后挂的镜子照了照，因为经常生气，心情郁闷，肤色有些发黄，身体瘦弱，精神萎靡不振，如病人一般。她和丈夫分了铺，睡在同房间的单人床上，便于侍候犯病的丈夫。她悄悄走出家门，独自到街上买了三包老鼠药，准备回家服毒自杀。她听说喝了老鼠药，再喝半瓶白酒，就抢救不过来了。她想死得利索少受罪，就准备多喝药多喝酒，比如人家喝一包药就死，她准备喝三包，人家喝半瓶酒就死定了，她准备喝两瓶，想尽快了结此生。她买了老鼠药后准备到商店买两瓶白酒，看到大街上人来人往，熙熙攘攘，想想此日是单日，逢集，这是老祖宗留下的规矩，逢集人就多。大街两旁摆着长龙般的地摊，有卖菜、卖肉、卖杂货的。红梅就是从地摊上买的老鼠药。商店就在东西大街中段，当红梅走到商店门口时，不料，迎面遇到周天柱，她感到十分惊讶，愣怔地看着他，那是她日思夜想心爱的人哪！想不到在这里巧遇，霎时泪如泉涌，说不清心里的滋味，也许是悲喜交加吧。周天柱明显瘦了，胡茬浓黑，脸上灰蒙蒙的，像没洗净，精神不振。他慌忙从兜里掏出手绢递给红梅，让她擦擦泪，轻声说："红梅，别哭，你还好吧？"

她轻轻摇摇头。

"别哭了，我知道你心里苦。走吧，咱去餐馆吃饭，有什么苦衷说出来，我帮你。"周天柱带着红梅穿过人群，向附近的小餐馆走去。

街上人流密集，走路时不小心还会碰到。红梅紧紧抓住周天柱的手往前走，什么都不怕了，到了这一步，还怕什么？不怕别人的闲言碎语，不怕撞见哥哥，不怕婆家人生是非。因为当地乡集都是附近的村民来赶，熟人容易相遇。周天柱和红梅来到大街旁边的一家小餐馆里，坐在墙角处的餐桌旁。餐馆里仅有两个陌生食客在吃饭，大部分人已经吃过饭走了。周天柱坐在红梅对面，给她倒了一杯温开水，想到自从红梅出嫁后，两年多都没见过她，现在看着她瘦弱的身躯，蜡黄的面容，泪汪汪的眼睛，额头上还有一块小伤疤，就猜想她一定有难言之隐，便轻声问："红梅，是他欺负你了？"

她伸手摸摸额头上的伤疤，摇摇头说："没有，是我不小心碰的。"

周天柱怜悯地瞧着她，想必这不是真话，她一定有难言之隐，便转开话题说："自从你走了以后，就没赶过集吗？我常到集市上来，其实也不买啥东西，就想见你一面，今天总算碰到你了。"

红梅家的村子和婆家的村子距集市都是四五里路，有时她出来为石良讨药或买东西，总是避开逢集，因为她不想到人多的地方去，不想见熟人，也没有心情转悠，一般办完事就回。她低头苦笑着说："这是天意吧，在这生死关头让我再见你一面。"

顿时，周天柱惊愕地望着她："你说啥？有什么大不了的事？咋这么想？你是昏了头了？虽然咱们人不能在一起，但心是在一起的，有什么难处，我帮你。你知道吗？我心里装的全是你，你千万不能胡思乱想，咱都好好活着。”

红梅摇摇头喃喃道：“你不了解情况，谁也帮不了我。老鼠药我都买好了，我怕喝一包死不了活受罪，就买了三包。”

周天柱一听此言，头顿时蒙了，带着严肃而又恐惧的神情伸出手说：“拿来，给我。你这是做蠢事，做傻事，白上多年学，上成木头疙瘩了，有啥难事你说呀！把我全忘啦？”

“我现在没有亲人了，自家人还对我冷面无情呢，何况别人呢！”她忍不住哭诉了回娘家的情景，然后说，“我已经不是姑娘身了，好梦破灭了，你还找我干啥？我对什么都绝望了，我的命比黄连还苦，实在是无路可走了，只有死路一条。”

周天柱急忙说：“你没错，以后我还会像以前那样帮你，相信我。我在家盖了个大猪圈，养了十几头猪，还打算扩大规模，有了钱，你就不会作难了。”

红梅摇摇头说：“不必帮我了，你有钱了，把房子盖起来，娶个媳妇，好好过日子吧。”

“红梅，我不再找对象了，我没这个心情。”

红梅抬头瞪大眼睛望着他：“你傻了？我是泼出去的水呀，你忘了我吧。”

他摇摇头说：“在这世上，只要咱俩活着相互有个寄托，就是幸福人。”他的话似一股暖流温暖着她冰冻的心，她有了生的希望，脸上露出丝丝微笑，好像从内心里生发出一股巨大的力量，这股力量支撑着她，给她光明和希望。这时，服务员端来一大盘热气腾腾香味扑鼻的青椒炒肉丝和一大盘番茄炒鸡蛋，这都是红梅喜欢吃的菜。

红梅看着满盘菜，近日茶不思饭不想的她感到有了食欲。她到婆家后很少改善生活，有一段时间，生活基本成了固定的模式：早上红薯粥，切点生萝卜丝或生白菜心，放点盐当菜吃；中午便是清汤寡水的面条和杂面馒头；晚上蒸红薯和馒头，炒青菜。天长日久，弄得清肠刮肚没有一点儿油水，但她从来没有到外面吃过饭，坐在餐馆里吃饭今天还是第一次。

周天柱慌忙递给红梅一双筷子，让她快点吃菜，已经下午两点了，肯定都饿了。一会儿服务员又上了两海碗肉丝面。

红梅说："光菜就吃饱了，还要面条干啥。"

周天柱说："不行，不吃面饭不算吃饭。"

红梅吃着菜觉得人家饭店做的菜色香味俱全。

他问："菜咋样？"

红梅说："好，开胃口。"

"你多吃点。"

周天柱想，如果当初和红梅成婚，他决不让她嘴受屈，会经常给她买好肉好菜好佐料，想吃啥做啥，开心地过日子，那才叫幸福呢，可惜他没有这个福分。

在乡镇餐馆里，或婚宴上，人家做的菜不但味美，而且盘大量足，还便宜。这顿饭红梅吃得肚子满满胀胀，觉得精神焕发，无拘无束很开心。二人分手时，周天柱向红梅要走了那几包老鼠药，扔进了路边的池塘里，并把身上带的钱全给红梅了。

石良每隔十天半月犯一次病，每次犯病就躺床上四五天，大小便失禁，不省人事，吃喝拉撒全由红梅照管。寒冬里，阴冷的寒风将光秃秃的树枝吹得"吱吱呀呀"响。红梅身穿红花袄，外罩深蓝褂，勒着红头巾，拿着铁锨弯腰使劲铲着水坑里坚硬的冰块，"咔嚓"一声，厚厚的冰面上出现道道裂纹，最终铲出一个碗口大的水坑。她蹲下来伸手使劲掀水坑里的冰块，再将石良酸臭的脏衣服放进水坑里搓洗。她感到冰水凉得刺骨，全身好像掉进了冰窖，快被冻成了冰棍。她强忍着寒冷在石面上搓着衣服，一会儿双手像冻僵的红萝卜，手指关节疼痛难忍，眼里含泪，心里充满了恨，恨自家的亲人冷面无情，将她往井里推，往绝路上逼，逼她嫁给这样一个男人。她不想进那个家门，更不想看到自己的男人，过一日如三秋，承受着无尽的精神折磨和痛苦，她心里清楚周天柱是真心爱她，给了她生存的希望和安慰，是她的精神支柱。红梅每天都要来这里洗两次石良的脏衣服，渐渐地她一看到凉水就恐惧，一沾上凉水就感到手指关节疼痛难忍，而且感觉越来越严重，到了不沾水也疼痛难忍时，才想到去乡医院看看手。

乡医院旁边有一家私人诊所，里面有位老中医坐诊，他是当地有名的老医生。红梅也知道他的药疗效好，便来找他看病。那天红梅来到他的诊所，看到里面的地方很大，接连三间门面房，一排中药柜紧贴着后墙，柜子小格子抽屉里装着不同的中药，抽屉口写着药名。门口摆着老中医的办公桌，周围还摆着长木椅，这是供来就诊的病人坐的。屋里散发着很浓的药味。红梅看到病人特别多，等前面的病人都走了，才坐在老中医办公桌旁边的木椅上讲述自己的病情。老中医看看捏捏她的手指头，说这是典型的关节炎，是在凉水里冻出的毛病，这病一旦得上很难治，少则三个月，多则一两年，也有治不好的，很麻烦。红梅感到可怕，如果治不好，就成了废人，今后的日子怎么过？这对她来说等于雪上加霜，伤口上撒盐，禁不住沮丧地说："您看咋治呀？"

老中医看她面黄肌瘦、目光无神，就断定是营养不良所致，说："以后别用凉水洗手了，赶快治治吧，时间越长越难治，到严重的时候，指头就变形弯曲肿大，像耙齿一样，疼得钻心，什么活都不能干了。"接着便低头开处方。

听此言，红梅的精神彻底崩溃了，家里穷得一无所有，哪有钱治病啊！没想到得上这样缠人的病，只能治治看吧。

老中医开好药方递给她说："你去讨药吧。"

她轻声问："多少钱？"

他在算盘上一扒拉，说："3 服一共 45 块钱。"

当时老百姓收入很低，这药费是比较贵的。红梅身上只带了二十块钱，这钱还是周天柱给的。她拿着药方站起来畏畏缩缩地说："大夫，我的钱不够，回去讨吧？"老中医伸手夺过她手里的药方，低头放进抽屉里，阴沉着脸说："回去拿钱再来讨。"排在她后面的病人说："出来不带钱看啥病呀？"让她意想不到的是周天柱忽然出现在门口，接着话说："谁生来都不是地主老财，才吃了几天饱饭，可瞧不起穷人了！"屋里的人都大眼瞪小眼，把他当成了焦点。

红梅木着脸，因受人奚落而感到尴尬，觉得无地自容、丢人现眼，没了人格自尊，这一切都是因为一个“穷”字，可万万没想到又碰到周天柱了，此时，她不愿让任何一个熟人看到。周天柱怜悯地看着红梅，她不该受人歧视，她如今的状况是家人造成的，如果他们结了婚，她不会遭这份罪的，又瞧瞧大夫说：“把药方给我，我给她讨药。”

老中医马上笑着说：“这不是碰到熟人了吗？免得再跑冤枉路。”心里想：“我开的秘方不外传，免得泄密，只能在本店包药。”

红梅站在一旁泪花闪闪。

周天柱向大夫询问红梅的病情。

老中医说：“她这是类风湿性关节炎，得抓紧时间治，年纪轻轻的，要治不好就像鸡爪子一样，什么活都不能干了。”

“这药一共多少钱？”周天柱问。

“45 块，这要打持久战，吃 10 服 20 服还不一定咋样呢。”老中医说。

“那就抓 10 服吧。”周天柱爽快地说。

谁都知道老中医的药贵，一般药店里每服中药 5～7 元，而他的药都在 10 元以上。尽管贵，来这里的病人也不少，只因疗效好。

红梅趁人不注意转身向外走走说：“天柱哥，先讨两服吧，吃吃看咋样。”她是怕花钱。

“多讨几服连着吃，得抓紧时间治，可不能耽误了。”他用大哥关心小妹的口气说。

红梅觉得在这个世上只有周天柱对她好，爹娘的亲情和关爱已经转移了，都不顾及她了。她对父母有爱也有恨。父母对她的养育之恩是不能否认的，但父母逼婚又使她憎恨。红梅手里掂着两大包草药和周天柱一起走了。周天柱询问了她的情况，并告诉她要好好活着，日子会一天天好起来的。他养的十几头猪都卖了，卖了一大笔钱，他一定要把红梅的病治好。

红梅看着他说：“天柱哥，你先把房子盖起来，娶个媳妇吧。”

他推着自行车和红梅并肩前行，抬头望望前面的路，长叹一口气说:“我没啥盼望了,只要能见你一面就满足了。家里老母亲已经去世了,以后我就自己过了。”

“你不能这样想呀!”

“我觉得这样也不错,日子过得清静、轻松,吃喝穿戴花销不愁,不操心,不生气,人少事少,没有恁多是是非非了。”然后又说,“明年我想去省农大学习,把技术学到手,回来好好种地,提高粮食产量,然后在村里推广。据说科学种田能使小麦亩产达到一千多斤,比现在增产一倍多。还有玉米、大豆、红薯都能成倍增产,这样的话,如果留足吃的粮食,就可以把大量的粮食卖出去。另外再搞好副业,轻轻松松钱都来了。”

“你去学习多长时间?”红梅担心他们今后见面更不容易。

“两年吧。”

“那你就是大学生了。”

周天柱笑笑说:“我主要是学农业技术,不是奔什么文凭,学好了回来为家乡服务。等我走的时候,会给你留足看病的费用。”

后来,红梅一连吃了三个月的中药,手指关节炎好了,她从内心里感谢周天柱对她的一片痴情,所有的医疗费全是他给的。

五

石良的病情时好时坏,如果不犯病,也和常人一样,但犯起病来防不胜防,有时正说着话,突然躺倒在地,两拳紧握,口吐白沫,瞪着死鱼眼,让人惊恐。但也有规律,一般犯病醒来后,也会好一段时间。红梅就常常利用他犯病过后的时间,陪他去乡街上求那位有名的老中医看病,边吃中药,边用偏方治疗,终年离不开药罐子。只要有一丝希望,红梅想尽最大努力为他治疗,她也只好围着他和药罐子转了,就这样转来转去转了五年多,但最终也没留住他的命。公婆为红梅做好了今后的打算,准备让她和石留结合,不管红梅是否同意,也不能让她走出石家。最后他们给红梅摊牌了,但红梅坚决不同意，一气之下回到了娘家，在娘家住了一段时间，但嫂子不乐意了。有天晚上，嫂子给丈夫吹枕头风，说："你妹不走，我回娘家去，她啥时候回去，我啥时候回来。当初她看不上俺哥，现在我弟总可以了吧。她还有条件挑选，我可没这机会。"

平时红刚就对老婆言听计从，百依百顺，他说："我出面不如娘出面合适，我叫咱娘对她说。"

"你是没有一点主心骨，啥事都得我操心。"

红刚苦笑着说："这几年红梅的日子过得不顺，心里很苦，她在这里多住几天，散散心也好。"

"你不能这样说，我心里就甜啦？你拿镜子照照你那脸，我要不是为了娘家，你给我跪三天我也不嫁你。"

"你别把话说恁难听好不好，我貌丑心善，没叫你受一点儿委屈吧？哪像石留，好吃懒做，东游西荡，不正混。"

"那不是因为没老婆嘛，红梅要跟了他，也许能管住他。"

"我看他本性难移。"

"不管咋样，她要不跟我弟过，我也不跟你过，不信咱走着瞧。"红刚一听这话心里不是滋味，对他来说什么都可以没有，就是不能没老婆，他离不开她。她也利用这一弱点牢牢地控制着他，让他服服帖帖。他对妻子说："那你舍得丢下咱的孩子？"

她翻起白眼撇撇嘴，伸手指指他的头说："木头疙瘩，一点儿也不开窍，你叫红梅回去，还会有啥事呀？"

"好好好，你放心，我明天就叫她回去行不行？"

她不吭声了。

第二天上午，母亲看家里没人了，在堂屋里对红梅说："梅啊，你回去吧！家里有孩子，跟了石留，总算还是一家人，孩子有娘。"

红梅忍不住落泪了，她心里清楚两个孩子都是石留的，他多次强奸她，生下一男一女，她只能忍气吞声，泪往心里流，哽咽着说："娘啊，我不想跟石留那畜生过，他吃喝嫖赌啥事都干，我不能看见他，他是住局子的料。您成全我和天柱吧，他为了我一直没找对象，我不能害他一辈子，他是真心对我好啊！"

母亲听此言，当即不乐意地说："傻瓜，你叫俩孩子咋办？再说你也结扎了，也不能再给天柱生孩子了。男人娶老婆都是为了传宗接代，你不能给他生孩子，他会对你好吗？"

"我带着孩子，天柱一定会对孩子好，他说他不在意有没有孩子。"

"人家的孩子会让你带走？天柱会稀罕人家的孩子？他说是这么说，你看透他的心了？"

"我看透了，他善良、心眼好，一定会对我们好。"

"人家说这辈子不要自己的孩子了？这是讲不通的理。再说你嫂子是省油的灯吗？你一走，她还会在咱家过？这不弄得两家零散吗？你嫂子已经给你哥摊牌了，你不走，她就回娘家。你还是回去吧，为了孩子就跟石留过吧！"

"您只会考虑自己的家，却不考虑我，生了我，养了我，为了儿子又害我。石良死了，我改嫁合理合法，说啥也不能再听您的话了。"

母亲心疼女儿，禁不住流着泪说："闺女啊，你别说扎心话了，过一家人不容易啊！"

此时，父亲回来了，听到女儿的话，脸都气白了，瞪着铜铃般的眼睛生硬地说："你在这里住的时间不短了，赶快回去，你跟周天柱那小子没戏，不可能，还是死了这条心。回家跟石留好好过日子，把孩子养大就行了。"虽然红梅没有明说孩子的事，父母已经猜测到是石留的，因为石良患的那种病，医生说根本不可能有孩子。

红梅知道父亲的脾性，彻底绝望了，好梦难成，只觉得对不住周天柱。

六

实行家庭联产承包责任制后，周天柱给自家院子砌了红砖院墙，盖了大门楼。又在院里盖起了大猪圈，养了一圈又一圈猪，给他带来了一笔可观的收入，还搭了鸡棚养了一百多只下蛋鸡。他每天早上起来打一碗荷包蛋茶喝喝，觉得很省事。想吃肉了就宰只鸡，炖一炖，有滋有味地吃吃，也不亏待自己。他自己做一日三餐，练出了一手好厨艺，做的菜很有滋味。有时候村里办婚丧嫁娶的事，还请他当厨师，他也乐意帮忙。村里大部分劳力都外出打工了，他不外出的原因，还是牵挂红梅，她家的事多，为了不让红梅作难，就经常接济她。他觉得在家搞副业收入也不低，甚至比打工强。如果粮食产量高，也能创收，就产生了学科学种田的想法。在他去省农大学习之前，他把家里原来的旧房拆掉，盖起了四间红砖平房，两间陪房，院里整成了平坦的水泥地，总是干干净净的。但他仍然孤身一人，村里人帮他张罗婚事都被他谢绝了。有人说他又英俊又聪明又有本事，就是太痴情，就是痴情害了他，毁了他。天下好姑娘多得是，给他介绍的对象都不差，人家不嫌他年龄大，可他却不愿意见人家。后来周天柱到省农大学习了两年，回村当了农业技术员。

周天柱回村那年，小麦抽穗了，他催大家给小麦打农药，说是今年邻村的麦田里虫子闹得凶，得早点预防。村民都照办了，只有王大爷不当一回事。王大爷外号“老牛筋”，他是村里种庄稼的好手。他种庄稼的，产量高，颗粒饱满。

这天，周天柱在田埂上遇到去看麦子的王大爷，便劝说：“大爷，您那几块麦子得打农药了，大家都打了。”

王大爷哈哈一笑，抽着自制的劣质烟，喷了个烟圈，看着眼前袅袅升起的烟雾，漫不经心地说：“打药，好好的庄稼打啥药啊！你说小麦有虫子，依我看今年还得多吃两顿饺子呢。再说买几块钱的农药，还不如割斤儿八两肉包饺子吃哩，又饱肚子又补身体。我种几十年的庄稼凭的是经验，不是凭你学的死课本。”

“王大爷，今年的气候反常，到处闹虫灾，不预防一旦长了虫子，就治不住了。”周天柱紧皱眉头说。

王大爷说：“你这孩子，说来说去不还是虫子嘛。你大爷六十好几了，还没见过虫子吗？你去打听打听，咱在村里也算数一数二的庄稼把式，啥时听说我的麦子没收成，没面条、饺子吃呀？我还比别人收得好、吃得好呢，你还嫩点，我不赞成本本经验。”

周天柱只好看着王大爷叹口气，说：“大爷呀，你可真是一根难扭断的老牛筋。”

他一听这话倒还喜欢，打趣地说：“管它老牛筋嫩牛筋哩，只要咱肚里有装的，身上有穿的，袋里有零花钱，嘿嘿，还有叶子烟吸着就行了。”

后来周天柱到县城开会去了，王大爷的麦子终究没打药，等周天柱回来，王大爷的麦子长虫了，慌得他今天用人捉，明天打农药，最后只有干跺脚了。这虫子确实很厉害，不出几天，王大爷的几块麦子都成“光杆司令”了。

虫子又向别人的麦地进攻了。周天柱只好下令割掉麦子烧死虫。王大爷起初说什么也不答应，周天柱见软的不行，便说：“王大爷，您亲眼看见这虫灾蔓延速度有多快，要是不全部消灭，用不了几天，人家的麦子也吃不上了，到那时，损失就大了。”

王大爷被吓着了，只好摇着头，挥着手说：“要割……你们割吧。”周天柱找来村民三下五除二，把他家的麦子全割了，堆在地里，四周架上干柴，准备烧毁。

王大爷站在远远的田埂上一动不动地望着。举火点燃时，他的嘴唇和夹着烟卷的手也颤抖起来了，尽管那烟卷的火早已灭了，可他还是一个劲儿地抽着烟，好像要把它重新吸燃似的。他后悔不该不相信科学，只凭老经验是彻底落伍了。他对周天柱刮目相看了，佩服他真是个聪明的小伙子，在紧急关头能想出好办法，不然可咋整呢，庄稼人就指望庄稼吃饭呢，要绝收了，自己就成了村里的大罪人。当初要听天柱的话，咋能有这灾难呢？他也联想到用尿浇韭菜的事，天柱说的不是没道理，那天夜里是凑巧下大雨了，如果不下雨，太阳一晒，还真把韭菜全烧死呢。他越想越觉得这小子有能耐，是种庄稼的好手。

这一年王大爷的麦子颗粒无收，但从此他相信周天柱的话了，两人一到一起就谈论种庄稼的事，越谈越投机，也越觉得这小子可爱,庄稼一出病就找他商讨。第二年,王大爷家的小麦丰收了,产量倍增。他感慨地说:“人家都说,姜还是老的辣,叫我说呀,姜到底还是经过科学种植的辣。哈哈,天柱哇,你年纪轻轻的,却满肚子学问,大爷服你了。你的婚事,大爷包了,叫你不出一个月就能找上好媳妇。”

周天柱在大路旁边扶着一棵小杨树站着,他苦笑着说:“谢谢大爷,我一个人过惯了,感觉还行,不想找媳妇了。”

王大爷靠着树根蹲着抽烟,抬头睁大眼睛看看周天柱说:“你小子心里还惦记着红梅啊?现在哪还有像你这样的痴情小子?红梅是个好闺女,可人家养的闺女人家当家,咱是干着急没办法。现在红梅是有家有孩子的人了,你不能就这样熬一辈子吧?你把她忘了吧!你看俺家玉莲咋样?不比红梅差吧?”玉莲是王大爷的亲孙女,高个头,大眼睛,白白净净的,比红梅小四五岁。因为她找对象要求条件高,多次挑选,想优中选优,选着选着年龄大了,成了村里的大姑娘。王大爷接着说,“你要愿意,大爷给你保媒,好不好?”

周天柱仍然苦笑着伸手挠挠头说:“大爷,这感情上的事跟其他事不一样,不是说长得好就行了,这得看缘分,凭感觉。”

“啥感觉不感觉啊,俺那时候找对象,谁也没见过谁,不也过一辈子吗,其实人就跟动物差不多,男女结合在一起,就是生儿养女,不都那回事嘛,跟谁过不是过呀。”

王大爷这番话说得周天柱嘿嘿直乐,只想说你根本不懂感情,但话到嘴边又咽了下去,摇摇头说:“谢谢您的一番好意,我真不想找媳妇了,一个人过着清静,烦心事少。”

王大爷伸手指指他说:“天柱,你真是死脑筋,从古到今,皇帝身边一大群,老百姓死了妻子还娶二房呢,哪儿有像你这样用情专一的?红梅出嫁几年了,你还有啥想头呢?”

“大爷您别提这事了。”

后来王大爷又亲自为他保媒,把玉莲说给他,他还是拒绝了。

周天柱一直没找对象,红梅心里清楚,还是因为一直牵挂着她。几年过去了，他没少暗中资助她，可这钱都为石良治病了，但他从不过问红梅把钱花到哪里了，只想让她少作些难。红梅思来想去，常常心里不安，不能就这样苦他一辈子呀。红梅想到本村有个年轻漂亮的寡妇杨枝，带个五岁的儿子，想招上门夫婿，原因是不想让儿子带到别人家受气，自己也不再生育了。她想到天柱如果能来她家，就能常和他见见面，也就知足了，但杨枝这样的条件，天柱能同意吗？这样做也确实对不住天柱，不行，他完全可以找个姑娘，但本村的姑娘没有合适的，经过一番思想斗争，最后还是忍不住私下里找了本村的媒婆，介绍了周天柱的情况。媒婆一听说就乐了，满口答应，说："成人之美嘛，这是好事，包在我身上。"红梅一再嘱咐，不管事成不成，都要为她保密。媒婆说："你放心，多年来凭我这张嘴，成全了桩桩件件数不清的好事，你啥时候听说过我坏人家的事啊？"红梅想想，她确实受人尊敬，村里人对她评价很好，尤其是年轻小伙都围着她打转，帮她干农活干家务，就是想和她套近乎，想让她给他们介绍个好媳妇。她理解那些小伙子的心情，说只要她在，他们谁都当不了光棍汉，说得小伙子嘿嘿直乐。媒婆从红梅嘴里得到信息，很快去找周天柱做工作，一看到他家的情况，觉得这桩事不合适，行不行说说试试，便把杨枝的情况说给天柱。周天柱对杨枝的条件倒不在意，主要询问了红梅在村里的情况，没想到最后他竟然爽快地答应了这桩婚事。媒人也觉得亏了这小子，凭他的条件完全可以找一个好姑娘，但解不开其中之谜。后来媒婆领着杨枝来到周天柱家一看，杨枝当即就不走了，让媒婆回家，自己就住下了。媒婆觉得给人家说了半辈子媒，哪一桩婚事也没这桩婚事容易。

周天柱倒插门来到杨枝家，过着平淡的日子，一年后，杨枝对周天柱说："村里的劳力都出去打工了，村里就剩些老弱病残，你也出去吧，挣点钱，家里就宽裕些，咱就那一点儿地，我一个人种就行了。"

周天柱说："好，家里要有事就给我捎信儿，我尽量回来，如果回不来，就找个帮手，咱给人家付工钱。"

杨枝说:“都是乡里乡亲的,付啥工钱呀。等人家遇上事咱也帮帮人家就行了。”

周天柱便背着行李去打工了。

七

时光如梭,转眼间几年过去了,红梅的公婆离世了,她的儿子考上县城高中了,女儿也上初中了。这些年来,家里的活儿主要由红梅来干。她按照周天柱介绍的科学种田经验来种地,她家的小麦亩产高达一千三百斤,玉米、大豆、红薯等都成倍增产,生活质量明显提高,日子过得还不错。但石留仍是东游西荡,偷鸡子摸狗。红梅劝说他,只要把地种好,就有吃有喝有钱花了,不要干那些违法的事,迟早会遭报应的。石留不仅不听,还对她拳打脚踢,常常把她打得鼻青脸肿。

有天晚上,红梅准备就寝时,忽然听到院里传来了“嘟嘟嘟”的摩托声,她出去一看,见石留正把一辆枣红色摩托车往屋里推,顿时脸色大变,浑身哆嗦,这一定是石留偷人家的摩托车,赶紧说:“石留,石留,你这是干啥呀,赶快给人家送去,谁家挣钱都不容易,人家买辆车像宝贝一样,你不能这样做。”

石留一头时髦卷发,那是他有意烫成这样的,流里流气的,他两眼一瞪,恶狠狠地说:“闭上你的臭嘴,别管我的闲事。”

“你越偷越胆大,得寸进尺,迟早要进局子的。”不料,石留将摩托车一支,转身伸手“啪啪”给红梅两嘴巴,瞪着凶巴巴的眼睛说:“嘴痒,叫你多嘴,欠挨揍。”红梅也不依不饶地和他厮打起来,但她身单力薄,石留把她推倒在地,压在她身上拽着她的头发,使足力量扇起脸来。红梅感到头昏眼花,眼冒金星,无力反抗,嘴里喊着女儿的名字。熟睡的女儿被惊醒了,穿着裤头和背心从卧室里跑出来,高喊着“你们这是干啥呀?干啥呀?”迅速上前拉住石留,哭着说:“你把俺妈打死,你偿命。”

也许是女儿的叫声奏了效，石留住了手，站在一旁穷凶极恶地说："你们再嚷嚷，我宰了你们。"他瞪着眼，像野兽一样。女儿去搀扶母亲，但她坐在地上没站起来，只觉得脸麻木、发烧、疼痛，心里充满怒火。她想到他常常昼夜不归，在外游荡嫖女人，她和他之间根本没有什么情分，只是忍气吞声地维持生活，有时她自我安慰，也许千家万户的女人都是这样过来的吧，都是受欺负的对象吧，又想起来平时他不把她当人看，像疯狗一样咬她，打架成了家常便饭，就想告发他，叫他永远蹲在监狱里出不来，永远不见他，可孩子怎么办？孩子大了，都叫人家知道他们有个蹲监狱的爸爸？不是光彩的事啊！还是忍了吧。

女儿说："叔啊，我妈全是为你好，你不能老这样打她，万一我妈被你打死了，你吃枪子，我和我哥怎么办？我们没爹没妈没人疼，你们生我们干什么？叔，你别这样干了，咱家有那么多粮食，不缺吃不缺花，图个平平安安，比什么都好。谁都知道学坏不好，就是父母不好，也不希望儿女不好啊！"石留很长时间没说话，觉得女儿的话有道理，不错，自己赖，但他不希望孩子赖。他说："行了，以后我不干了，保证这是最后一次。"

"叔，你还是把人家的车送回去吧。"女儿哀求。

他想送给人家等于自投罗网，然后愤愤地说："好了，今晚这事谁都不能说出去，女人之见，头发长，见识短。"

事后，石留趁天不亮将摩托车推出去，不知到哪里喷了一层红漆，把原来的车号和伤痕处全覆盖了，之后常常骑着这辆摩托车到处闲逛。

红梅的儿子石方在县高中上学，有时周末回家拿伙食费，平时吃住在学校。有天中午，他和同学们都在餐厅外的大院里吃饭，饭碗都在地上放着，他们都蹲着吃饭。不料有位矮个同学像是有什么急事似的，只顾匆忙走路，不留神将一位同学的饭碗踢翻了，两个人便对骂起来，一个说："你眼瞎呀！"

"我不是故意的，你骂谁？"

"我就骂你。"

两人骂着骂着就打起来了。矮个同学吃了亏，他拽掉裤腰上挂的钥匙链，迅速打开链子上带的水果刀戳了上去。这时，石方看到那把又尖又亮的水果刀，马上想到动刀必出大事，后果很严重，自己是班长，有责任制止惨剧发生，便迅速上前夺刀。不料失去理智的矮个子持刀戳向对方胸部，石方出手阻拦，那刀戳破了石方左手腕上的动脉血管，顿时血流如注，鲜红的血液顺着手腕流下。石方用右手紧紧握住左手腕，想阻止血液外流，但无济于事，血液染红了他的手指，不停地从手指缝里往下滴。学校迅速用车将他送往医院。因路上出血过多，要输大量血液。红梅接到电话，吓得浑身打战，腿一软打了个趔趄差点摔倒，心里焦急不安，唯恐儿子有生命危险。她急忙跟石留联系，但联系不上，他已经三天三夜没进家了，不知他的去向。红梅赶到县医院大院，看到地方那么大，来来往往的人那么多，到处都很陌生，不知道该去哪里询问儿子的情况，正在心急火燎东张西望时，看到医院西面正在盖大楼，忽然眼前一亮，看到周天柱在那里忙乎。她喊一声"天柱哥"，那声音洪亮而清晰，在医院上空回荡。周天柱听到喊声一扭头看是红梅，迅速迎上前去，又惊又喜地问："红梅，你来这里干啥呀？是谁有病啦？"红梅的泪哗哗地流下来，说儿子在医院，还不知道情况呢。她告诉周天柱石方出事了。周天柱和红梅一起找到石方，石方正在病床上躺着输血，昏迷不醒。

医生说现在急需血源，必须马上采到大量血液给石方输血，否则将有生命危险。血库里现存的少量血液和石方的血型不配。

周天柱说："赶快抽我的血，看血型对不对？"红梅希望能和石留联系上，心里清楚他的血型一定和石方的一样，可她打破手机，对方始终是关机。此时医生正在从血管里抽着周天柱的血，经验血，他和石方的血型一样。红梅仿佛看到儿子有了生的希望，她觉得这辈子欠周天柱的太多了，却没有偿还的机会。周天柱抽了血，又慌忙去了工地，向同伴诉说了刚才的情况，恳求大伙献献爱心。工地上的工人都是来自农村心地善良的憨厚汉子，大家蜂拥而上，也都纷纷去献血了。

有了充足的血源，石方输血后终于苏醒过来了，他睁开眼睛，看到的是母亲和周天柱。红梅悲喜交加，泪如泉涌，看到儿子苍白的面容上有了淡淡的红润，抚摸着儿子的头说："是你天柱舅救了你，你血管里流着他的血，还有他伙伴的血，他这两天没干活，始终都守在你身边，为你跑前跑后、求医讨药、找人献血，是他救了你的命啊！"

石方伸手拉着周天柱的手说："谢谢舅舅，我妈给了我第一次生命，是您又给了我第二次生命，您是救命恩人呀！我会铭记在心的。这两天我什么都不知道了，像睡熟一样。"

周天柱坐在石方身边亲切地看着他说："好孩子，你刚醒过来，身体虚弱，好好养几天。只有你好了，咱们才都好。"

红梅接着说："儿子你真有福气啊，正巧你舅在这里干活。"

一场突发事故，差点夺走了石方年轻的生命。红梅的胆都要吓破了，这件事她久久不能忘记。她真正体会到"儿女连心"这句话的含义了，儿子若有什么不测，她会精神崩溃，失魂落魄，心如刀绞命难保，想跟儿子一起走，也想到天下最悲惨的事就是老人失去儿女。

八

秋收季节，周天柱在城里没回家，杨枝找来村里的单身汉王五帮助收秋。王五帮助杨枝掰了一天的玉米棒，又用架子车拉回家堆在院里。暮色降临，村里家家户户炊烟升起。杨枝回到家里准备做晚饭，看到劳累了一天的王五还在院里拢玉米棒，他身上的白衬衣被汗水浸湿了，贴在后背上，但仍然精力充沛，看不到一点疲惫劳累的神情。她心存感激，佩服他是一个棒劳力，是个种庄稼的好手，一定要给人家做可口的饭吃，让人家吃饱吃好，想想家里也没有什么好东西，就炒鸡蛋、炖豆腐白菜、烙油馍吧。

杨枝钻进厨房炒好菜，和好面，就把案板从厨房搬到院里，支好了铁鏊子,叫王五帮助翻馍。因为这不是一个人的活,一般是一人擀馍,一人在鏊子上翻馍,这样不会将馍炕焦。

杨枝家院子周围砌着红砖院墙,安着铁大门,谁也看不到院内的动静。现在村里的农户大多都是这样的独家独院。杨枝坐在案板旁擀着面饼问王五:“你干了一天活,累不累?”

“不累。”他低头回答。

“你是人,又不是机器,咋会不累呢?”杨枝说着低头瞟一眼在身边点火烧鏊子的王五。

“真的,给你干活不累,心里高兴。”他咧嘴笑着,嘴巴稍微有点歪,看到刚点着的火不旺,又撅着屁股伸头“噗噗”吹吹火苗,接着添柴烧鏊子。

杨枝擀好了油馍,用小擀面杖挑着油馍往鏊子上搭时说:“你嘴巴还怪甜哩,干活哪有不累的呢?”

他转移话题说:“孩子没回来啊?”

“上高中了,吃住在学校,半月回来一趟。现在的孩子只要吃饱,就不想家。”杨枝觉得王五很老实,干起活来踏踏实实,给她掏心掏肺地干。

王五好像突然想到了什么,说:“杨枝,我有个天大的秘密,你肯定不知道。”

杨枝笑笑,只顾擀油馍,漫不经心地问:“啥秘密呀?咱庄稼人哪有那么多曲曲弯弯的事呢。”人都乐意听私密事,感到好奇。

王五“啪嚓”将油馍翻了面,又把油馍往中间挤挤,这样馍就会松软、好吃。他独自生活多年,常见的粗茶淡饭都会做。他抬头看到杨枝正专心擀油馍,说:“就是周天柱和红梅的事。”

杨枝一愣怔,心里一颤,急忙问:“他俩会有啥事呀?”

王五边烧鏊子边翻馍,说:“俺姑家是他村的,听她说,周天柱从小就喜欢红梅,他俩私奔过,准备坐火车去新疆哩,她哥把红梅从车站拉回家毒打一顿,和周天柱打了一大架,还把周天柱家的东西全砸了,闹得周围村庄的人都知道。她哥是为了让红梅给他换媳妇,逼着红梅嫁到咱村了。”

杨枝停住烙馍，感到震惊，没想到周天柱还有这样的风流史，歪头瞧着王五问：“真有这事？”

“我骗你干啥？”

夜幕降临，在这个静悄悄的大院里，一男一女说着这些私密话，对王五来说，讲此事，也是有用心的。

杨枝一下子联想到周天柱家的条件那么好，完全可以找一个年轻姑娘，为何要倒插门呢？莫非他的心思全在红梅身上？是为了能常见到红梅？她想到红梅的女儿上学时，在学校丢了自行车，他赶忙帮助她挑选新自行车，那钱是他掏的？他有小金库？还有，和她做爱时总是心不在焉，敷衍了事，难道他是在想红梅？她有疑惑，但不知问题出在哪儿，经王五一提醒，好像一下子寻到了原因。天哪！原来是这样！她坚信王五的话肯定没错，顿时对王五有了好感，不然，她还一直被蒙在鼓里当猴耍。

吃饭时，王五说：“你做的饭真好吃，菜也香，馍也香。以后有啥活吱一声，能吃上你做的饭我就知足了。”他觉得有点热，把身上的衬衣脱了，光着上身，胸肌像发育不良的女人乳房。杨枝笑笑说：“你这身膘还行，俩奶像女人一样。”说得王五嘿嘿直乐。

吃了晚饭，王五在压井旁压了一盆水，端到粪坑旁边去擦澡。

杨枝看着四十多岁的王五，微胖的身材，黑亮的肌肉，是一个非常强壮的男子汉。她知道王五人很不错，就是因为家里穷没找上对象。他家有个妹妹，已经出嫁了，如今他光棍一人。村里人谁家的活忙不过来，就想到让他帮忙，只要好吃好喝好好地对待他，他就乐意。杨枝转身收拾起碗筷到厨房去了。

王五是个健康的人，当然就有欲望，况且多年没沾过女人身，在这个大院里进进出出就他们两个人，他看到杨枝就不由自主地浑身激动，但难以启齿，憋到最后，看到杨枝从厨房里出来，他说：“晚上我就躺在院里看玉米吧？”

杨枝不假思索地说：“行啊！”说着走进堂屋去点罩子灯。在朦胧的黑暗中，王五紧跟其后，突然抱住杨枝的后腰说：“杨枝，我求你，帮帮我，我旱多年了，渴得很哪！”

“王五你别这样，让别人知道我会遭辱骂的。”

他“扑通”跪下，抱住她的双腿说：“我死都不说，死都不说。”

周天柱外出打工已经半年多了，杨枝守了这段时间，也时常有男女的渴望，眼下王五跪下求她，何况他又是真诚地对她，思想上也有了动摇，又想到以后自家的责任田离不开男人伺候，还需要他帮忙，想到这里，她抚摸着他的头亲昵地说：“起来吧，起来吧。”那声音很甜很温柔。

“你不答应，我不起来，我就是不起来。我喜欢你，爱你，以后别的女人再叫我，我都不去了。我在咱村旱了几十年了，你听说过我跟别的女人有什么事吗？这不是品行好坏的事，这是缘分的事。人非草木，也非畜生，并不是胡来的，我早就看上你了，当初周天柱没来，我就想跟了你，可你肯定看不上我，会骂我的，因为我穷，我不敢开口。可现在我实在是忍不住了，就是周天柱马上从天而降，将我打死也心甘情愿，我是真心对你好，可周天柱对你是假意，他真心对待的是红梅。”杨枝一想到周天柱就觉得揪心，仿佛自己被他欺骗了，被他愚弄了。人的感情到底是怎么回事？也许真正的情缘是上天注定的吗？看不见，摸不着，但它有无形的魔力，把两个人紧紧地绑在一起，这就是真爱吧。要不然古装戏里唐明皇为何专爱杨贵妃，梁山伯为何专爱祝英台？

王五如愿以偿，和杨枝如胶似漆地度过了一个甜蜜幸福的夜晚。杨枝体味到了从未有过的感受，只可意会，不可言传。她觉得王五是真心爱她，是最棒的男人，越发感到周天柱对她是假心假意。后来王五像个死心眼的驴，绕着杨枝团团转。杨枝家的农活也被他承包了，她像个地主婆，享受着王五的关爱。她想和王五长期厮混下去，似乎找到了情投意合的幸福感，反而不想让周天柱回来了，心想他在外面长期打工才好，免得回来当灯泡生是非。

一日傍晚，王五的邻居王大娘，在路上碰到红梅，她对红梅说：“杨枝经常在王五家进进出出，像在自己家一样，是咋回事呢？”

红梅笑笑说：“可能有事吧。”

“那王五整天还哼着小曲，高兴得合不拢嘴，看着他俩恁好，是弄一块啦?”

“大娘您可别胡说,天柱没在家,王五帮杨枝干点活,没啥错。”

王大娘悄悄地轻声说:“我咋觉得杨枝心思全在王五身上呢。今晌午杨枝给王五拿的鸡蛋煎饼,还有菜馍。我走到他院里,看到杨枝正给王五掰菜馍,王五揽着杨枝的头在脸上亲了一口,杨枝嘿嘿直笑。”

红梅说:“大娘您别乱说了,现在城里的年轻人都这样,这很正常,啥事没有。”

“老天爷,俺那时候,男女话都不说。”

“您那是封建社会,现在是新社会,提倡开放。”

“那开放就叫胡来呀?”

红梅笑笑说:“就是自由吧。我也说不清,反正是叫人过上幸福生活吧。”

王大娘摇摇头说:“我是不懂。要是当初开放,我是不找俺家那死老头子,是个鳖孙老犟筋头,死懒,油瓶倒了都不扶,火烧着屁股也不动,我跟他生一辈子气。”

红梅笑笑说:“大娘,咱俩说的话,您可别往外说。”

王大娘摇摇头说:“不说,不说,跟你说,我知道不会惹事。”

九

深秋,周天柱回家前给杨枝买了一件紫色褂和一件红衬衣。这是刚流行的时尚款式,他看到大街上的女人穿这样的衣服显得上身短小,臀部饱满,腿部修长,突出了女性丰胸、肥臀、杨柳细腰的美,看上去格外精神洋气,举止利索。村里女人穿衣服不讲究,没有穿过这样的时髦衣服,如果杨枝穿上,一点儿也不比城里人差。在周天柱心里,妻子还是比较有姿色的,他想想就买下了。周天柱回到家里,杨枝看着他提回来的鼓鼓囊囊的提包,说:“这里面都装了些啥呀?”周天柱说:“噢,对了,给你买了两件衣服,你穿上试试。”

周天柱在堂屋客厅里靠着门板坐着，他的提包和行李靠着西山墙放着。杨枝弯腰拉开提包看看里面的东西，发现有两件新衣服，当即拿了出来。常言道：“男人好喝，女人好穿。”好穿戴是女人的天性，但再好穿也比不过男人吃喝花钱多，一瓶酒就是几百，一桌菜就上千。可女人买一件衣服就穿一辈子，买的衣服够穿也就不想再买了，算算买的衣服的总价，抵不过男人一年的酒菜钱。杨枝高挑个，再加上近段时间舒心愉快，食欲大增，身材发胖。本来这就是小款型时装，当她试穿这两件衣服时，都又瘦又小，扣不上扣。她埋怨说：“这算啥衣服呀，没一件能穿的。”突然她想到了什么，脸色一沉，火气上涌，怒视着周天柱，像野兽盯住猎物似的，想一口把他吞了。她脱下衣服，狠狠地甩在一边，说：“这就不是给我买的，不知道给哪个龟孙买的，撅撅屁股就知道你屙啥屎，你耍我，骗我。”

周天柱感到莫名其妙，不知道什么原因使杨枝发这么大火。他说：“现在流行这样的时装，我看别人穿着不错，也给你买两件，你说不是给你买的，那我是给谁买的？”

她翻着白眼蔑视地望着他说：“你心里清楚，你想谁，就是给谁买哩，当我不知道？”她误认为是给红梅买的，红梅身材没她高，又瘦，这衣服只有她穿合适。

“你说的哪里话？我想谁啦？”

“非让我挑明？”

“你说呀，还跟我发这么大火。”

“你心里装的是臊狐狸精、浪货，红梅。”

周天柱两眼一瞪，大声吼：“你胡说！”

“你和她的风流事，以为我不知道？你为了她才倒插门，是不是？”杨枝站在他面前，瞪着鸡蛋大的眼睛愤怒地盯住他说。

周天柱不知道这是谁对她说的，难道连他怎么想的都有人知道？这也怪了，还有人专门琢磨他的心理，只能辩解说：“全是胡扯，结婚成家是我的自由，婚姻法给我的权利，没必要受别人的干涉吧。”他想到人的想象力是自由的、丰富的，天马行空，爱怎么想就怎么想，是谁也约束不了的，但做与不做是另一回事。

杨枝一屁股坐在沙发上，气冲冲地说：“我不跟你讲啥大道理，反正你不是真心对我，你我心里都清楚。”

“这些事都是谁给你说的？无事生非。”

“这是事实。你还有啥说？这衣服就是你给她买的。”

“我是真心实意给你买的。”

“你骗谁？你不知道我身高？不知道我穿多大衣服？”她忽然捡起衣服扬起来抖抖，“这小马夹，我能穿吗？我穿得上吗？”说着脸色气得发青，两手抓住衣服使足劲撕撕拽拽，“刺啦”拽开了衣缝线，接着又撕又咬，将衣服撕烂扔在地上，发疯般的用脚跺起来，但仍不解恨。

周天柱忽然站起来紧蹙眉头说：“你是咋啦？咋啦？疯啦？”

“我就是疯了。今天你不跟我说实话，我跟你拼命。”她站在周天柱面前指手画脚地说。

周天柱看着她像凶恶的老虎一般，自己的心快要碎了，瞪着狮子眼想喷出火光来，拳头握得嘎吱响，重重地说：“泼妇！”

不料，杨枝向前伸手拽住他的衣领，又撕又抓他的脸：“你不要脸，不要脸，骗子，大骗子，把我当成了傻瓜，当猴耍，名在我身上，心在人家那里。”

周天柱伸手一推将她推倒在地，“咚”一下磕着她的后脑勺，接着她翻身起来抓住方桌上的茶缸向周天柱砸去，又掂起水瓶摔个粉碎。周天柱忍无可忍，跑进厨房，也对着锅碗瓢勺撒起气来，一会儿满院是破锅烂碗，破败不堪。

杨枝站在门口看着炊具被毁，便指手画脚地哭着怒吼：“周天柱你不是人，畜牲、败家子，你毁我的东西啊！”她的声音已经沙哑了，把这句话重复了多遍。

周天柱愤怒地盯住她说：“你不是摔东西吗？我帮你摔，你不是找事吗？咱对着找，看谁比过谁！”

她伸手指着他：“你出去一年多没进家，家里地里活全靠我撑着,孩子的事你不管不问,没良心的货,算我眼瞎没看透你。”这时,周天柱从兜里掏出一沓子百元大钞,“啪”一下甩在杨枝面前,怒气冲冲地说:“给,我摔了你的东西,我赔你!”而后转身出去了。

平时,周天柱和杨枝过日子,也风平浪静,不温不火,没有什么大的冲突。他认为杨枝也是勤俭持家、善良能干的好女人,没想到今天发这么大脾气,这么凶,这让他感到震惊。这里面一定有原因,有人生是非挑拨关系,或是她知道了什么风声。

第二天中午,红梅在自家的菜园里低头剜菜,她家的菜园就在大路旁边,恰巧杨枝路过这里,看到红梅嘲讽地自言自语:“男人偷鸡摸狗,女人偷男人,这大偷加小偷,又偷人又偷物,可偷富了。不是一家人,不进一家门,这话真应验啊!”说了这句话还嘿嘿冷笑,目光斜视着红梅。

红梅抬头看看是杨枝,又瞧瞧周围没有别人,就知道是骂她的。她感到莫名其妙,没有招惹她,怎么说出这样的话呢?她知道石留坏,并不在乎她怎么说,可说她偷人,难道她真是个坏女人?如果当初不受家人逼迫嫁给石良而和周天柱结合,他们就是堂堂正正的夫妻,就能过上幸福生活,还有谁说三道四?想想自从周天柱到她村后,相互很少来往,唯恐影响两个家庭,都过着平淡的日子,今天她怎么啦?这一定有原因。她说:“嫂子,你说石留,我不在乎,他不正混谁都知道,我也恨他。可你不能说我,我偷谁啦?”

杨枝撇撇嘴说:“还好意思问,装吧!非让我把话挑明?”

“你不能平白无故地侮辱我!”红梅说着站了起来,两人相互怒视着。

“我直说吧,你是没有偷走人,可你偷走周天柱的心了,知道不知道?他周天柱打着我的旗号,给你买衣服,我把它撕了,烧了,毁了,你穿不成了,真可惜,多好的衣服啊!天柱没给你说?”

这时,石留开着摩托车回来了,杨枝迎头伸开胳膊站在路中间,截住了他的去路。石留翻身下车,说:“嫂子,有事啊?”

“我是有事,今天想把话挑明,让你老婆断了勾引周天柱的念头,你叫她说说他俩的事。”杨枝把他两个以前私奔的事全抖搂出来了。红梅气得浑身颤抖，脸色像铁板似的乌青，心如钳拧，她没有反驳，只是默默地提着菜篮回家了。

两年前，红梅公婆去世后，家里也盖起了三间简易红砖平房。她家盖房时，全村大部分农户都已住上了这样的房子。她家盖的是最晚最落后最差的房子，但和以前的土坯房相比强了很多。也买了简易的便宜沙发，在客厅里摆着。红梅知道家里基础差，有房住就知足了，没有什么过高的欲望，觉得有钱多花，没钱少花，买东西是个档次问题，别人有自己也有就行了。虽然屋里有的东西很旧，质量也差，但红梅将它们当宝贝似的伺候得很整洁。比如床头放的是几十年前的抽屉桌，已经伤痕累累脱了皮，看上去浑身布满污垢似的，若用手摸摸，或擦拭一下，却见不到一点灰尘。比如客厅里紧贴后墙的桌子上放的旧茶瓶，红梅不但经常将它擦得干干净净，而且摆放得很讲究，将红茶瓶上的牡丹花朝外，把手朝里，看着很美观。

石留回到家里，抓起一瓶"红鬃烈马"拧下瓶盖，狠狠抛在一边，对着口"咕咚咕咚"往嘴里灌起酒来，还用眼睛余光瞧着红梅，而后"啪嚓"将酒瓶狠狠摔在地上，酒瓶当即粉身碎骨。他眼睛里充满了血丝，像红灯笼似的放出火光来。红梅看到他的模样感到十分恐惧，想到女儿要在身边多好啊，一旦石留发起疯来，女儿就能帮助她，就有一种安全感。可女儿上学吃住在学校，家里只有他们两个。红梅感到一场急风暴雨就要来临，怎么办？跑出去。不料，石留在身后一把抓住她的头发，将她推搡到屋里反锁上了门，威逼她说到底和周天柱有什么关系。开始红梅不吱一声，被逼急了才说："石留，我哪点对不起你呀？这辈子我没招谁惹谁，可别人都偏偏来逼我，找事，我没作恶，没犯法，却都跟我过不去，这到底是为什么呀？"说着"扑通"坐在沙发上，双手掩面嘤嘤地啜泣起来，心里泛起一阵阵凄楚的感觉，难以抵挡的悲痛委屈撕断了她的肝肠，她拼命地压着呜咽声，但眼泪还是像泉水一样往外流。回想往事，痛心疾首，神魂俱乱，禁不住"呜呜呜"地痛哭起来。想想这些年的日子,受气挨打被欺负,忍辱负重过日子,上天对她是太不公平了,她哽咽着说:“石留,你今天也不用动手了,我真的活够了。”

石留恶狠狠地指着她吼:“不想活了,你去死,要死死到外面去,别死在家里恶心我。”

红梅忽然站起来指着他说:“这是我的家,你没资格教训我。你整天不在家,一出去就是十天半月,连个电话都不打,我是里里外外一把手,还有孩子上学,你从来不管! 儿子快没命的时候,你哪里去了? 钻到老鼠洞里了? 不是周天柱献血,你早就没儿了。你只顾吃喝玩乐玩女人,到家就找事,还听信别人嚼舌头,没心没肺没脑子的货。”

石留不容红梅多言,向前抓住她的头发,“啪啪啪”就是几耳光,使出全身力气往死里打:“看来你承认和周天柱的关系了,我赖,就是不让你赖,我玩女人,该,就是不让你给我戴绿帽子,这就是上天对女人的不公,你能改变得了吗?”

红梅当即头晕目眩,鼻口出血,眼冒金星,觉得脸像木板似的,心中的怒火往上喷,恨不能将他一口吞吃了。她披头散发,鬼一般地站立着,感到冤枉委屈,生不如死。她想到石留时常领女人到家里寻欢风流,她还为他们站岗放哨,每当听到那些女人在床上的贱笑声,她就感到撕心裂肺,这事她只能憋在心里,想起来就浑身颤抖。更可恨的是有天晚上石留在一家酒店跟几位狐朋狗友一起喝酒,看中了一个刚去酒店打工的服务小姐,他说:“你陪我喝一杯酒,我给你 50 块钱,喝两杯给 100,干不干?”在一旁打圆场的朋友说:“喝 10 杯就是 500 块。”姑娘半信半疑地说:“骗人的吧?”石留说:“谁骗你是小狗。”姑娘心动了,想想家里穷得一无所有,50 块钱对她的诱惑力是很大的。她想到喝一杯酒就能为爷爷挣 50 块买药钱,因为没钱治病,他的病情越来越重。喝两杯酒,爸爸就有钱治他的风湿病了,喝三杯酒就能为母亲买件新衣服了,喝四杯、五杯酒就能为弟弟挣学费了。姑娘陪他一连喝了五杯酒,最后醉倒了,因为那酒杯偏大,平时滴酒不沾的她,一下子不省人事了。石留在送姑娘去房间时,又奸污了她。后来那姑娘找红梅要钱时,她才知道是禽兽不如的石留干的好事。

在村子里男人打老婆很正常,这叫真正的男子汉,不怕老婆的男人反而受人称赞,这使男人更加嚣张。常言说,环境影响人。这话确有道理。如果某村阴盛阳衰,那便是女人的天下,男人就甘拜下风。地方不同,风气也不同,有互学的思想。红梅不哭了,只觉得天旋地转,头晕眼花,她颤颤悠悠地去了卧室,躺到床上去了。一般女人伤心到了极点都想到床上躺一躺,睡一觉就消气了。石留不怕老婆,还引以为豪,觉得每次教训完红梅心里很痛快,还可以到外面扬扬男人的威风,还说女人欠揍,三天不打,上房揭瓦,就像树一样,需要修理,不修理它就会疯长。石留这么想着,便坐在客厅里的沙发上,手里拿着打火机"咔嚓咔嚓"明了灭,灭了明,得意扬扬,舒心欢畅,当他点上火准备抽烟的时候,忽然听到卧室里"啪嚓"一声,是瓶子落地的声音,还叮叮当当滚了好远。他心一沉,觉得情况不妙,慌忙站起来去砸反锁着的卧室门,"哐咚哐咚"的砸门声惊天动地,门终于被砸开了,浓浓的毒药味熏得他皱眉蹙鼻,反胃恶心,他看到红梅闭着双目软绵绵地躺在床上,脸色铁青,口吐白沫,像熬稀饭一样,接连不断地冒出来。他意识到她喝了很多农药,问题严重,情急之中,抱着她向医院跑去,经过周天柱家门前的路口时碰到了周天柱。周天柱看到红梅软绵绵地躺在石留怀里,感到情况紧急,便大步跑过去蹿到石留前面,急切地说:"快快快,用车。"周天柱开着自家的四轮车,火速将红梅送往乡医院。

周天柱什么都不怕了,不怕闲言碎语,不怕杨枝找事,这和一条命相比算得了什么?他什么事都可以承担和忍受,但决不能让红梅丧命,他的一生为的什么?不就是为红梅吗?不错,他就是把一颗心给她了,几十年没变,始终如此。如果没了红梅,他的精神就会崩溃,就没了寄托,即使活着,也如行尸走肉,有什么意思?在医院里他始终守候在红梅身旁,医生对红梅进行紧急救治,灌肠、洗胃,争分夺秒地将她从死亡线上拉回来。因抢救及时和精心治疗,红梅的命保住了。当她渐渐苏醒过来时,周天柱在她身边坐着深情地看着她,看到她泪汪汪的眼睛里闪烁着破碎的、绝望的目光，泪水从眼睛里涌出，顺着眼角流向双耳。他轻声说："你怎么恁傻呀，咋这样做？这不是让亲人疼，仇人乐吗？"红梅没有吱一声，只是默默地流泪。周天柱看着她凌乱的头发，像喜鹊窝似的，嘴角旁还有细小的血星子。她浮肿青黄的面容，如地皮一般，看得出她受了极大的委屈，是被折磨成这个样子的。她的脖颈细长，蓝色的血管鼓胀着，如弯弯曲曲的蚯蚓。锁骨像干柴棒似的凸起，脖颈下那个带玉坠的地方有颗豆大的黑痦子，这是周天柱比较熟悉的，每到夏季来临，红梅穿上单薄的衬衣和汗衫就会露出来。他觉得很美，就像她佩戴了一块美丽的黑宝石。他劝她坚强些，活下去，有人在牵挂着你。红梅明白他的意思，他的话给了她勇气和生存的希望，给了她强大的精神支持。这时候，只有周天柱在红梅身边，石留将红梅送到医院就逃之夭夭不知去向了，始终都是周天柱精心伺候红梅。在家的杨枝也不闹腾了，她知道自己惹了大祸，是罪魁祸首，唯恐红梅有个三长两短，那她就是大罪人，就是人们唾骂的对象。

红梅出院回家的当天晚上，石留出大事了。石留出去和朋友一起喝酒，喝到半夜醉醺醺地骑着摩托车回家，一头撞在路边的大杨树上，一声没吭，当场就气绝身亡了。翌日清晨，人们发现石留坐在摩托车上头对着树干一动不动，头上像抹上了万能胶似的，结结实实地粘在树上，竟然坐着身亡。

翌日早上，又一件意想不到的事发生了。村里人刚刚知道石留出了事，又听说杨枝也出了车祸。那是一个大雾弥漫的早晨，几步之内就看不清实物，也算是罕见的大雾吧。就在天不亮的时候，杨枝收拾打扮一番，穿上最喜欢的得体衣服，对着镜子左看右瞧自我欣赏一番，心想在周天柱眼里她不算什么，可在王五身边她还有杨贵妃的魅力呢，萝卜白菜各有所爱，这是说不清道不明的吸引力。她心里也有点窝气，也是赌气坐着王五的四轮车进城了。在天不亮之前谁也不知道有这么大的雾，他们是为了早点进城好办事。车上装满一车砖，砖上坐着杨枝，就在距村有三里多路的大桥旁，那车一头撞到桥栏上，又冲破桥栏一头蹿到桥下。杨枝当场没气了，王五也奄奄一息被送往医院抢救，这突如其来的事情，让周天柱感到震惊。灾祸是瞬间发生的，让人猝不及防，眨眼间就命归西天了。人的生命竟然是如此脆弱，说没就没了，但这祸端大多是人为的，好好过日子就行了，生什么是非？何况人生本来就短暂，即使好好活着横竖也就是几十年，还要磕磕碰碰，打打闹闹，弄得家庭不安，这到底都是为什么？为名为利为私，占多占少，不都是身外之物吗？但上帝对人人都是公平的，一视同仁，不管你们官位几品，财富多少，高贵贫贱，待几十年一过，最后都叫你们一个个赤手空拳粉身碎骨钻进小匣子里，埋进土堆里，终成肥料。人人都要想开了，珍惜生命，过几天舒心日子，也不枉来世上走一遭。周天柱暗下决心，今后我是不让红梅再受罪了，我要好好保护她。

两年过去了，在这期间，周天柱承包了村里十几户人家的责任田，这些人家都长期在城里做生意，并买了房子，都成了城市人。周天柱租种土地后，每年每亩地给人家几百斤粮食。这些地成了周天柱的试验田，他种的苞谷和小麦，亩产越过一千二百斤，其他杂粮也达到最高产，成了村里的种粮大户。村里人都叫他地主，他嘿嘿直乐，说我这地主不坑人害人，相反还帮人。村里人心里清楚，每到农忙季节，用人力十天半月也干不完的活，他租用机器三两天就把活干完了，然后还帮村里人租用机器收割庄稼、播种庄稼和管理庄稼。此村成为当地的富裕村，周天柱也成了当地的名人，如果全乡村民的庄稼出了什么问题，就找他出主意想办法，他成了农业科学家。

周天柱把红梅家的责任田当作自家的来种，有时不和红梅商量，就帮她洒农药、施肥，到农忙季节就帮着收收种种，全是机器出力。红梅清楚家里的粮食都高产，吃不完，这是周天柱搞科学种田的结果，但她女儿不领周天柱这份情。她烦见他，更烦他去家里。有天周天柱赶集在街上买了几条鱼送给红梅，女儿看见了阴沉着脸不乐意地说："以后你别来俺家了，都是因为你，俺家你家才出那么大的事，叫俺安静安静吧。"周天柱看看红梅，红梅也深情地瞧瞧他，他明白红梅目光里包含着感激之情。她轻声对他说："你先走吧。”红梅没有埋怨女儿，只是想到女儿快出嫁了，她一走，家里就只有她一人了，她和周天柱多年的愿望也该实现了。

女儿的婚期快到了，红梅按照女儿的愿望备齐了陪送的嫁妆。儿子大学毕业后有了工作，他是专程回来帮助举办妹妹婚事的。那天晚上，红梅想和儿女们坐下来谈谈心，交代女儿到了婆家要孝敬公婆，善待丈夫，和和睦睦地过日子，家和万事兴，谁都知道这个理。并且说：“这对象是你自己谈的，妈随你的愿。说实话妈对你选的对象不是很满意，觉得他太精太能，点子太多，妈喜欢老实本分的人，但只要你满意就行，妈不干涉，决不会再让你走妈的路，弄得一辈子不幸。”

女儿说：“妈，我走了以后会常来看你，保证让你吃不愁穿不愁花钱不愁，过安静的幸福生活。”

红梅苦苦地笑笑说：“闺女啊，儿子啊，妈憋了几十年的话没说过，今晚想给你俩说说，因为你们都大了，懂事了。你们不是想知道，也想弄清这么多年来你妈和周天柱的事吗？我就原原本本对你们说说。”她从头到尾讲述了她和周天柱这半生的经历。

儿子、女儿、红梅个个眼里都含着泪花。

儿子和女儿异口同声地说：“妈呀，您怎么不早说啊？”

“以前你们都小，什么都不懂，对你们说这些事有啥用？”

儿子说：“妈呀，你吃了这么多年苦，受了这么多年累，叔叔打你骂你，我们也恨过你。”

女儿说：“妈，我不该怪罪天柱舅，他是你的亲人，也是咱家的恩人，我昏头，没长脑，我错了。”

儿子说：“妈，如今你和天柱舅都是一个人，你们结合吧，相依相伴，过个幸福的晚年，我们在外也放心了。”

女儿说：“妈，我理解你，我知道相爱的情感不会随便转移的，假如您要干涉我的婚姻自由，我也会恨你的，也会遭不幸的，可我没有想过您的感受。”她说着“扑通”跪在妈妈面前，忏悔地说，“妈，没想到你一生的不幸是我姥姥、姥爷和舅舅造成的，我没有恨过他们，却不明事理恶言伤害您和天柱舅，您却一次次原谅女儿，还始终深爱着女儿，妈，我对不起您，您原谅女儿吧。”

儿子接着说：“天柱舅对咱恩重如山，还救了我的命，好人应该得到好报，也把你俩的婚事办了吧。”

红梅搀起女儿苦笑着说：“儿啊，女儿啊，只要你们能理解妈就行了，只要你们好好地生活，妈就高兴。我和天柱舅的事不用你们操心，我们都老了，你们也不在身边了，要是他愿意来陪伴妈就让他来吧，妈这辈子欠他的太多了。”

“妈，我一定要把你们的婚事办得热热闹闹、体体面面，洗清你们一生的冤屈。”儿子说。

妈妈摆摆手说：“不必了。”

不久，红梅和周天柱结合了，圆了多年的梦。周天柱笑笑，风趣地对红梅说：“算我们这辈子没白活，夕阳无限好，只是近黄昏。”

红梅笑笑说：“咱现在真的是解放了，自由了，儿女都扎翅膀飞了，叫谁管谁也不管了。”

“孩子们都赶上好时代了，咱也沾上光了。”周天柱乐呵呵地说。红梅和周天柱在家守着空落落的两个大宅院，扎扎实实地过上了幸福生活，真正实现了美好的夙愿。

（原载于《海外文摘》2016 年第 10 期，参评第七届鲁迅文学奖）

短篇小说

简办的婚礼

叶县长自从参加工作后带领群众一心奔小康，创佳绩。仅仅几年的光景，他带领的县城成了远近闻名的富裕县。他不但发挥了自己的聪明才智，而且也赢得了干群的爱戴和称赞，所以官职不断上升，到了而立之年便当上县长了，但尚未建立小家庭，只是有了心上人。这秘密父母不知，曾多次催促他赶快找对象成个家，还急着抱孙子哩。他只是不动声色地抿嘴笑笑。为满足父母心愿，他决定举办婚礼，经过一番深思熟虑后，觉得办此事不必张扬。因为他是一县之长，是全县的带头人，其言谈举止和音容笑貌都被人盯着呢。如果大操大办婚事，显然是为了趁机敛财，必起负面影响，造成不良后果，对今后他的仕途发展极其不利，再往下想……权衡利弊，简办婚礼为上策。于是，在举办婚礼的前一天，他通知在本县工作的姐姐及几位要好的朋友，说务必来聚餐，由他请客，但只字未提婚事。

客人感到叶县长够朋友，是个通情达理有情有义的好干部，虽然职位很高，但不忘旧情，不像别人当官只看上不看下，脸色阴晴不定，摆官架示权威，让人畏惧。他性格温柔，善于接触群众，倾听群众意见，貌似如来佛，常常笑迎大众。如果去办公室找他，没有关卡程序，对谁都开绿灯。但来者心里清楚，这都是叶县长不怕麻烦、关怀群众的表现。不像其他领导，尤其是上一任的蒋书记，现已住进了局子，据说他贪污受贿八千万元，谁都知道他平时接见的都是头头和大老板。若老百姓去找他，必被他的秘书拒之门外。他的办公室在三楼东头，专门把县委办公室设在三楼楼梯口，有人专门负责盯人工作。若见到有身份的人找书记，就孙子般点头哈腰，热情有加。若是老百姓找书记，就会猛虎般地蹿出来围追堵截，冷言冷语地审问，然后皱着眉说蒋书记不在。这都是蒋书记提前安排好让他这样做的，其实来者已经在门卫处登记审问过了。可叶县长的做法和蒋书记恰恰相反，他乐意接见群众，以便了解民情。当来者到他办公室时，他就慌忙端茶递烟以示尊敬，然后便是嘘寒问暖，给人温和亲近的感觉，如亲人一般。对来者提出的事情，能办则办，不能办就讲明原因，尤其对不符合政策的事一定详细讲明利弊，让人心服口服，所以赢得群众的好评。这次简办婚礼，亲朋好友接到叶县长的通知，个个兴高采烈地按时赴宴，地点在牡丹宾馆鸳鸯厅。

这家宾馆是本县城一家普通宾馆，邻近郊区，虽然有点偏僻，但道路通畅，只要顺着解放大道往西走，到了街尾，便看到路旁"牡丹宾馆"四个火红大字招牌，特别醒目雅观，尤其那柔中带刚、圆润流畅的字体美观大气，这是叶县长亲自题写的。他平时业余时间喜欢临帖练字，模仿庞中华的行书字体，久而久之，练得真假难辨。走进大门，院内的环境让人耳目一新，花草树木遍及整个大院，可以闻到淡淡的花香味、青草味、冬青味。一排排红砖大瓦的农家小屋，仿佛坐落在大花园里，有浓郁的农家气息。纵横交织平坦而洁净的小柏油路通往各个小屋。四周砌着红砖院墙，这里酷似世外桃源，环境美，空气清新，让人赏心悦目。这里生意火爆，常常是宾客满座，谈笑风生，增加了欢乐热闹的气氛。这里的饭菜味美，价格低廉，种类齐全。有鸡鸭鱼肉，猪马牛羊兔狗肉，也有咸豆腐脑、粉浆面条、豆沫、胡辣汤等农家饭，吃了强身壮骨提精神。叶县长心里清楚，原来这里是一个很大的垃圾场，随着城市飞速扩建到这里，这个垃圾场不但影响市容市貌，而且经常散发出强烈刺鼻的酸臭味，污染城市空气，影响附近居民身心健康。现在建成这样的花园式宾馆，这是当初叶县长的设想规划。因为此处地基差，不能建高层建筑物，只能建农家小屋。

叶县长懂得阴阳八卦姓名学，知道数理的吉凶，想到五一是个吉日，但此日办婚宴的人家特别多，可以往后拖，觉得五月初五也不错，仍在假日内。果然这天蓝天、白云、红太阳，给大地万物增光增彩增温暖，让人们感到舒心惬意。大约十一点半，叶县长的亲朋好友陆续来到牡丹宾馆，看到叶县长在鸳鸯厅门前喜迎客人。他一改往日朴素的打扮，身穿蓝西装，白衬衣，脖扎红领带，胸前别着一朵鲜艳的玫瑰花。还刮了胡子理了发，显得格外英俊潇洒。他同客人一一握手，并将他们引进餐厅就座。他身边还站着一位年轻貌美的窈窕淑女，身穿红装，胸带玫瑰花，身材高挑，丰乳柳腰，面似桃花，一双明亮的大眼睛炯炯有神。淡黄色弯曲蓬松的发丝，显然是人工烫过的，用红手绢扎在脑后，看前面的发型像个绣球。她站在叶县长身边高矮很相配，但人们不能确定是不是新婚夫妇。因为现在开会或举行什么仪式时，领导干部常常胸戴红花。当人们明白这是一场简办的婚宴时，是走进餐厅看到餐桌中央摆着的那盆塑料玫瑰花上挂着大红喜字，大红喜字在荷花型吸顶灯的照射下熠熠生辉，引人注目。人们都感到出人意料，很惊讶，你看看我，我瞧瞧你，目光由直视到像探照灯似的环视，心中恍然大悟，原来是县长的婚宴呀！怎么不说明？只觉得有几分尴尬和忐忑不安，相互猜测着别人是否送礼，自己可没准备礼金啊！

叶县长安排就座时，才说明了这是他举办婚礼的大喜日子。客人七嘴八舌地埋怨怎么不早说，不多拿，可以少拿，表表心意以示祝贺呀。唯有叶县长的姐姐默不作声，时不时翻翻眼球瞪瞪弟弟。她心想，这么大的事，怎么连爹娘、姐姐都瞒着，父母盼星星盼月亮似的盼儿媳妇，谁家的儿子结婚父母不在场？在村里结婚还要拜天拜地拜爹娘呢，这是光明正大的事怎么弄得偷偷摸摸、见不得人似的？恨弟弟不该这样做，更恨他不该娶这个女孩。她知道这女孩是前不久被抓的一个贪官的女儿，尽管长相漂亮，但身份不行啊！弟弟是昏了头，娶了她对他的前程有什么好？但她默默地坐着，嘴上没埋怨，心里气愤，有时也随着他人强颜欢笑，以示祝贺。

叶县长敏锐的目光已经觉察出姐姐心中的不满，也猜测出不满的原因，但别人不知内情。因为别人关注的是新郎新娘的言行，没有谁留意他姐姐的表情。叶县长装作没事似的嘿嘿直乐说："说好了，我请客，亲朋好友能在百忙中来捧场，聚一聚，我深表感谢，不能再让大家破费。”这时候客人才明白都没送礼啊，还没有吃过免费的婚宴呢。叶县长乐意和亲朋好友相聚，在这样的场合，他觉得轻松自由，说话随便，不管说得对与错谁都不会计较，就像一家人待在一起，敞开心扉，说的是掏心窝子的话。

赵好友站在餐桌旁，背着手，低头看看桌面上摆着洁白的碗碟、打开包装的剑南春白酒、红葡萄酒，又望望身穿蓝制服围着小白纱巾的服务小姐，来来往往陆续上着凉菜，然后他瞪大眼睛瞧着叶县长故意板着脸说：“呵，明白了，廉政哪！行行行，白吃白喝，吃免费的婚宴，还是第一次，感谢啦！”这是叶县长的同乡同学，从小一起玩耍一起上学一起长大，他们都在本县上班，不断来往，亲如弟兄，说话很随意，在一起没有什么高低之分。

另一位王好友坐在餐桌旁拿起桌上的一盒帝豪烟，举起来说：“我提个议，且不说吸烟有害，今天咱都不要吸烟，不要污染空气，县大人忙，咱和他在一起坐的机会有限，所以今天净化空气，和县大人在一起畅所欲言好好聊聊，行不行？”下面齐声称赞，欢声笑语。接着他开玩笑似的瞧着面前和新娘并肩站在一起的叶县长说：“县大人，咱可不能光做这表面文章，背后也要清廉，哈，多为人民办点好事，受到拥护和赞扬，叫你一声好官，比什么都强，要恁多钱干啥？身外之物，过眼烟云，归根结底都不是自己的，留给子孙，也不是啥好事，不但使他们丧失志向，而且谁还记得老子呀，老子钻进地下的骨灰盒里永远长眠了，谁给你报恩报德。毛泽东伟大，最后不就落个水晶棺嘛；周老总一心为民，最后连骨灰都不要，撒进汪洋大海，一尘不染地上青天了。还有咱们改革开放的总设计师邓小平，也不留骨灰上天堂了。我说县大人，国家已经待你不薄了，比兄弟们强多了，知足常乐，对不对？我说这话别不愿听，可是大实话，对你有利。要是蒋书记想听我这话，还没有哩。”此人也是叶县长的知己朋友，很有才华，平时二人说话投机，爱一起聊天，谈些肺腑之言。

叶县长听此言马上联想到上一任的蒋书记，正在铁窗内戴着手铐长期反省呢，便哈哈大笑说：“谢谢兄弟们，这话是我很难听到的良言，良药苦口利于病，我知道是为我好，甜言蜜语好听，可都是假心假意假心声，别有用心害人精！一旦住进局子里，那些马屁精立刻就无影无踪。还是好朋友常常泼点冷水，提个醒，处处谨慎，为官清廉，受人尊敬好哇！”

王好友哈哈笑，伸出大拇指说：“县令诗兴大发，说得好，理解深，还一套一套的。”

叶县长心里清楚，只有关系密切的人，才说大实话。爹娘也时常这样说，不要大富大贵，平平安安就是福，亲人谁也不想坑害自己的儿女。可一般的朋友和同事，常常说些甜言蜜语，唯恐说他不高兴的话，原因是怕影响自己的升迁和个人利益。

李好友年龄相对大些，可能是某局的头儿吧，坐在主宾位置上瞧着叶县长说：“老弟，高招，我是第一次见到这样举办婚礼啊！没有鞭炮，没有仪式，没有热闹的大场面，我知道你老玩出其不意的把戏，可这是你的婚姻大事，这样做，新娘乐意吗？老爷子同意吗？就不想弄得隆重气派光彩？”

“老兄，我看没必要讲光彩，只要朋友来做个见证人就行了，以后我俩在一起，不起负面影响就好了。我想父母知道这事肯定不乐意，但我做好了准备，给二老解释说明，他们都是通情达理的人，一定理解儿子，不会埋怨儿子，甚至还会支持儿子。”叶县长笑着说，但心里清楚，决不能大操大办，敛财欠人情，事后必出一系列麻烦事，对他的工作和仕途百害而无一利，他是靠实干走出来的，不能因一时糊涂毁名声。

叶县长的姐夫是个不善言谈的人，面对别人七嘴八舌的交谈，他也插不上嘴，但觉得他们说得句句都在理。做人不易，各有得失。当老百姓虽然没有荣华富贵和虚名，但也不失幸福快乐。因为贪不着占不着，心底坦然，行为自由，粗茶淡饭，平平安安，睡得香甜。可当了官员，虽然衣食住行无忧愁，但劳神费心，须左右逢源，创实绩做贡献，稍有不慎就会犯下大错，如天桥上跑战马，危险呀！他明白叶县长这样做的想法，毕竟他不是普通人，他认为叶县长做得对。姐夫看到新婚夫妇还站着，指着餐桌旁边的空位说："你们两个也坐吧。"

此时服务小姐上满了一桌下酒菜。在当地县城有个不雅的规矩，请客吃饭好像是以喝酒为主，往往主家喜欢缠着客人喝酒，让客人喝得越多越好，客人喝倒趴下了，似乎这样才显得主家热情有诚意，所以说因喝酒经常出事，甚至因喝酒过量而死亡的事也不断发生。因此，不善于喝酒的官员就不敢下县城，唯恐发生不测之事。但了解叶县长的上级领导，都乐意去他的县城视察和指导工作，吃饭的时候都争着和叶县长坐一起。因为叶县长从不缠酒，客人能喝则多喝，不能喝则少喝，敬酒也文明礼貌，比如说你不会喝酒，可以以茶代酒，或以饮料代酒，主要以吃饭为主。席间就交流一些工作经验，或汇报一些情况，使客人了解基层工作，也让他们吃得满意，喝得舒心，叶县长往往给他们留下很好的印象。叶县长心里明白，缠酒不利于客人身心健康，也要求他手下的工作人员打破习俗，不要缠酒。现在在他的婚宴上也是如此，但不能不给客人敬酒。他说："我和丁香先给各位敬杯酒，希望大家吃好喝好。"于是他和新娘丁香笑容满面地拿着酒杯和酒瓶，漫步于餐桌周围，留足于一个个客人身边，毕恭毕敬地给他们敬酒。先给主宾李好友敬酒，丁香手里端着高脚透明玻璃酒杯，叶县长低头往酒杯里倒酒，一满杯足有二两，因为叶县长知道李好友是出了名的海量，尽量倒满杯，让他多喝。

李好友慌忙站起来接着酒杯嘿嘿直乐说："兄弟，看这酒倒得，有点腐败，不过在酒上搞点腐败，动不了高压线，哈。"

叶县长接着说："对，咱就坚决不碰高压线，这样才能平平安安在世上走一走，看一看，好好旅游一趟，开发智力，创造价值，力争为世人做贡献，不辜负爹娘给咱个脑袋，观好人间风景、名胜山水、花鸟虫鱼，享受快乐生活，不白活一回。"

李好友乐呵呵地说："好，对。"接过酒杯一昂头，一饮而尽。叶县长慌忙又给他斟酒，准备说好事成双时，他伸手捂住酒杯说，"虽然今天弟兄们热热闹闹说了些掏心窝子的话，但我还是有点不满意，通知的时候你应该把话挑明，咱们弟兄几个，谁也不会给你行贿，送多没有，但表表心意是应该的，因为这是大喜日子，兴这个。”说着就从上衣兜里掏出两张百元大钞，准备塞进叶县长兜里。叶县长当即伸手阻拦：“听我说，大哥，你的心意我领了，钱我是一分不收，话我已经说过了。”他态度坚决，将钱重新塞进李好友的兜里。

这时，赵好友拍着手掌，唱歌似的哼着：“学习雷锋好榜样，忠于人民忠于党……”客人都大笑起来。

接下来二位新人继续敬酒，能喝的喝两杯，不能喝的喝一杯，或者一杯饮料，都随意喝。当叶县长给姐姐敬酒时，姐姐站起来了，刚才她坐着始终一言不发，但也平和自然。叶县长说：“姐，今天你多喝两杯，感谢你多年来对我的关爱。”边说边睁大眼睛观察姐姐的脸色。姐姐接过酒杯扭头转身，背对朋友，仰脸喝酒时，翻翻白眼狠狠瞪瞪叶县长，转而又很平和地说：“我不能喝酒，往下进行吧。”当然，这个小细节，叶县长心里明白，姐姐是对他这样举办婚事极其不满，更不愿意他和丁香结婚，但事已至此，只能忍气吞声，维护弟弟的情面了。他知道姐姐明事懂理，善良贤惠，从小就喜欢他，谦让爱护他。

这天一共来了十几位客人，办了一大桌酒席，虽然饭菜不怎么丰盛，但也能让客人酒足饭饱。叶县长主要是想让亲朋好友扎堆热闹庆祝一番，见证自己已经完婚，和丁香结为合法夫妻了。他感到这样办婚事很好，不用忙碌，不欠人情，不让别人破费。不但省事省心，还简省节约。散罢宴席，丁香提议和叶县长一起去逛商场，说今后咱就该开小灶了，想吃什么做什么，好好补养补养，只有身强力壮，才能更好地工作，可是家里没有炊具，今天趁这个机会到商场把所需要的东西都买买，晚上我就可以给你做好吃的。叶县长欣然同意，感到有家就是好，有温暖有亲情有人疼爱，相互依靠，生活幸福。叶县长和丁香乘出租车去了商店，购买炊具和日用品去了。叶县长平时很少逛商店，觉得逛商店是一种慢动作锻炼，像打太极拳，看着动作慢，待二十四式做完，浑身冒汗，也很累人。

还有一种体会是时间过得快，因为每到一处，就要站着东看西瞧选择商品，和售货员交流，问问价格、质量、售后服务等等，感到一切满意了才购买，否则，还要继续寻找满意的商品。不知不觉天色已晚，夜幕降临，大街小巷的路灯都亮了。二人提着大包小包出了商店门，仅仅买齐了炊具，但还没有购买油盐酱醋面粉蔬菜呢，丁香说回去还是做不成饭呀！叶县长说做什么饭哪，到大街旁边的小饭店随便吃点。

晚上，县委县政府办公大院里冷冷清清，十分寂静。路边几根笔直的水泥线杆上亮着雪白的圆球灯，散发着暗淡的灯光，照亮了大院。左右两边的办公楼上都黑灯瞎火的，只有后院办公楼上叶县长的办公室里亮着灯光。他的办公室一共两间，外间办公，套间便是卧室，今天也是他们的新婚洞房，里外没有喜庆热闹的气氛，只有两位新人在洞房里待着，若不是耳房门上贴着一张红纸大喜字，大院里谁也不知道他们结婚了，若被好事者发现，还会误认为他和红颜知己非法享受鱼水之欢呢。他想用贴喜字的方式告诉大家他已经结婚了。洞房里的摆设还保持着原来的旧貌，有旧箱旧桌旧椅，还有叶县长平时睡的旧木质单人床，只是丁香在床上铺了棉布新床单，罩上了红花白底新被罩，然后折叠成被筒躺在床中间，等待主人钻进被窝。丁香低头涨红着脸，羞涩地微笑着坐在床边，白玉般的双手摆弄着红衣襟，但心思全放在叶县长身上，两道弯弯的柳叶眉时不时往上一挑，闪动着一双晶莹剔透的大眼睛，扫一下叶县长的面容，然后又低眉收回目光，瞧着手里玩弄的衣襟。表面看她很沉稳，但心里的爱火在熊熊燃烧，而且越烧越烈。叶县长最喜欢的是她那双美丽动人的大眼睛，觉得好像会说话似的取代了她的嘴巴。当你做了错事时，她就会用生气的眼神盯着你好一会儿，直到你低下头来承认错误为止；当你做了令她高兴的事时，她便用含笑的眼睛足足看你两分钟，好像在欣赏一件宝物，使你不好意思地低下头。他最懂得她眼神的含义，这使他和她达成了无言的默契。此时，丁香含羞地看着他，使他怦然心动，慌忙来到丁香身边和她并肩而坐，一手搭在她肩膀上，一手握着她洁白柔软的左手，将她揽在怀里，正当二人激情似火，愈烧愈烈，相互亲吻，闪身倒于床上时，突然，叶县长兜里的手机说话了，做广告似的介绍本县的特色产品，这是他在手机上特意设置的铃声。他也要求在本县工作的人员，统一使用这种广告式手机铃声，让外人未接电话先了解当地的优势。此时，叶县长的手机铃声似乎比平时更响亮，打破了洞房里的寂静。他感到大煞风景，实在不愿接听，但霎时没有了冲动和激情，就像烈火干柴正在熊熊燃烧时，谁当头"哗啦"泼一大盆冷水，欢跳着的火苗忽地灭了，变成了一堆死灰。丁香抬起头收起笑容，侧身看着他喃喃道："你是县长，说不定谁有急事，快接听呀！"在他心中，丁香是个通情达理善解人意的好女孩，处处为别人着想，所以乐意听她的话。叶县长慢腾腾地掏出手机贴着耳朵，懒洋洋地问："谁呀？"

电话那端怒气冲冲地说："你娘！"那声音响亮清脆，像猛然打个炸雷，几乎将叶县长的耳朵震蒙。他觉得这声音既熟悉又恐怖，听出确实是娘的声音，慌忙起身坐起来问："娘，您有事呀？"

娘的声音一下子降了下来，来个很大的反差，沉重而悲痛地说："你爹病重，快不行了，你赶快回来，越快越好。"这话一字一句似千斤，猛然砸在叶县长心里。他头一下子蒙了，顾不得多想刚才母亲的情绪变化。爹是他家的顶梁柱，是最亲最爱他的人，供他上小学、中学、大学，教育他如何做人，把爱全部都献给了儿女，爹在他心里重如泰山。一听说爹病重，他十分惊慌，脸色霎时变得煞白，唯恐爹有什么不测。他知道家里没有别人，只有爹娘，感到情况危急，焦急万分，急忙催促娘说："您赶快打 120，我马上回去。"

顿时，叶县长的办公室里死一般地寂静，老爹病危，他心如箭穿，喜悦的面容瞬间变得乌云滚滚，像天要下大雨。他心里埋怨，千不该，万不该，今天不该把婚完。他觉得腿发软，心发慌，什么洞房花烛，良宵一刻，全抛到九霄云外去了。他急忙掏出钥匙"呼呼啦啦"打开书桌上的抽屉锁，"哗啦"一声拉开抽屉，拿出笔记本，取出平时夹在里面的工资，慌忙装入西装内兜，拉着丁香往外跑，说："快，快，快走。"丁香穿着精致的高跟红皮鞋，跟如锥，尖如梭，由于叶县长用力过猛，她跨门槛时，猛然绊着脚尖狠狠崴了脚腕，禁不住“哎呀”大叫一声蹲在地上，当即疼得龇牙咧嘴，两眼泪汪汪，双手抱脚踝禁不住惨叫：“唉哟，唉哟，疼死我了……”觉得那疼钻心入骨，难以控制。

叶县长紧蹙眉头说：“真是越急越添乱。”说完马上觉得言重了，又改口说，“丁香，你忍一忍，快走，晚了我爹就没命了。”

丁香忍着剧烈的疼痛说：“不行，不行，我这鞋不行。”当她看到被崴的那只鞋时，发现鞋跟掉了。

叶县长说：“这是什么鞋呀？残次品，穿这样的鞋找罪受，不知道你是装啥洋呢？还是穿平跟鞋舒服。”说着他脱掉丁香另一只脚上的鞋，“啪”一下将鞋跟拧掉，觉得并没有费力，那鞋跟可能是用胶水粘上去的。

丁香带着哭腔说：“我平时也不爱穿高跟鞋，这不是大喜日子嘛，穿红鞋吉利，鞋跟高了，不是显得身材苗条嘛，谁知道这是假冒商品，骗人呢，恨死我了，害人精。”

叶县长急忙催促：“不要多说了，快走吧。”他是个孝子，平时孝敬父母，对父母言听计从，此时想到老爹病危，心急如焚，恨不能插上翅膀立即飞到父亲身边。

丁香穿着掉了跟的红皮鞋，一瘸一拐忍痛跟随叶县长往外走。她也后悔不该穿高跟鞋，掉跟皮鞋走着容易脱后跟，走两步，鞋跟就掉一下，很烦人，于是，她弯腰捡起皮鞋，一手拎一只，穿着黑色丝光袜的脚就地跟着叶县长跑起来。他们来到大街上，拦了一辆朱红色出租车，火速往家赶。老家距他上班的县城一百多里路。爹是一个镇办企业的退休工人，六十多岁，平时身体健壮，怎么说不行就不行了？叶县长猜测是脑溢血？心肌梗死？脑瘤？高血压？一系列的问号在脑海里盘旋。因为现在这些病不是什么新奇病，而且是发病率很高的常见病了。有人说：现在条件好了，鸡鸭鱼猪牛羊肉随便吃，吃油腻的东西多了，血脂稠了，就容易堵塞血管了，血压高了，脑血管就容易崩裂了，一旦患了急病，后果难以预料。想想爹娘一生节俭爱吃素，并非是酒肉不断之人，怎么会患这种病呢？他记得最清楚的是，爹多次教育他，做人要实诚，干一行爱一行，思想好，作风正，才能腰板硬。他每次在学校考高分的时候就是爹最高兴的时候，也是娘最乐意改善生活的时候，在乡下改善生活，就是当地人喜欢喝的咸豆腐脑、粉浆、豆糊糊等，做这样的饭，虽然程序复杂些，麻烦些，但都喜欢喝。为讨爹娘欢心，吃上这样的饭，他就刻苦学习文化课，笨鸟先飞，提前死记硬背，到老师讲解时，再随着理解消化，这就是他老考高分的原因。爹为供他上大学，除花掉工资外，还不惜卖掉自家的粮食、牲畜等值钱的东西，儿子像血吸虫似的吸着父母的血汗，哪有不孝之理？后来爹的意愿是想让他学技术，不料，他却走上了仕途，还立志进省城进中央。爹乐呵呵地夸赞他，儿子有出息，志大就有动力。爹的话仿佛就在耳边回荡，他的音容笑貌就在脑海里闪现。他一想到爹快不行了，内心巨大的悲痛油然而生，泪花在眼眶内打转，进而泪流满面，伸手抹一把眼泪，心里默默地祈祷："爹，您要挺住，要坚强，要战胜病魔，坚持就是胜利。儿子还没有给您报恩呢，您可千万不要……啊！爹！求求上天，一定要保佑我爹……"他是个无神论者，但这会儿他甘愿有神灵保佑爹。晚上，乡下柏油路上车少，再加上叶县长催得急，出租车疾驰如飞，一个小时左右就奔到家门口了。

叶县长看到自家的灯泡还亮着，下了车飞身跑到门口，急切地"啪啪啪"拍打房门，并高喊着："娘，娘，爹呢？他现在咋样？"

娘应声开了门，叶县长一步跨进屋里，不由得愣住了，只见爹坐在沙发上，悠闲地抽着香烟，手里端着茶杯，又吸又喝，没有丝毫的病态。

娘站在一旁挓挲着手看着儿子身后跟着的丁香，就猜测那是没见过面的儿媳妇。她觉得儿媳妇长相俊俏，虎鼻大眼，宽额头，胖乎乎的圆脸讨人喜欢。娘略知一点相术，心想儿媳妇是大富大贵的面相，像这样的女孩世间稀少，暗暗夸赞儿子的眼力高，心中不满意的情绪顿时全消了。她瞧着儿媳妇尴尬地微笑说："你们快坐。"

爹见到儿媳妇哭丧着脸，像心里窝着一肚子火，耷拉着眼皮不愿再瞧她一眼，低头将茶杯“啪”一声往茶几上重重地一放，狠狠地吸口烟，抬头看着儿子恶狠狠地说：“走，咱俩到那间去，我有话对你说。”爹很少跟他发脾气，但发起火来，让儿子心发怵。

叶县长家住着四间红砖平房，这房子在村里很普遍，一般都在山墙外面垒着楼梯，到了农忙季节，将从田里收回的湿粮，扛到楼顶上晒晒。有时农活紧的时候，将晒干的粮食先收拢起来，用塑料布盖着，周围压住砖块，待闲暇时再收回屋里。在乡村里家家户户盖平房，都是从方便使用的角度去考虑的。叶县长家的平房西头隔离出一个单间，爹带着儿子来到单间里。里面房顶上吊着一个灯泡，散发着橘黄色的光。靠后墙摆着一张简易单人床，上面放着杂物。有一对破旧的沙发椅，浑身伤痕累累，羞涩地躲在墙根。还有七八袋小麦堆在门后，这间房也算是家里的储藏室了。爹脸色铁青怒火上涌，一屁股坐在沙发里，盯着站在面前的儿子不开口。叶县长知道爹是生他的气了，主动开口：“爹，您是因为没通知您参加我的婚宴生气吧？”他也感到惭愧内疚，对不住爹。

爹忽然站起来，盯住儿子两眼冒火，气急败坏地吼：“你眼里还有爹娘吗？这么大的事就不给爹娘言一声，谁家的儿子结婚父母不在场？除非爹娘死了，可你的爹娘没死。我问你，谁和你亲？谁和你近？是谁把你养大的？是谁供你上学？你读书读的是破鞋底呀？读得一点事理都不懂了，还没出蛋壳哩，就把爹娘忘了。自古以来，儿子结婚拜天拜地拜爹娘，这点常规你真不懂吗？”说到这里，他伸手指着儿子的额头咬牙切齿地说，“亏你还是一县的带头人呢！带的啥头，不孝子。”

叶县长听着父亲气势汹汹刺耳的言语，看着他苍老的面容，又生气又可怜。爹现在的身体状况远远不如从前，以前身强体壮肤色好，家里的重体力活都是他干的。现在他很瘦弱，而且肤色发黄，有点营养不良。他的胡须青茬茬的，像是多日没刮了。突出的前额和眼圈周围出现杂乱的深浅不一的细密皱纹，那是岁月匆匆流逝的痕迹，是他多年劳苦和饱含无尽心酸的象征。那双本来散发着倔强光芒的眼睛，虽然依然如此，但增添了许多困倦和呆滞。

他的背弯如弓，是多年来干重体力活造成的。爹穿着儿子淘汰的深蓝色旧西装褂，敞着怀。他曾说他一辈子不爱穿新衣服，穿上就觉得不随便，受约束，怕弄脏了可惜。叶县长发现爹指着他的手在颤抖，那曾是粗糙厚实有力的大手啊！如今却像干柴棍似的。他知道爹的气性大，是他把爹气成这样的，感到很愧疚。他先蹙蹙眉头，心里埋怨爹不懂儿子的心情，转而又微笑着搀扶着爹，让他坐回沙发里，然后搬着小木凳坐在父亲面前，温言细语地说："爹，你消消气，听我说。我什么道理都懂，包括咱村婚丧嫁娶的习俗，可是你儿子的身份和别人不一样，你要替儿子想想，如果婚礼在家里举行，或张张扬扬地大办，势必有人借机送礼，即使咱不收，也要枉费不少口舌，还闹得人家扫兴。如果收了礼，弄得场面很大很热闹，咱表面光彩了，可背后对儿子有害无利，您再往深处想想那后果，就明白了，您仔细想想这样做，对儿子有利吗？"

听此言，父亲想想儿子说的话有道理，脸上的怒色稍有好转，语调也温和起来，说："要是这样，我也明白这个理。可我问你一句话，你们入洞房没有？"

叶县长站起身，又转身坐在靠后墙的小床边，觉得父亲问的问题让他哭笑不得，难为情地笑笑说："爹呀，娘在电话里说，你快不行了，我们吓个半死，都急忙往家赶。"

爹瞧着儿子长叹一口气，似乎情绪稳定了，气也消了，思想也放松了，脸色渐渐转喜，温和地说："没入就好，没入就好，趁人家姑娘一身清白，马上离婚。"

叶县长瞪大眼睛，莫名其妙地看着爹，惊愕地说："你说啥呀爹？为什么要这样？"他难以琢磨爹的想法，是他精神上出了问题？

霎时，爹又满脸乌云，气冲冲地说："为什么？为的是你能够去北京进中央，有个好前途。"

原来叶老汉虽然只是个乡镇企业的集体工，但一双儿女很争气，都考上了大学，尤其儿子还是清华大学的高才生，考上大学那年，乡政府还派人锣鼓喧天地来祝贺，叶老汉高兴得合不拢嘴，为儿子感到骄傲。可儿子大学毕业时，其他同学都千方百计留京城，儿子却主动到农村下基层，当了乡政府的一名办事员，工作安顿下来后，才回家看望父母。他的最终目标是进中央，所以要从基层干起，早早熟悉乡情、民情、县情，积累工作经验。他这样做，让叶老汉感到吃惊，问儿子你下基层一步一步往上爬，老子没本事行吗？他对爹笑笑说："毛主席他爹是个农民，你比他爹还强，好赖是个工人。"叶老汉乐呵呵地说："好，志向远大，就有工作动力，好好干吧，爹娘不拖你后腿，就使劲往中央奔吧，不图你光宗耀祖，只图中国多个好干部。"叶老汉虽然觉得儿子说的是玩笑话，但还要给他鼓鼓劲。儿子也确实很争气，干什么都争第一。上级也不亏待他，一级一级往上提拔，大学毕业还不到十年，就当县长了。儿子在邻县任职，口碑一直很好，只要照这样下去，很有可能进中央。可叶老汉万万没有想到儿子突然和丁香结婚了。丁香是省城一位局长的女儿，她爹因为贪污受贿沦为阶下囚，她爹的事情通过报纸、电视曝光，并且被当成反面教材来批，弄得满城风雨，人尽皆知，臭名远扬。叶老汉当然不同意跟贪官做亲家，更不愿意让这个贪官的女儿拖累儿子的前程，影响他的进步。此事是女儿参加弟弟的婚宴后，想打电话告诉爹娘，但唯恐气坏了老人的身体，左思右想迟迟没打，但心里总是不安，到了晚上再也忍不住了，就打电话告诉了父母，并嘱咐他们不要干涉儿子的自由，就随他们的愿吧。叶老汉一听，怒气顿生，当即就骂儿子有眼无珠冲昏头脑做傻事，天下好女孩多得是，却偏偏看上了贪官的女儿，真是缺心眼犯神经了，还前后隐瞒着爹娘。真是儿大不由爹，觉得儿子变了，变得心大心野了。从前他对儿子充满希望，现在却感到灰心丧气，想想儿子和贪官的女儿结婚，他会有个好？那还不患传染病啊？他越想越气，越想越怕，似乎昔日一身正气、工作上进、英俊潇洒的儿子，变得方向不明，蓬头垢面，步步向邪道靠近。叶老汉禁不住浑身出冷汗，似乎从高空一下子坠入痛苦的深渊，使他难以承受，感到头晕目眩。叶老汉抬手摁着低垂的额头，微闭双目，语气沉重地说："你啥时候谈对象，和谁谈，和谁结婚，我和你娘都可以不管不问，但你和贪官的女儿谈，我坚决不同意，原因你自会明白，以后别说进步，不把你撸掉就算好的。”

叶县长明白爹的意思，又坐在他身边和风细雨地说：“丁香也是个事业型的好女孩，年近三十没谈对象，去年她到县里指导高效农业，我们接触得比较多。她是北京农大毕业的，搞科研育良种，她是我的老师，也是我学习的榜样。她父亲出事以后，她主动提出和我分手，为的是不影响我的前程。我知道国家没收了她家全部家产和赃款，她也到了山穷水尽的地步，处境艰难，可做人不能无情无义，不能因为她父亲和她分手，各人的罪各人承担，她是无罪的，所以我主动提出和她结婚。”

叶老汉呼地站了起来，指着儿子恶狠狠地怒吼：“不管你咋说，就是不能和她结婚。我过的桥比你走的路多，‘文革’年代，老子是地主富农，不但影响儿女，还牵连孙子，谁不知道？他们的闺女难嫁，媳妇难娶，到人前还低四指，生产队里那些苦脏累险难的活都是他们干，谁不老老实实、规规矩矩就拉出来批斗。你还不知道大妞她爹被批斗后喝毒药死了，剩下她和她娘，大妞聪明，上学老考第一名，从小学到中学都是拔尖生，到考高中时，因成分问题不让她参加考试，不是后来摘帽，还影响重孙呢？子子孙孙都没见阳光的时候。现在你和她结了婚，不但脏了你，还脏了咱全家。你是越来越糊涂了，不知耻辱丢人哪！”

叶县长也微笑着站起来，低声劝说怒发冲冠的父亲：“爹，我不糊涂，也不犯傻，现在和以前不同，一人犯罪一人顶，正是为了实现我的目标才跟丁香马上结婚的。我是怕手中的权力越来越大，一不留神就犯错误，毁了自己的前程。现在有了贪官做岳父，有了他女儿在我身边时刻给我敲警钟，我就不会犯错误，不瞒您说，前不久我和丁香去监狱看过她爸，那凄惨的情景让我一辈子都忘不了。我们隔着铁窗站着，他已经瘦得皮包骨头，眉棱骨高高地凸起，两只眼睛深深地陷在眼窝里，黯然无光，见到我们只是泪如泉涌。我知道他最大的痛苦就是精神痛苦，您想啊，当初别人为他吹喇叭抬轿子，他潇洒风光，现在一下子过着暗无天日地狱般的生活，心理上难以承受，精神崩溃，后悔至极。他哽咽着对我们说，当初是贪字毁了我，总是不知足，其实那钱我也花不着，那物品我也用不着，可是我却犯了滔天大罪。回头想想人的欲望是随着自己的处境变化滋生的，在位时就有身不由己的感觉。现在我什么欲望都没有了，如果谁叫我回老家种两亩地，那就是最大的幸福了。可是说什么都晚了，罪该万死啊！你们要以我为戒，好好工作，远离贪字，就是幸福。刚开始他声音低沉，沮丧地低头诉说，然后抬头望着我们，又对我说，孩子，谢谢你来看我。我说，大伯，我们一定记住您的嘱咐，听您的话。您不要挂念女儿，由我来照顾她。他只有这一个独生女，我猜想可能他最放心不下的就是他的女儿。当他听到我这么说时，他笑了，笑得很甜，明白了我的意思，目光里饱含着对我的感谢之情。事后想想，亲临监狱使我内心震撼，如果我没有经历这样的警示教育，或许没有简办婚礼这种想法呢。”

叶老汉想想儿子讲的一番道理和自己刚才的行为，有些不好意思，觉得还是儿子做得对，自己怎么就不开窍呢？这就是智力差别吧！他红着脸低下头说：“闹了半天是这回事，还是儿子的脑瓜好用，叫你娘整几个菜，咱全家人好好喝几杯，也算爹娘给你们补上婚礼了，给你们送上祝福！”

（原载于《北京文学》2015 年第 2 期，参评第七届鲁迅文学奖）

苦 心 误

改革开放初期，地处中原的草莓村家家户户都是贫下中农，所以姑娘找对象并不看重家庭，而是注重男方的相貌、年龄和人品。

胡三家住村东头大路边的两间土坯墙茅草屋里，门外西边还有一间低矮的破旧小厨房。院子前面是一片高大挺拔的杨树林，每到夏季，那郁郁葱葱的树冠，像搭起的绿色帐篷，树干像柱子。附近的村民常常在树下乘凉、吃饭、聊天、打牌，杨树林成了热闹的公共场所，人们都乐意聚集在这里探听个什么信息。胡三是个很勤快的人，常常把这里打扫得干干净净，也乐意凑热闹。他关心打探的是哪里有大龄姑娘、守寡的小媳妇。常说谁要给他说个老婆，他就感谢谁一辈子，当牛做马都行。有人打哈哈说：不是不给你说，原因是你形象太差，谁家的闺女也不愿看你那七眨八眨的烂眼猴。胡三眯眼咧着嘴笑笑说：相貌差也不犯法，谁长得没缺点？长相特别，那叫超凡脱俗，回头率还高呢。

胡三父母双亡，是个孤儿，如今年过四十还没找到对象。原因是村里的姑娘都喜欢找大户人家的孩子，说遇事有人帮忙，在村里不受欺负，不愿找小户人家的儿子，更不愿找孤儿。胡三觉得这并非是主要原因，关键是年龄和相貌问题。他曾照着镜子仔细观察自己的面容，觉得脸型有点偏长，眼睛有点小，还常常烂眼圈引起红肿，弄得泪汪汪的恶心人，看东西不得不眯细眼，见不到眼球的亮度，自己瞧着就心里不舒服，何况别人呢？禁不住自言自语：真邪门了，人家上火犯痔疮，攻嗓子，闹牙疼，可我专攻眼圈，弄个烂杏眼，影响找对象。他思来想去，到了这般年龄，如果再不抓紧时间找对象，可能就单身一辈子了，就尝不到一家人团团圆圆亲亲热热在一起过日子的滋味了，就白来世上走一趟，可是谁家的姑娘乐意嫁给他呢？他常常走东串西卖豆腐，也知道十里八村没有合适的媒头，想着想着忽然眼前一亮，心里乐起来，想到邻村当街西头有一家村民的女儿叫虎妞，年过三十没找到对象，原因是她是出了名的辣椒舌头刀子嘴，泼辣刁悍，吵过架，骂过街，而且个子矮肤色重，凹鼻梁小眼睛，男人不敢要，也嫌她貌丑。后来她拒绝媒人提亲，说我这辈子就扎老妮坟了，谁都不嫁，怎么着？再也不去相亲了，别说看不上我，他就是许仙、大春、栓保，长相再光棍，我还瞧不上呢。这可愁坏了爹娘，爹娘的意思是赶快给她找户人家打发走，因为她还有个小弟弟呢，尽管比她小得多，也二十出头了，她不嫁人就会影响弟弟的婚事。胡三思来想去觉得只有和虎妞相配比较合适，除了她，那就是癞蛤蟆想吃天鹅肉了，别想美事了。常言道：金花配银花，葫芦配南瓜。他不嫌虎妞貌丑，但也怕她脾性不好，只是听说不好，却没听到过她无理取闹，也没见过她发起火来是什么样子。他认为脾性好坏是娇惯出来的，如果把她调教好，说不定虎妞还怕他呢。

其实胡三不笨不懒不傻，还是当地有名的豆腐匠。胡三磨豆腐是根据天气定的，他有个小收音机，经常装在衣兜里随身携带，他知道什么时间预报天气，有报必听。一般刮风下雨下雪天，不磨豆腐，因为在这样的天气里外出卖豆腐，不但他会被风吹雨淋，而且豆腐还不好卖，村民们都缩在屋里不愿出来，一旦卖不出去，剩豆腐易发酸变质，最后只能扔掉，就觉得可惜。胡三磨豆腐十多年了，也磨出了经验。他常常把磨好的豆浆倒进地锅里烧开，再用石膏，或醋加水，慢慢倒进豆浆里，用勺轻轻搅匀，接着用大火烧，不再搅动，待豆浆清如泉水，变成的白嫩细腻的豆腐脑大如碗口时，再把它盛到豆腐座里压制。那豆腐座像个正方体木筐，四周是用木板钉做成的，底部是用条形木板隔离成小缝隙钉成的，如箅子，以便挤压出豆浆。往往豆腐座里铺着质地稀疏的笼布裹着热气腾腾的豆腐，在上面盖着木板，放上重物进行挤压，使清凌凌的浆水从底部的木板缝隙里“嘀嗒嘀嗒”由快而慢地往下滴。挤压时间长，豆腐就老；反之，则嫩。胡三喜欢将豆腐压老，好卖。庄稼人讲究货真价实和信誉，买卖有诚意，生意就好做。最后胡三将压好的成块状的豆腐用架子车拉着到邻村或集市上去卖，这种流动性地走街串村卖豆腐，久而久之，就在当地出了名，都知道胡三的豆腐好吃。

后来，胡三有了娶虎妞的想法，就经常围着虎妞家附近的地方卖豆腐。刚开始虎妞娘直夸胡三的豆腐好吃，嘱咐他常来这里卖豆腐，这话正合胡三的心意。后来虎妞娘每次端一碗大籽黄豆换豆腐时，胡三就明显给得多，虎妞娘心里美滋滋的，直夸胡三实诚，人好。其实胡三的心思完全在虎妞身上，眼睛时不时盯着虎妞家门口，只要虎妞从家里出来，他的眼睛立刻就盯住她发呆。有次虎妞端着碗出来换豆腐，胡三就咧着嘴笑，觉得这是和虎妞接触的最好机会，要给虎妞留下好印象，就得给人家多调点豆腐，赢得人家欢心，私心人人皆有，换换角度想想就明白了。这时胡三乐呵呵地说："妞妹，我这豆腐吃着咋样？"

虎妞低头看着冒着烟的热豆腐说："说实话，你的豆腐老到，炒成块了，吃着筋道，我就是爱吃你的热豆腐。"

胡三将她的大半碗黄豆倒进架子车上放的白色编织袋里，抬起头瞧着虎妞说："那好办，我常到你家门口卖豆腐，不就行了吗？"

虎妞爽快地说："好。"她略思片刻，又接着说，"你教教我咋做豆腐，中不？"

胡三有意拖延时间，想借机跟虎妞多说一会儿话，混熟了，才能慢慢拉近感情距离，便慢腾腾地拿着二寸宽的细长尖刀准备切豆腐，目光瞧着豆腐座说："这不是女人干的活，学这干啥？"

"学会了艺不压身，想吃就做，不更方便吗？"

胡三点点头像鸡啄米似的，说："行行行。可我嘴笨，说不好，你有时间了去我家，我做豆腐的时候，你一看就会了。"

虎妞撇撇嘴说："还不传真经哩。"

胡三弯腰切着豆腐说："不传人家，可我乐意传你呀。"

"为啥？"

"我就觉得虎妞妹好。"

虎妞嘿嘿笑笑："没想到大哥还是个马屁精呢。"

胡三听她喊句大哥，很激动，很兴奋，禁不住说："真的，我说的是实话，虎妞妹就是好，聪明能干。"

虎妞抬眼看看胡三的面容，一看到他的烂眼圈心里就不舒服，情不自禁地说："烂眼哥，你这眼睛像猴屁眼着火了，你就不会吃点药治治呀？整天忙着卖豆腐，挣恁多钱干啥？"

胡三低头嘿嘿直乐："挣钱，是为娶媳妇好伺候我呀。"

虎妞站在热气腾腾的豆腐座旁，看着满满的四四方方的一块热豆腐像是刚拉过来的，还没有卖出去多少，仅缺了一个角。胡三老练地剜起一块又一块白嫩的热豆腐在手掌里轻轻用二寸宽的细长尖刀切成豆腐块，放在虎妞的碗里。虎妞快言快语："你的眼睛要不烂，或许真能找上老婆，这一烂，像猴屁股眼，恶心人。"本来胡三的五官还算端庄，但眼圈一烂，确实影响美观，眼睛是心灵的窗口，也是美丽的标志嘛。

胡三说："这是上火了，不上火就好些。其实喝点竹叶茶、鸡蛋穗茶，就减轻了。"

虎妞看着豆腐碗已经满了，但胡三还在往碗里切豆腐，这使虎妞很高兴，只是觉得胡三实诚，但还不了解他内心的想法，龇牙笑笑说："大哥，害病就去找医生，还是吃药来得快，不然挣钱有啥用？"

听此言胡三心里暖融融的，感到虎妞的话体贴暖人，她有什么不足之处，全抛到九霄云外了，脸上乐开了花。常言说，情人眼里出西施。这时候他看着虎妞一点都不丑，乐滋滋地说："我就是太忙了，没时间，要是有个老婆帮我，经常弄点清火茶喝喝，或到药铺买点清火药，眼睛就不会这样。"他给虎妞打了冒尖一碗豆腐，比别人多给一半，看看左右没人，又瞟一眼虎妞的面容，将碗递到她手里轻声说，"以后换豆腐，就拿个大碗。"胡三心里最高兴的是靠多年卖豆腐积攒了一些钱，比别人日子过得轻松一些，可钱不如老婆，老婆不但能帮他做饭洗衣打扫卫生伺候他，而且还能为他传宗接代，享受亲人在一起其乐融融的生活。如果将虎妞娶到手，他会想办法把她的脾性调教好，然后舒舒服服过日子。

虎妞占了豆腐便宜心里甜蜜蜜的，笑笑说："人熟了多吃四两豆腐，这话不假，你看这碗像小山一样，谢谢大哥。"她觉得胡三是个大好人，心灵美胜过相貌美，有了这种感觉，看着他也顺眼了。

胡三觉得虎妞也不是蛮横不讲理的人，虽然说话有点直爽刺耳，但句句照理，实话实说。他说："只要妞妹喜欢吃我的豆腐，我白送都乐意。"

虎妞哈哈大笑："白送你不怕吃亏呀？"

"亏别人，不能亏辣椒嘴啊。"

虎妞白他一眼端着碗转身走了，心里也"咯噔"一下，怀疑他的心思是不是在她身上，不然，他为什么总是提娶老婆的事，还对她格外热情？

时值金秋，蓝蓝的天空稀稀落落地漂浮着几朵白云。太阳如硕大的黄金球光芒四射，为大地万物披上一层闪亮的金纱。胡三觉得天气好，心情好，又和虎妞说说话，精神更好。暖融融的阳光将胡三的眼睛照成了一条缝。他站在豆腐车旁乐呵呵地望着虎妞离去的背影，虎妞的身材不差，该凸则凸，该凹则凹，走路干活很利索。胡三想到她就是自己未来的妻子了，就没必要在她面前吝啬。他也庆幸自己遇到了虎妞这个没人愿娶的大姑娘，就像上天安排叫虎妞等他似的，不然就很难娶上老婆了，虎妞是他成家延续后代的希望，想着美事心里很甜。附近的村民在路上来来往往从胡三身旁穿过，有的边走边给胡三打招呼，开玩笑说："胡三，傻眼了？小心虎妞骂你。"他嘿嘿直乐说："这是关爱她，她还巴不得哩。"路人说："孤男寡女，别说还真般配呢，你追呀！"有的来到他身旁说："调一碗热豆腐。"胡三就慌忙给人家调一碗热豆腐，浇上一层在蒜臼里捣碎的红辣椒和香椿叶汁液。吃豆腐的人就蹲在豆腐车旁津津有味地吃着，豆腐蘸辣椒越吃食欲越强，吃到最后肚子饱了，头上汗津津的，走路干活就有劲了。这是老百姓喜爱吃的一种小吃，豆腐里含大量的钙，营养价值高。

后来虎妞和她娘在换豆腐时，碗里的豆子越来越少，胡三给的豆腐却越来越多，有时，不见虎妞家换豆腐，胡三就切一块看看前后左右没人的时候，悄悄地送到她家厨房里。就这样，虎妞家吃便宜豆腐大概一年多，媒人就给虎妞提亲了，说让虎妞和胡三成亲，虎妞爹娘满心欢喜，若事能成，就少了一块心病。虎妞娘说："只要胡三乐意娶，不怕受气，俺没意见。"

媒人说："胡三说了，事在人为，他有办法调教好虎妞的脾性，而且还不动她一指头。"

虎妞爹咧着嘴笑："那好，那就好，看不透，胡三还有两下子。"

媒人说："教育有方吧，就像学校里的好老师。有了好老师，就能教出好学生。"

"俺闺女哪儿都好，也讲理，就是脾气有点暴，只要别人不惹她，她也不找别人的事，谁要欺负她，她就不饶人，是个爱打抱不平心直口快的闺女。"虎妞娘坐在媒人身边说。

虎妞自从一次次多吃胡三的豆腐和他多次对她美言，也觉得他的行动反常，无缘无故谁都不会白吃亏，就猜测胡三一定有想法，有娶她的意思。虽然她看不上他的烂眼圈，但自己也是嫁不出去的老姑娘，他的烂眼是可以治的，那是上火发炎的缘故，只要不上火不发炎，相貌就不难看。虎妞最满意的一点是喜欢吃胡三磨的热豆腐，天天吃都不厌烦，若天天吃上他的热豆腐也是美事。最后，虎妞就同意了这门亲事。

胡三娶亲那天，天空是蓝色的，纯净、辽阔、深邃。五月的天气，正午的太阳，带着灿烂的光辉和温暖的气流冲进了胡三的家院。院里摆着四五个方桌，每桌周围都摆着农家的椅子和板凳。前来贺喜的客人陆陆续续来到这里，院子里渐渐热闹起来，都是乡里乡亲，虽然来人不多，但酒席办得不错。胡三多年卖豆腐的积蓄派上了用场，心想活了几十年，只有这天感到自己潇洒风光像个男子大汉了，而且还要玩心术调教新娘，有了施展男人能力和智慧的机会，今后就有人疼、有人爱了，越想越觉得甜蜜幸福的日子到眼前了。他那精神样像换了个人似的，脸上始终挂着甜蜜的微笑，眼圈也不红不烂了，这是虎妞给他讨的清火药和消炎药治好的。胡三深深地体会到人逢喜事精神爽的含义了，觉得自己走路有劲了，办事利索了，心里痛快了，还想哼哼一段小曲唱几段小戏什么的。前一天他去街上专门理个年轻人的分头发型，理发师还特意给他喷了茉莉花香水，散发着很浓的香水味，此日仍留着淡淡的余香。他针尖般的青胡茬在嘴巴周围若隐若现，显然刮得很光。高高的身材穿着一套崭新的深蓝色西装褂，左胸兜外面用别针别着大红布条挽成带尾巴的花朵，花朵下面那两绺红布条随着胡三跑前跑后地忙碌飘来飘去。胡三成了婚宴上唱主角的人物，说不上英俊倒也潇洒。他陪着客人尽情地喝酒，想的是以酒壮胆，以酒掩盖做错的事，就能减三分罪，到晚上就用酒力掩面唱好戏呢。一般村里的婚宴开桌晚，大概到下午一两点，待客人散去就三四点了，一会儿就到晚上了。

平时村里没有什么热闹事，谁家办喜事便成了热闹的新鲜事，大人小孩都乐意凑热闹看新娘。按村里的习俗，不过三天没大小，尤其是花烛夜闹洞房，都乐意闹腾新娘，不管怎么闹家里人都不制止，说越闹今后的日子越红火。

虎妞看到胡三里里外外地奔忙，而且礼数周全，穿戴打扮好像比平时年轻了七八岁，心里特别高兴。她穿着一身红色新娘装，头上用红手绢扎个马尾披在脑后，大大方方的，没有新娘的羞怯之意，中午和客人一起坐着喝酒吃菜，谈笑风生。在家时母亲嘱咐她，新婚夜无论谁给你闹腾都不能生气发火，这是村里的规矩。还有当媳妇得改改自己的脾性，不改就吃大亏，在家父母娇惯你，但丈夫可不宽容你。虎妞满口答应说记住了。

晚上，胡三家热闹起来，屋里屋外站满了大人小孩，尤其是洞房里，在昏黄的煤油灯下，看到的是一片大大小小的黑葫芦头，毫无疑问都是闹洞房的人。虎妞怕闹洞房弄脏了新被褥，提前装进了箱子里，床上只铺一张光席。她坐在床边，那些半大小伙子就凑到她身边和她并肩坐着，有的揽住她的腰，有的捋着她浓黑的头发，有的拉着她的手亲切地叫嫂子，有的趁机在她胸上摸一把，有的噘着嘴想亲亲她的脸庞。虎妞认为他们都是不懂事的孩子，并没有生气。然后又挤进来两三个大小伙子，抓住虎妞前胸的衣襟向外拽，说："咱玩个花样好不好？先干什么呢？筛箩好不好？"接着一片嬉笑齐声欢呼："好！"接着就有脏话骚话传过来。这筛箩的方法村里人都知道，人们都很自觉地向周围移动，将虎妞围在中间，像村里妇女罗面似的，将虎妞往后推搡，后面的人又猛然将虎妞向前推，左右的人将她往左右推，推着吆喝着哄然大笑着。虎妞身不由己被围在人墙圈里晃来晃去，脚像没了根，身子像一块摇动的肉，摇来晃去，那五脏六腑都想从口里蹦出来，浑身上下都被人摸了个遍。她心里难受极了，感到一阵阵恶心，认为他们是在耍赖害人欺负人，心中的怒气徐徐往上涌。她强忍着压抑着，最后忍不住大喝一声："住手，好了，不能这样折腾了！"心里告诉自己不能发火，不能发火，于是忍住怒气不再吭声了。有个高个小伙高喊："咱看看新娘的光身行不行？看看美不美？白不白？奶子大不大？奶子大了蜜水多，屁股大了生男孩。"这话又新鲜又有刺激性，众人齐声回答："行，行，好，好。"一阵哈哈大笑，嘲笑、讥笑、狞笑交织在一起，似乎渴望这一幕马上到来。虎妞听此言头猛然懵了，心里像敲鼓似的"怦怦怦"加速跳，满腔怒火往上涌，觉得这是对她极大的侮辱，认为他们是一群心不善的大流氓。当三个小伙上前解她的衣扣时，她一手护住前胸，一手狠狠抓向站在最前面那位小伙子的脸，那坚硬的长长的指甲，像萝卜擦子那样，霎时将小伙子的面容擦成了红萝卜丝，小伙子的脸成了血迹斑斑的花脸。虎妞只恨手里没东西，如果有东西，就会拿着砸上去同他们搏斗。她只能骂爹骂娘骂姐妹，用最恶毒的难以写到纸上的语言骂，骂他们个狗血喷头，骂得他们纷纷狼狈逃窜，骂了一会儿接着说："你们来吧，想看老姑的笑话，想戏弄老姑，想给老姑耍流氓，老姑给你们玩命，让你们断子绝孙，让你们全家死光，让你们走路遇车轧，上山掉悬崖，打水掉井里，蹲厕所被墙头砸死……"

一阵怒骂果然有效，他们都面红耳赤地跑出来，说新媳妇真厉害，拉着站在院里的胡三去听听，说遇到这样的老婆，还不如当光棍司令，以后有你的气受。胡三胸有成竹地拍拍胸口说："兄弟们放心，我有魔招，不信治不了她，等以后你们看到她就是小绵羊脾性，老牛般能干，小猫一样温顺，像咱村的好媳妇张大嫂善良贤惠又温柔。”那个红萝卜丝脸捂着脸撇着嘴说：“你媳妇简直像恶妇，野兽，看把我的脸抓的。大哥你别瞎喷，要不了多长时间你也是这脸，不信走着瞧，将来跟李豁子差不离儿。”胡三笑笑说：“将来我像猫，她就是老鼠。”那个瘦高个眯着眼说：“瞎喷吧。”

胡三说：“不信试试，走着瞧，我的调教方法比教授高明。”他走进屋听到虎妞骂人确实骂得难听，感到真是名不虚传，还没见过这样的新媳妇哩。他以前也闹过洞房，什么新娘新郎喝交杯酒、咬苹果、捆在一起呀，闹腾一会儿开心取乐就解散了，但从来没有见过扒新媳妇的衣服，今天不知是哪个鳖孙想出这个孬点子，惹得虎妞发疯般地辱骂，让她原形毕露。胡三心想，如果现在镇不住她的脾气，以后必定受气，此言不假，这就增强了胡三趁机调教新娘的决心。

胡三看到人们纷纷离去，慌忙出来捧场，说：“别慌着走，别走，来来来，咱们喝两盅，喝两盅。”站在外面看热闹的人，有的说：“新娘骂恁也不亏，谁叫恁想馊主意扒人家的衣裳呢，回家扒恁姐扒恁妹的衣裳去。人家胡三还没下手呢，恁先下手。”有的人走了，有的人钻到厨房去喝酒了。胡三弄点中午的剩菜，再配点生萝卜丝、生白菜心，赔着笑脸说：“喝酒，喝酒，都有错，都有错。”但心想喝点酒，壮壮胆，好调教虎妞，如果能杀杀她的威风，以后自己的日子就好过些。

外人散去，胡三的脸红得像关公，喷着浓浓的酒气闯进洞房坐在一条板凳上，虎视眈眈地盯住虎妞。其实他心里并不怪罪虎妞大发雷霆地骂人，如果真把她的衣服脱光那才叫丢人呢，自己还没看这块宝呢，不能先让人家欣赏。

虎妞看到胡三这副令人恐惧的面容，便猜测要么是他喝醉了，要么是她骂人惹恼了他。她也一脸虎气地坐在床边一言不发。洞房里没有欢乐的气氛，倒有异常紧张恐惧的感觉。

忽然胡三怒气冲冲地去了厨房，拿起案板上的切菜刀蹲在门外的磨刀石旁"霍霍"地磨起刀来，磨了一会儿还用拇指圆鼓鼓的肉肚，轻轻刮刮闪亮的刀刃，感到不锋利，就继续磨，然后又磨了一会儿再试试刀刃利不利，觉得很涩，就是锋利了。他操刀来到洞房，坐在靠着门口的木板凳上喷着酒气，一脸怒色，硬声硬气地喊："咪咪咪、咪咪咪。"温顺的小猫"喵喵喵"地应声来了。这是他家养的小花狸猫，主要是让它捉老鼠的。平时，农家都放着农用品，储存着各种杂粮，是老鼠经常光顾的地方，所以大部分家庭都喂猫，老鼠听到猫叫就会胆战心惊，就不敢放胆糟蹋东西了。不料，胡三指着小花猫怒吼："去，去，给老子打洗脚水来，打洗脚水来，听见没有？"

虎妞看到他的面容很可怕，但明白是对她不满，意思是让她打洗脚水。她的倔劲又上来了，心说我偏不打，没想到新婚之夜你掂刀弄枪的，趁着喝点马尿要酒疯，什么东西，看你怎么着。但她绝不和他顶撞，如果真是醉了，顶撞是吃大亏的，何况他手里还拿着刀。她想起了娘交代的话，不改脾气就吃大亏呀！

猫似乎听懂了胡三的话，先伸伸懒腰，而后缩缩身子，夹起尾巴，瞪着晶莹剔透的圆眼球望着胡三"喵喵喵"地叫几声，意思是说我不会端水，端不来水。胡三盯着小猫又怒吼："还不听我的，畜生，还敢给老子犟嘴呀！"说着一把抓起小猫，将菜刀对着它的脖子"噌"一刀，然后恶狠狠地"扑通"一声摔在地上。小猫仅"喵"地叫了一声就没命了，先在地上轻轻地弹弹后腿，又缓慢地伸直了四肢，然后侧身躺在地面上像睡着一样不动弹了，从它脖颈里流出的鲜血染红了一小片地面。胡三就是想要这样的效果，只要活做得利索，小猫就不受罪。

虎妞惊愕地瞪圆眼睛看看杀气腾腾的胡三，又瞧瞧地上的小猫，感到浑身冰凉，毛骨悚然。她怎么也没想到平时善良温和的胡三，心竟然这么狠！他那善那好一下子烟消云散了，突然间他变得那么陌生和冷漠。她也明白胡三的意思不是杀小猫，一切是冲她来的。她感到震惊。

胡三又喷着酒气呼唤狗，他家的黑狗慢腾腾地摇着尾巴来了，看到躺在地上的小猫，黑狗伸出鼻子闻闻它的头又闻闻它的身，这是它的好伙伴，在家常常待在一起，它看家，小猫逮老鼠，现在小猫已经不搭理黑狗了。黑狗抬头看看胡三手里那把血淋淋的菜刀，就怀疑是他杀死了小猫，哼哼唧唧抬头瞪着胡三发呆。胡三用刀指着黑狗怒吼："你还翻天哩，想跟我对抗，要你的命。"黑狗一点儿也不害怕，好像是伙伴死了自己也不想活了，盯着胡三"汪汪汪"地大叫起来，又用前爪抓胡三的双腿同他对抗。胡三忽然站起来用脚踢它，又用刀指着它说："去，去给我打洗脚水。"黑狗抖抖身子摇摇头，意思是不去。胡三更恼火了："畜生，敢跟老子对抗。"说完弯腰挥刀伸到狗脖子下面，一反刀刃往上猛然一使劲，"噌"将刀抽出来，狗头掉了，瞬间狗血喷地，狗眼还直愣愣地瞪着胡三，四肢动了几下，片刻伸直了腿。

虎妞看着惨不忍睹的场面和充满杀气的胡三，心里发怵，浑身颤抖。只知道他是个磨豆腐的行家，没想到还是杀生的好手。虎妞恐惧之极，觉得胡三简直成了魔鬼。

胡三用血淋淋的菜刀又指着虎妞说："去，去，给我打洗脚水去。"

虎妞觉得胡三失去了人性，像野兽一样凶残，看着血淋淋的切菜刀脸色苍白，胆战心惊，从来天不怕地不怕的虎妞，真正知道了恐惧的滋味，什么爱呀情啊，已荡然无存，心里只有惊恐，心灰意冷，自我劝解一定要牢牢紧闭嘴巴，不能招惹他，他是个杀生魔王，不然就要你的命。虎妞本想抡起胳膊伸开手掌扇他几个嘴巴，然后拎起耳朵教训他，现在她完全改变了主意，胆小如鼠弯着腰夹着膀轻手轻脚地向外溜着说："我去，我去，我给你打洗脚水。"

虎妞端起门口的花瓷盆去打水，胡三丢掉菜刀，伸展双臂做个旋转的动作咧着嘴笑，心说：没想到教人有方，这就是良方，当即见效。我赢了，我赢了，我胜利了，拳头一握，做一个伸举的动作。胡三欢喜一阵，左等右等不见虎妞端来洗脚水，屋里院里静悄悄的，寂静得让人害怕，顿时感到身上有阵阵寒气袭来，不好，他急忙跑出来找虎妞，连声急切地呼唤："虎妞，虎妞……"无人应声。他走到厨房门口，傻眼了，厨房里没有虎妞，他明白虎妞一定是跑了。

夜静下来，村里一片漆黑，偶尔能听到远处的狗叫声。胡三跑出家门顺着常走的熟路直奔岳父岳母家，他们是邻村，相距很近，岳父岳母家的灯还亮着，给了胡三一丝安慰，想到虎妞一定是回娘家了。他推开虎妞家的门，见到二老后“扑通”一声跪在他们面前。虎妞娘惊讶地问：“咋啦？咋啦？虎妞哩？”

“虎妞不是回来了吗？”

“谁见她的影子了？你们咋啦？到底怨谁？”

胡三“扑通扑通”连着磕了几个响头说：“怨我，怨我，都怨我，是我对不住虎妞。”

二老脸色黑云密布，像要下倾盆大雨似的。岳母冷冰冰地说：“起来，起来，说说咋回事。”

胡三跪着不起来，左一掌右一掌，啪一下，又一下……狠狠扇自己的耳光，痛哭流涕地说：“我这是逞啥能，玩啥心眼啊！我对不起您，对不起虎妞，都是我的错，今后我一定听虎妞的话，像神仙一样供着她，您叫虎妞跟我回去吧。”

岳母眼一瞪：“你说啥？虎妞根本就没回来，这里里外外你找吧。咱丑话说头里，不管在你家发生了啥事，如果虎妞丢了，我跟你没完。”

后来，虎妞永远失踪了，虎妞爹娘逼着要闺女，胡三也疯了。

（原载于《阳光》2014 年第 5 期，选载于《小说月报》2014 年第 7 期，选入中国作协创研部主编的 2014 年《中国短篇小说精选》，获 2013 年全国优秀短篇小说一等奖，获 2014 年中国小说学会主办的“文华杯”全国短篇小说大赛一等奖，参评第七届鲁迅文学奖。）

山　花

在西部大山深处的南半腰，稀稀落落住着几户人家，这就是王家岭村。那里的房子都是依山而建，门朝南。因为山里石头多，茅草多，就地取材，多半是低矮的石墙茅草房。后来居住在这里的人越来越少，有的已人去房空。

山花家也住着这样低矮的三间房子，门前是一片不大不小的平台，是山花开垦修整出来的家院。院西边是一间小厨房，其北面和堂屋的西山墙对接围成了石墙厕所。里面拴着羊，养着兔，门口还堵着半腰深的木板门。院子东边整齐地堆着两米多高的一垛干劈柴，旁边长着两棵枝叶茂盛的大桃树，树冠似两把巨大的绿伞，为院里撑起一片阴凉。树枝上结着一簇簇稠密的红嘴大白桃，压弯了枝条。两棵树中间拉着一根粗麻绳，搭晒着洗净的衣服。

山花就出生在这里，一天天长大，到了 20 世纪 80 年代中期，她也到了谈婚论嫁的年龄。她母亲十年前就去世了，姐姐三年前出嫁了，家里只有她和父亲。时值盛夏的某日，吃了午饭，父亲站在桃树下的阴凉处抽着自卷的劣质烟，瞧着正在厨房里忙碌的山花说："前几天，我在南山虎尾巴沟，伐了几棵树，已经把树枝砍下来，拉到河这岸了，你把树桩也弄回来。"父亲年过六旬，身材不高，脸上已经布满了细密的渔网纹。他右边大眼角上方长着一个豌豆大粗糙的暗褐色瘊子，虽然影响美观，但他觉得长的地方好，认为是招福瘊，他说瘊子背着他的头，使他头轻精神爽。如果长到眼下就是泪瘊，不吉利。如果长在脑后，瘊子就会压着他的脑袋使他头重脚轻。他时常还轻轻摸摸它，感到神清气爽。他的身子骨结实硬朗，只是他的腿走路时与平原人略有不同，有点罗圈腿，可能是因为终日上山下坡走高低不平的山路，用力不均造成的。他常说干活干活，不干不活，身子骨强壮是练出来的。他经常打猎砍柴干着肩背手提的粗活，风里来雨里去练出了好身板，自言身体好就是幸福。他很乐观，常说上天不会亏人，你在这方面吃了亏，就在那方面补上了。上天对人一律平等，不论你富贵贫贱，都给你限定几十年的寿命，最后是一个不留，统统去见阎王。

山花正在厨房里弓腰低头“呼呼啦啦”地刷洗锅碗，听到父亲对她说话，扭头向外望着父亲说：“好，一会儿我去把树桩拉回来。”

洗完餐具，山花将筷子装进挂在墙壁上的筷笼里，又将饭碗放在碗架里，准备将残羹剩饭和头遍刷锅水盛到瓦盆里喂羊和獾子。她家厨房门口的木笼里圈养几个獾子，也叫狗獾，模样可爱，脸似狗，眼似鼠，鼻梁软平长，耳壳短圆，颈部粗短，四肢短，浑身肉团似的，一身黑褐色和白色相杂的茸毛，体型最大的也不过十斤左右。这些獾子是山花捉来的，她知道它们的生活习性，一般生长在山地、森林、丘陵地带，爱群居，在一个洞穴里常居十多只。山花是捉獾子的能手，能辨认出狗獾的洞穴特征，一般一抓准是一窝狗獾子，这是她最高兴的事，所以她家常养着獾子，也是她家的肉食品。

院子里桃树下的树根处有一块形状不规则的平面石头，山花常常坐在上面吃饭或歇息，但父亲却喜欢双脚踩在上面蹲着。这时候父亲吸着烟靠着树又蹲在石墩上了，这是他的习惯，常常喜欢靠着墙壁或树桩蹲着，这样他觉得能减轻疲劳，放松精神。他说：“明天，吴庄你表叔来咱家拉木料，你要好好招待他。”

山花端着瓦盆放进木笼里，用盆里的饭水喂獾子，然后站在院里掏出花手绢擦着额头上细密的汗珠，瞧着父亲疑惑地问：“表叔来？”她知道这个表叔是父亲从前结交的一个好朋友，每年都要来看望父亲。听父亲说前不久还在集镇上见到他了，怎么又来了？其实山花对他的印象很好，只是山高路远，翻山越岭，不用说拉木料，即使拉空车也难走哇！

父亲说：“不是他一个人来，还有个帮手。”父亲心里清楚，山花的表叔给山花提个媒头，只有双方的老人知道，商议先让两个孩子见见面，看看他们各自的印象如何，好了就谈，不好就散，不会给他们造成什么思想压力。

山花笑笑说："表叔对咱可好，每年都来看看咱。前不久您不是在集上见了他吗？"山里人也到山外镇上赶集，卖些山货，买些日常用品。

父亲说："见了，你表叔想盖两间陪房，我叫他来拉几根檩条，河这岸咱那堆柴火里的树桩都不赖，到时候你给他挑好的。"

"好，一定让他满意。"稍停片刻，山花往树荫下站站靠近父亲，又接着说，"表叔比我姐都强，多年了都没忘咱，可我姐一出嫁，就把咱忘了，两年多没见人影。"

父亲皱皱眉头说："她在城里打工，忙，不自由，自己家还顾不上回哩。"心想，还是出去好，不但能挣钱，还不出多大力，不像在山里，不下苦力就没饭吃。儿女过得好是父母的心愿，他也愿意叫山花嫁到山外去。片刻之后，又笑笑说，"等你走了，别把老爹忘了就行。"

山花低头眯着眼羞涩地笑笑说："我走到哪里，就把爹带到哪里，孝敬您一辈子。"

父亲瞧着她嘿嘿直乐："贫嘴。"

山花笑眯眯地转身下山了，距她家不远处有一条东西蜿蜒的小山路，路南是一条河，艳阳高照，碧绿清澈的河水波光粼粼，荡起轻柔的涟漪。河水流得很缓慢，一般情况下水面很平静。河岸两边经常停放着几条小木筏，其实就是用树桩钉成的小木排，这是山民通往南山割草、打猎、砍柴时所用的交通工具。这条河夹在两座大山之间，因为这里的山民少，出入不定时，他们很少在这里见面，但山花家距这里最近，她经常出入这里，把这里当成了自己的家院。山花穿着白汗衫和黑短裤走到河边，不是起筏，而是站着将黑色的平底方口人造革皮鞋脱在岸边，然后像散步似的轻松自由地向河里走去，走到水深的地方俯身游起泳来。她觉得如鱼得水，浑身轻飘飘地自由自在很舒服，也常用此法来避暑。瞬间不见山花的踪影了，等再见到她时，已经出现在前面百米远的地方，接着便浮出水面游一会儿，足蹬、手扒、换气，身子像横着悠闲地曼舞，感到轻松愉快，似乎觉得这是一种享受。然后又一头钻进水里，当再浮出水面时，就到河对岸了。山花几乎是在河水里泡大的，从小就在这里游来游去，时间久了就游出了花样，什么仰游、蛙浮、扎猛……怎么游都感到舒心快乐，还可以锻炼身体。人在水中运动时，各器官都参与其中，耗能多，血液循环也随之加快，以供给运动器官更多的营养物质。血液速度加快，会增加心脏的负荷，使其跳动频率加快，收缩有力，血管壁厚度增加，弹性加大，输出血量增加，所以可以锻炼出一颗强有力的好心脏。山花每次从水里出来，就觉得浑身有力精神爽，砍柴拔草劲头足，常年不患病，不吃药，身板结实似钢板。山花到了岸边，看着河水轻轻吻着河边光滑圆润的鹅卵石和细沙粒，这里的沙粒多半是白色的，山花觉得这里的环境很干净。岸边放着山花的平跟黑布鞋。因为她每天都要在这水面上漂来漂去，如同走路往返几次，所以河两岸经常放着她的鞋，常常在这岸脱，就到那岸穿。山花弯腰穿上鞋站起来向山里走去。她身上的白汗衫湿淋淋地贴着身子，凸着圆鼓鼓的乳房，像两个圆馒头，特别惹眼，但在这寂静荒凉的山坳里，即使裸体，也没有人观这道风景。山花低头瞧一眼自己的丰乳，又昂起头向山里走去。一会儿，她肩上扛着捆在一起的两根各有两三把粗的树桩，气势十足地迈着大步走来，走到河岸，将木桩"扑通"撂在水里，然后脱鞋步入水中。山花下到水里，用手猛然一推树桩，树桩像木筏那样很听话地向她用力的方向漂去。返回的时候，山花悠闲地骑在树桩上，四肢随意地拨着河水，荡起层层雪白的浪花，灵活自如的四肢代替了撑树桩的竹篙，迎着清凉的微风，用手在额头上搭起眼罩，眯着月牙似的眼睛望着周围静悄悄的青山绿水，觉得这里的一切如同自己的家院，没人争夺占有，可以在这里随意活动，想干什么就干什么，感到舒心畅快，于是不由得放声高歌起来，就像刘三姐唱山歌那样，随心所欲，想起什么就唱什么：好山好水好风光，山花不见好儿郎。如果走出大山去，一定会比山窝窝里强……她的嗓音清亮圆润，悦耳动听，在宁静的山间久久回荡，听着也不免让人有些伤感，唱出了她对山外的向往。山花想起了小时候父亲带她去过县城，看到大街小巷的两旁都是高楼大厦，人多车多商店多，到处热热闹闹，让她感到新鲜好奇，兴奋快乐，边走边东张西望，但看到那些大大小小的五彩字牌时，却不认识上面的字，又让她感到沮丧和烦恼。她明白城里的孩子都上学，都认字，可她在深山窝里，整天抬头见天，低头看山，晚上到处阴森荒凉，漆黑一片，只能靠干山里的粗活求生存，除此之外，什么都没有。山外却有商店、学校、医院……如一幅多姿多彩的美丽画卷，她好像在画中嬉游，感到心旷神怡，流连忘返，就萌发了走出大山的梦想。后来一想到山外，她就激动兴奋，想走出去。

山花的表叔是山外吴庄村人，他侄儿大柱，因高考落榜很苦恼，躺在床上三天三夜不吃不喝，父亲站在床前劝说："大柱哇，咱吴庄有几个上大学的？考不上不为丑，就是考上了，爹也没钱供你，家里就这一摊子，你奶和你娘常年有病，里里外外全靠我撑着，爹累啊！正好你下学了，我有个帮手，就减轻了家里的负担，等一等，给你找个好媳妇，一家人团团圆圆过日子多好。村里人祖祖辈辈都是这样过来的。"

大柱噘着嘴瞪着眼，听着父亲温言善语的话不言语，一心想逃离家庭，逃离农村，步入大学，将来到城市找一份好工作，舒心惬意地生活，可这理想和愿望如同肥皂泡，都破灭了。他感到沮丧恼火，恨自己太笨，有心返校复读，但一想到家境，就死心了。忽然，他折身起床到院里的压井旁洗洗手脸，然后一头钻进厨房，将半竹筐馒头一扫而光。

父亲的心思就放在为儿子张罗婚事上，想让他早点成家，让儿媳拴住他的心好好过日子。他认为即使儿子考上学也没有什么荣耀的，自己没了帮手，养了多年的儿子一旦飞出去，就不是自己的了，两地生活，一辈子能见几次面？还是守在身边好。有好心人为大柱说了几桩婚事，大柱都不满意，不是说胖了瘦了，就是说矮了丑了，别人看着不错，他却说人家毛病太多。虽然大柱高考成绩不佳，但在本村算是大学问人了。他想到有人说，人生有两大选择：一是工作，二是爱情。目前自己没有什么前程了，但必须要找个可心的好老婆，否则，人生也就没有什么意义了。有人把婚姻说成是终身大事，确有道理，唯有老婆和自己朝夕相伴，厮守一辈子。如果能找到一个善良能干的好老婆，就有了好心情，也就有了幸福感。相反，就谈不上什么幸福，甚至会受精神折磨，所以他对择偶格外慎重。突然有一天，父亲叫大柱帮大叔去王家岭拉木料，翻过三座山，越过两道岭，中午到了山花家。

山花爹热情招待，陪着大叔抽烟、喝茶。山花慌忙到院里举着木棍顶住桃树枝摇了摇，“噗噗嗒嗒”落下一层熟透的红嘴大白桃，捡起来洗干净，放在红瓦盆里，慌忙端进屋里放在小方桌上，让大叔和大柱吃。他们歇息片刻，大叔叫大柱去扛几根树桩，放在院前的路旁，并叫山花带路。

山花在前面走，大柱在后面跟着。他是第一次来到大山里，看到这里的山山水水，被金灿灿的阳光照耀着，又增加了几分美色，虽然风景美空气新，但高高低低的山路难行，更让他意想不到的是在这荒无人烟的深山窝里竟然藏着一只“俊鸟”，便不由自主地私下打量着山花。她身高足有一米八，身板粗壮，留着短发，五官有点像《红灯记》里的铁梅，身上那些经常裸露在太阳下的肌肤成了赤红色，透过白色的短袖边，可以隐隐约约看到里面洁白的肌肤，似二层鸡蛋皮。大柱心里明白山花的肌肤底色是白净的，裸露在外面的肤色是被太阳染的，是劳动本色。山花脚上穿着四二码的银灰色运动鞋，走路快，步子大，腰板直。大柱心说，她活脱脱是个罕见的假小子，在平原到哪里找去？作为女人，她的个子有点偏高，也算是美中不足，但看着顺眼，强壮，是拿得起放得下干力气活的好手，这在大柱的心里不算什么毛病。大柱和她相比矮了半头，身板单薄，书生气十足。他心里明白学问面对体力活就失去了作用，它不顶吃不顶喝不顶用。人都有缺陷，就喜欢人家的长处，比如说矮个就羡慕高个，小眼睛就喜欢大眼睛，凹鼻梁就喜欢高鼻梁，等等。山花就给天柱一个好印象，不但个子高，身体还强壮。他们来到荒无人烟的河岸，给这里增加了人气，打破了这里的宁静。那里堆着一大堆树桩和杂树枝，有些已经风干了，形成了一层干枯的老树皮;有些是新伐的,还泛着湿润的青色,洋溢着青春的气息。山花时不时窥探面目白皙的大柱,就猜测他不是待在阳光下的人,可能是温室里养的文化人,不由得对他心生敬意。她认为识字的人明事理,聪明善良,对人好,是她追求的对象。山花含着羞涩之意,指着树桩柔声细语地说:“要什么样的,你挑吧。”

大柱没抬头,目光直盯住一堆树桩,上面蓬蓬松松覆盖着一些树枝,但可以看到下方很顺溜地摆着几十根树桩,粗细长短各不同,心想有山靠山,这话一点都不假,这漫山遍野的树木任你随意砍伐,砍下来就成了自己的,但运不到山外它是不值钱的,说:“这木料都不错,都行。”

山花弯腰捡起一根很细的两尺多长的干树枝,指着树桩说:“这是松树,那是槐树,还有柏树,要柏树吧,它的木质结实,顶放,是上等好木料,就是沉重。”她边说边丢掉手中的小木棍,一个跨步上到木堆上,左看右瞧,目光盯住一根又干又直、三四把粗、两米多长的柏木桩,弯腰把压在它身上的杂树枝掀起来,“呼呼啦啦”向左右一拉,它们乖乖地给柏木桩让路,让它裸露出来。山花猛然将它搬起来甩手往外一撂,“扑通”一声落在柴火堆外面的沙滩上,顿时将平坦的沙滩砸出一个长形坑,周围溅起一层细白的沙粒。然后又挑出一根类似的柏木桩撂了出来。

大柱惊叹山花力大过人,那大树桩在她手里竟然那么听话。他也慌忙去搬山花撂出来的其中一根树桩,准备扛在肩上,但咬紧牙关鼓足干劲,木着脸,脖颈上的青筋都像铁条似的凸起来了,就是搬不起来,觉得那树桩似铁打铜铸的,重如千斤。他猛然一用力,树桩仅仅在手里摇头摆尾晃了晃,勉强悬空片刻,“啪嚓”又趴在地上了。他觉得男子大汉在女人面前真丢人哪!脸色不由得涨红起来,目光不敢注视山花,感到自愧不如,明明刚才看到山花搬着树桩像握一根竹竿那样轻松自如,自己怎么就搬不动呢?她哪来的那么大力气呢?如果她是个举重运动员准能夺冠,可惜被埋没在深山窝里无人知晓,对国对己都不利,可悲可惜可叹啊!大柱不想示弱,想再表现一次,有一股子不服输的劲儿,像举重运动员那样，双目一闭，嘴巴一绷，把骨头缝里毛孔里的劲儿都挤出来了，搬着树桩猛然一提，憋得脖子脸通红，但树桩悬在半腰再也举不上去了，稍停片刻，又尴尬地落在地上。他摇摇头，觉得自己真丢人啊！

山花一闪身从柴火堆里跳出来，看着大柱微笑说："看你不像是干粗活的人，掂笔杆的吧？"

大柱红着脸不敢和山花对视，觉得她很会说话，不但没有耻笑他，而且还把他捧为文人，体弱的文人是让人谅解的，但此时他仍感到尴尬，垂头丧气地说："文不文，武不武，半瓶墨水，咣咣当当。"

"别这么说，我是一点儿墨水都没有，像傻瓜一样。"山花边说边弯腰将两根木桩并在一起，用粗麻绳一捆，然后搬起来稳稳当当地扛在肩上说，"走吧。"

大柱半张着嘴惊讶地望着山花，心说，天哪，她咋恁大劲哩！大力士啊！胜过男子大汉啊！一个顶仨，是干活的能手，谁要娶了她，真是福星。他对山花由十分敬佩变成主动热情，什么丢人不丢人，这里根本就没有外人。他慌忙在山花后面举着树桩一头，想帮她减轻一些重量，上到半山坡，快到山花家时，大柱随口说："山花，你把树桩放下，歇歇，咱俩抬着走行不行？你一个人扛着太累了。"但心里想大叔是让我来扛树桩的，我却让山花扛着，自己空手跟着，太不够意思了。

山花听此言觉得心里热乎乎的，从没听过这样关爱她的话，微笑说："不用，我经常干这活，习惯了，不累。你是拿笔杆的人，干不动粗活，也不为怪。"

大柱想，人家姑娘常年待在深山窝里，只见天，不见人，还知道善解人意，我要是娶了这样的老婆，家里地里的活还不够她一人干呢，爹娘再不用为干活发愁了，那是俺全家的福气啊！看看人家的屋里屋外，收拾得干干净净，东西放得整整齐齐，山花真是勤俭持家的好主妇啊！人家不但能干，长相也不差，看着还舒心。大柱嘲笑自己净想美事，你看上人家，人家能看上你吗？虽然你比人家多认几个字，但你不在用字的环境里就起不了多大的作用，以后自己就是修地球的人了，体弱就是缺陷。可山花那体力一定会在广阔天地里大有作为，一展风采。大柱笑着说："山花，以后我就不拿笔杆了，和你一样干农活，咱都一样了，你是我的老师呀！"

山花嗓子里发出一阵"咯咯咯"银铃般的笑声，爽快地说："干农活不用学，人家咋着咱咋着，力气那是锻炼出来的。"

大柱觉得山花有一种亲近感和无形的吸引力，喜欢听她说话，喜欢听她的声音，更喜欢她身强力壮，对她的陌生感似乎消失了，走着走着快到山花家门口时，大柱说："山花，咱俩抬着走行吗？"

山花略思片刻，明白了大柱是什么意思，男人嘛，都爱面子，不愿在女人面前示弱，他肯定是不好意思空着手跟在后面，唯恐父亲和表叔看见耻笑他，便说："好哇！"边说边站在羊肠小道旁边的树荫下，一扭身，将肩上的两根树桩稳稳当当地放在地面上，她叫大柱抬着走在前面，她走在后面。大柱也明白她的意思，回家的路是上坡路，抬东西走在前面轻，走在后面重，可以说树桩的重量完全移到后面了。

午饭很丰盛，獾子肉、野猪肉、兔子肉、山野菜……还有山花酿的白酒。吃饭时山花的父亲陪着大叔和大柱吃，山花端着碗坐在院里的桃树下吃，但心神不安，总想多看大柱几眼。她端着饭碗一会儿到厨房，一会儿又出来到桃树下，每次路过堂屋门口时，总拿眼窥视大柱，看到大柱穿着宽松的白汗衫，留着朝气蓬勃的偏分发型，饱满的宽额头，大眼睛，白净的皮肤，心里美滋滋的。山花知道山外的孩子都能上学，羡慕文化人，看着大柱文文静静的，很崇敬他。在山村里是没有年轻漂亮的小伙子的，即使有，也到山外打工去了，大多都长期不归了。所以山花一见到大柱，就觉得眼前一亮，灵魂就飞起来了。他们吃了午饭，酒足饭饱，大叔说："喝多了，头有点晕，不拉木料了，等以后再说。"这话正合大柱的心意，这翻山越岭的，空手走路还累人呢，何况再拉木料？苦力难下呀！大柱庆幸大叔这么说，如果真让他拉，就丢大人了。感谢山花酿的好酒，麻醉了大叔的头脑。

当天下午，大叔和大柱从山花家出来的时候，烈日已向西移了，虽然天气很热，但在深山里没有炕人的感觉，偶尔刮起一阵小风，还觉得凉爽，大概是山上茂密葱茏的花草树木和山间碧波荡漾的河水，吞噬了一部分热量。他们走到第一道凤凰岭上，路旁长着一棵五百余年的桂花树，十里飘香，枝繁叶茂，遮天蔽日。树下有几块不规则的平面大石头，像自然生成的石墩，供过路人在这里歇息乘凉。大叔和大柱本不该在这里休息，因为还没有走多远路程呢，可大叔指着树下的石墩说："坐下，歇歇。"说着就坐在靠树根那块石墩上，从衬衣兜里掏出一支劣质烟，放在唇间，点上火抽起烟来。但他心里也清楚在深山里是不准抽烟的，以防火灾，可抽烟的习惯难改，只是注意一定将烟头摁灭，或踩在鞋底下弄灭，小心没大错，这也是他的习惯。他歪头瞧着身边的大柱问："中午吃饱没有？饭香不香？"

大柱坐在大叔旁边的石墩上，正望着远处的山山岭岭和山间翻腾的白雾发愣出神，其实心里在回味着和山花一起的情景，山花的身影在他脑子里不停地闪现，像播放影视片那样，干扰着他对外界的反应，当他回过神来听到大叔的问话，低头龇牙笑笑说："饭做得真好，吃着真香。"

"知道谁做的吗？"大叔扭头看看大柱说。

大柱脱口而出："山花。"然后他才明白大叔是明知故问，让他傻乎乎地回答。平时听人说山里人热情好客，对人实诚，一点都不假。他捡起脚旁的一段细小的干树枝，在面前的土质地面上轻轻地画着圈，然后抬头接着说，"你看山花家的盘子多大，她把菜装多满，吃得我肚子发胀。"

大叔龇着参差不齐的两排大黄牙，眯着眼嘿嘿直乐："你说人家山花咋样？"

"人好，个大，有劲，是干活的好手，还会做饭，比专业厨师都强。"

"你知道今天咱来干啥？"

"拉木料。"

"你这身单力薄的拉动拉不动？"

大柱摇摇头“嘿嘿嘿”笑着说:“拉不动。咱不是白吃白喝白跑一趟吗?怪没意思的。”

“我看不是白跑,有戏。”

大柱愣怔地瞧着大叔,疑惑不解地问:“有啥戏?”

“今天是来相亲哩,知道不?”

大柱一下子满脸开花,露出一口整齐的白牙齿笑着说:“你咋不早说呢!”

“早说不如晚说,免得你挑三拣四的,光看人家的缺点不看优点。你说这姑娘到底咋样?”

“不错,找不出缺点,可人家不一定看上我。”大柱翻眼瞧瞧大叔,丢掉手里的小木棍,举手轻轻挠挠自己的脑袋。

大叔皱皱眉头,低头把烟蒂狠狠摁在旁边的石头上,火星当即熄灭。他铿锵有力直爽地问:“说话别磨叽,你直说,找上这样的媳妇满意不满意?”

大柱嘿嘿直乐连连说:“满意,真满意,一百个满意。人家不但模样俊,干活还有劲,还会做可口的饭。我这一辈子,如果经常吃她做的饭,算我有福气。我特别爱吃她做的狗獾子肉,香嫩可口,有滋有味。我见她家的木笼里养了好几只獾子呢,那小东西毛茸茸的,真可爱,真稀罕人,以前我从没见过,真想抱回来两个。”

这时山花从山岭下上来了,穿着紧身得体的白底绿花短袖衫和胖腿裤,突出了丰乳、柳腰的女人魅力。大柱一看这是刚换上的一身新衣服,就猜测山花知道他来的原因了。她这么一打扮,大柱觉得她更漂亮了。山花左手掂着一个白色编织袋,右手提着一竹篮鸡蛋和红嘴大白桃,放在大叔和大柱面前说:“表叔,这是野鸡蛋,这是俩獾子娃,您带回去吃,俺不缺这山货。”她站着望望前面的路说,“路上您慢点走,山高坡陡,小心点,我去山那坡干活。”说这话的时候,她拿眼频频瞟大柱。

大叔的目光望着前方,不留意两个年轻人的音容笑貌,说:“山花呀,你忙吧,过几天你去大叔家,啊!”这软声细语像父母对儿女亲昵的嘱托。

此时，山花和大柱的目光聚在了一起，像磁铁一样紧紧吸引着，四目相视，含情脉脉，此处无声胜有声，似乎完全忘记了身边的大叔。片刻，山花回过神来笑笑说："大叔，过几天，我一定去。"

大柱真想让山花多停留一会儿，多看她几眼，或者跟她一块儿去干活，帮帮她，跟她多说会儿话。没想到山窝里出个金凤凰，让自己给撞上了，感到特别兴奋。

山花扭头羞涩地笑着走了，大叔乐呵呵地说："这是我和他爹提前安排好的，以送山货为名，断定山花同意不同意这门亲事，既然她送山货来，就说明她同意了。"

大柱高兴坏了，上天没有亏待他，让他找个好老婆。

第二年，山花和大柱结婚了。婚后的第二天，山花就开始收拾自家庭院，半个月后庭院就彻底变了模样。有豁口的土院墙补齐了，羊栏里新换了垫圈土，手压井旁砌好了水泥池子，厕所门口新安了木板门，粪坑里的粪起出来了，拉到了责任田里，院里坑坑洼洼的地面垫得平平展展。大柱家住的堂屋是多年没有整修的三间砖包后墙小青瓦房，山花将窗户打扫得干干净净，把两扇玻璃窗上沉积很久的灰尘擦掉了，像新安的玻璃一样透明晶亮。窗台上摆着一溜过冬吃的干菜，有豆角、茄子、蒸熟的青菜……房檐下挂着三串红辣椒和五串大蒜。家人看到这一切，不由得对山花心生敬意。

某天晚上，吃过晚饭，山花站在院子里抬头看看又高又远的天空，像刚刷洗过一般墨蓝墨蓝的，没有一丝云雾。东方上空挂着一轮圆月，照亮了大地，将房舍、树枝、草丛等万物的影子都投射到自己脚下，形成了模糊不清的暗影。夜景很美，但山花觉得闷热，她拿着扫帚又将院里打扫一遍，然后将草席往地上一铺坐在上面，大柱光着膀子躺在山花身边，叫山花给他扇扇子。坐在院里解暑乘凉的父母嗔怪儿子光知道享受。山花笑笑说："这是给我自己扇，他是想借点风。"老人心里甜蜜蜜的，其实山花偏向着儿子呢。

大柱枕着胳膊侧着身勾头看着山花问："山花，在平原比山里强吗？"

山花拿着小蒲扇一边扇着，一边说："强，看得远，见人多，干活不累。"

大柱不相信她干恁多活不累，反复问："真不累？"

"不累，走着平路，就用不上劲了，以后家里地里的活儿，我全包了。"

大柱爹乐呵呵地说："不能让你干完，干活是活动筋骨哩，经常歇着不好，容易得病。"

山花爽快地说："我干重活，恁干轻活。"

大柱说："干活得悠着点，不能把劲一下子用完了。"

山花明白大柱的心意，可她长期练就的强壮身板，劲足着哩，就像少林寺里练武功，需要经常练，如果长期不练，功力就会削弱。她认为经常干活有利于身体健康。

就这样你一言我一语，全家人热热闹闹，东家长西家短地闲聊一番。父母拿山花和村里的媳妇比，比来比去，哪一家的媳妇都比不上山花能干，公婆打心眼里喜欢山花，山花几乎包揽了全家的家务及农活。

就在山花结婚这年的八月，是多雨天气，听说外地发洪水了，内地沟沟河河的水也满了。山花挝着篮子到村南河沿去割草，忽然听到正在河边放羊的何大娘大声呼喊："快来人哪！救人哪！有人落水啦！"山花听到急救声，大步向何大娘身边跑去，那速度像运动员百米赛跑一般，急忙问："大娘，人在哪里？"

大娘指着波涛汹涌的河水说："刚才人还在这里，我看见他抱着树桩露个头，一个大浪打来，就没了。"她心急惊慌地望着水面。

山花望着混浊的滚滚东流的河水，心说，只要水里有人，即使有十个八个，我也能把他们救上来，多日没游泳了，正想练练功呢，当即纵身一跃跳进激流中，一个猛子潜入水中。

这时候天昏地暗，老天爷仍不展笑脸。何大娘站在河沿，目不转睛地望着山花跳进水的地方胆战心惊，吓得脸色煞白，人家是个女人哪！她会水吗？怎么跳进水里不见人了？如果救不出人，再把人家的命搭上，咋办呢？我不是罪该万死吗？何大娘沮丧懊悔，焦急万分，要是山花出什么不测，这不是害人家吗？她恨自己是老糊涂了，禁不住带着哭腔大喊："闺女，闺女，快上来，快上来啊！"

一会儿，山花将溺水者拖出水面，背在身上，一手举着他的头，另外的脚手劈波斩浪向河边游来，到了河岸，反身将溺水者抱在怀里，觉得像抱个皮球似的那么轻松，往河岸上一举，何大娘慌忙抓着落水者的胳膊使劲往上拖。随即山花上岸抱着他放在岸边躺下。刚才何大娘没有想到山花这么厉害，在水里游泳简直像一条龙，搏波潜水，轻松自如，水性那么好，激动得眼含泪水直夸山花："好闺女，你真中，真有本事，你咋会水呢？看到你钻进水里不见了，可把我吓死了。"

山花从河水里出来浑身湿淋淋的，却从没顾及这些，觉得这样格外凉爽，有时干活热了，就端起一盆凉水当头一浇，立即降温，但她最喜欢一头钻进河水里避暑降温。她说："大娘不要夸我，我从小都会水，是在水里游大的，这不算啥事，说真的，在水里救个人，就像捞一棵白菜，不费劲。"山花清楚只要在水里脚手动动，身子就会浮上来。如果碰到漂浮的物体，如木桩、救生圈什么的，无论是谁，只要紧紧抱着它，身子就沉不下去，就有获救的可能。

这位落水者是一位二十多岁的男青年，中等身材，有点瘦弱，瓜子脸，黑皮肤，像是贫农的后代，有点营养不良的症状。只见他脸色青黄，下身多处被碰伤，流着鲜血。身上的衣服被洪水剥光了，仅剩下一件被挂得稀烂的白背心和一个蓝裤头。他闭着双目不言语，像失去了知觉，软绵绵地一动不动地躺着，身上乌青，像是长久在水里浸泡冻成这样的。何大妈说："救人要紧，快把他弄到俺家去，咱俩抬着走吧。"

山花双臂托起奄奄一息的男青年急忙说："我家近，去我家。"何大娘跟在她的后边，牵着羊，掂着山花的草篮，心里说，这闺女真有劲啊！我可没见过这么厉害的女人哪！

到家后，山花将男青年放在院里的架子车上，头朝下，身子向下倾，是想让他空出腹中的河水，这样果然有效，腹水似泉水般的顺着嘴角流出来，还打了几个嗝，接连吐出几大口河水。

山花慢慢地脱下他的湿衣服，用温水给他洗身子，擦血迹，在伤口上撒上云南白药面，然后包扎好伤口，又给他换了一身新衣服。大约过了半个时辰，他慢慢苏醒过来，嘴唇哆嗦，发出微弱的声音："冷冷冷。"山花用胳膊托着他的脊背和双腿，将他抱进屋里放在堂屋客厅的小木床上，转身去里间拿出她床上的新薄被给他盖在身上，又端着烧好的姜汤，一勺一勺地喂他。热汤温暖了青年人的空腹，棉被温暖了他的身躯，他渐渐地恢复了知觉。当他睁开眼睛看到自己躺在一位素不相识的陌生人家里，身上还盖着崭新的花被子，耳房门上还贴着大红双喜字呢，山花正在给他喂热汤。周围还有何大娘、大柱、邻人等，顿时激动得热泪盈眶，继而泪水溢出眼睑，顺着眼角、面颊往下落。他明白身边这些人都是救助自己的人。他抬头望着面前的陌生人发出微弱的声音："谢谢你们！谢谢你们！"然后目光落在山花身上，说，"谢谢大姐！谢谢大姐！"

何大娘指着山花说："孩子，就是她把你从河里捞出来的，她是你的救命恩人哪！"

青年人心里充满感激，但不会花言巧语，无法表达内心的感受，只是重复地说："感谢恩姐！感谢恩姐！永世不忘救命大恩。"他说话的力气虚弱，但吐字清晰，说着他忽然坐起来抱拳给山花鞠躬。

山花制止他答谢的举动，指着身边的何大娘轻声说："其实，是大娘发现你在水里不行了，我听到呼救声，才知道去救你的，是她救了你。"

青年人看着何大娘想起来给老人下跪磕头，可是身子不听使唤，只是摇几摇没起来，他说："谢谢大娘救命！"

何大娘慌忙扶着他说："别动，别动，醒来就好。"

"再喝点姜汤，暖和暖和。"山花说着，然后话锋一转问，"你是哪里人？咋落水的？"

"我是当兵的，是驻军某部八三炮连的徐光，随部队到梁庄参加抗洪抢险，在抢救村民时，不幸被洪水冲走，有幸碰到一根树桩，我就死死地抱着它，漂流了二十多里，来到这里。我知道一丢树桩，就没命了，可我实在是撑不住了，没有一点力气了。如果你们不救我，我就没命了。”他有气无力断断续续说了这些话，大家都能听清。

大柱当即打电话给部队联系，当天下午五点，部队的首长带着几个战士来接小徐了。他们紧紧拉着山花的手，表示衷心的感谢。

山花说：“不用谢，能把他救过来，是我做得最高兴的一件事。”临走时，山花又抱出一床崭新的花被子盖在担架上的小徐身上，给战士盖了盖，眼含泪花送别了亲人。

就在送走小徐半月后，吴庄上空乌云翻滚，暴雨倾盆，一连下了三天三夜，河水猛涨，大堤决口，洪峰像发怒的野兽猛扑而来，吞噬着地里的庄稼、树木。吴庄因地势低洼，20 世纪 80 年代初，曾被罕见的洪水扫荡一空，村民死亡过半，全村房屋倒塌，惨不忍睹。洪水过后，仅剩下几十名村民，重建家园，安居乐业。但这次洪水不减当年，在短时间内村庄被洪水淹没，村民措手不及，有的爬到屋顶上，有的爬到高树上，有的趴在墙头上，还有老弱病残者淹没在洪水中，风雨中听到有人大声呼喊：“救命啊！救命啊……”大哭小叫，似狼嚎一般，接连不断的嚎叫声在空中回荡，让人毛骨悚然，不寒而栗，这是人们在危急时刻发出的恐惧失真的惨叫声。洪水仍在继续陡涨，眼看淹没了树枝和房屋，可他们都不会水，险情极大，危急万分！

山花在极短时间内，把家中的几根树桩用粗麻绳一捆，像竹筏那样，可以在水里似快艇一般速游，但这速度是来自于山花的力量。她在五分钟内把家人迅速送到村委楼上，那是两层小楼，也是村里的最高点。房顶是平面预制板，楼梯在东山墙外面，这有利于将搭救过来的村民送上楼顶。然后山花急忙去搭救村民，准备把全村人都营救到楼顶上。她没有站在木桩上划着走，觉得那样速度慢，为争取时间，她在水里一边竭力推着木桩向前游，一边观察水里的动静，想的是先营救不会水的老人和孩子，因为他们没有逃生能力。当她发现老人和孩子时，就迅速抱起他们放在树桩上。在地势高的地方，混浊的洪流淹没到山花的胸前，她就趁机放开嗓音高喊着："大家不用怕，不用慌，我会水，没事的，一定要坚持住，坚持住，大娘大爷和孩子们你们在哪里，快告诉我，我先救你们。"风雨中她的声音特别响亮，如同高音喇叭响遍吴庄上空。因为前不久她营救解放军出了名，村民都知道她的水性好，所以听到她的声音，心理上就有些安慰。山花在水里龙腾虎跃，一展风采，有时拉着木桩，有时推着木桩，觉得像玩玩具那么轻松自由。她把它当成快速救人的工具，自然是竭尽全力抢时间，一旦听到老人孩子的呼救声，就马上过去。山花发现那些孩子多数在洪水里被父母往上举着，老人有的坐在竹筐里，有的坐在小木床上。但怕的是大浪打来他们就很危险了。一会儿，山花的树桩上坐了七八个老人和孩子，山花在后面边游边推着木桩迅速向村委楼游去，快到楼梯时，一个大浪似墙头般砸来，木桩在激流中被冲翻，七八个老人和孩子全淹没在水中。山花在水中鼓足劲高喊："不怕，不怕，有我哩。"她先将贴近楼梯的三个孩子，抱一个，拉一个，头前顶一个，猛然将他们推上楼梯，房顶上的人慌忙接应。紧接着她返身向远方游去，将另外三四个老人，推着、拉着、抱着放在浮出水面的木桩上。她的动作敏捷得让人惊讶，有人说，恁看看，山花救人就像在地里跑着捡白菜般神速。凶猛的洪水似乎都为她开道，她哪是一个女人呀！简直是救人的一条龙，那树桩就是她开的快艇。她在村里旮旮旯旯搜寻着村民，每次木桩上坐七八个村民，她身后还能拉两个。她说："在水里的人就像皮球一样轻，很容易搭救。"被搭救的人说，奇怪了，在水里经山花拉一把，自己的身子全漂在水面了。五分钟她就能巡视一遍吴村，在半个小时内，她将全村人都救到了楼顶上。

村主任在楼上高喊："山花，快上来，快上来，七十一个村民，一个都不少，全在这里。"村民看着山花湿漉漉的黑短发软塌塌地贴在头上，一绺一绺柔软的细发丝散乱地覆盖在前额上。身上的绿色短袖衫和紫色碎花棉绸裤都紧紧地贴在皮肤上。她还在水里打捞树桩，将漂在水里的大小树桩拦在一起，远看像一排排木筏连成一大片。她还"咔嚓咔嚓"扭断周围被淹没在水里的树枝，拧成绳子捆住树桩。这时候天仍在下雨，只是相对小了，但洪水仍在继续涨，村里的房屋不见了，这里似一片汪洋大海，眼看洪水快到楼顶了。山花站在木桩上说:“大伙不怕，水要再涨啊，我已备好了大木筏，咱们都站在上面，什么事都不会有。”那水面似舞台，山花在上面做着精彩的表演。

这时候，有人欢呼雀跃，挥手指着西方高喊:“大家看啊！西边出彩虹啦！出彩虹啦！”

……

（原载于《阳光》2013年第4期和《2012年中国短篇小说经典》）

难辨的理

晚上，蓝天和白云坐在沙发上看电视。白云爱看生活剧，目光被剧情紧紧地吸引着，男女主人公正为家里的生活琐事争吵不休，里面的故事与真实生活贴得很近，也与她的生活很相似。这时，蓝天拿着遥控器轻轻一摁，电视画面变了，一场激烈而又紧张的足球赛正在进行着。他立刻目光发直，满脸开花，时而振臂高呼："好！好！好！"时而又伸手"啪啪啪"拍拍茶几面，说"臭臭臭！"像神经系统出了毛病。

白云心里不舒服，正在兴致勃勃地看她喜欢看的电视剧，却被蓝天换了画面。她不喜欢看球赛，气得直翻白眼，怒气冲冲地说："怎么啦？神经啦？这是干啥呀？至于这么兴奋吗？踢球有什么好看的，孩子都会踢，小儿科，烦死人。"

蓝天的目光仍然盯着球赛，挥挥手说："你懂啥？"

"你别忘了，咱婚前可有约法三章。"

"什么三章？"蓝天不转脸，也不瞧她。

白云在一旁坐着满腹怒气地说："交权、交钱、交心。"

他手里握住遥控器不放松，唯恐被白云夺走换台，往身后坐坐靠着沙发背，脱了鞋，将脚伸到茶几面上，摆着自然放松的姿势，看着球赛嘿嘿直乐，说："记不得了，全忘了。"

白云翻眼瞪瞪他，撇撇嘴说："骗子。"

"谁骗你了。"蓝天扭头瞥她一眼，目光赶紧又直视着球赛。

"婚前你百依百顺，甜言蜜语，像孙子一样。"白云快言快语哭丧着脸嘟囔着。

"不当孙，咋当爷？这是很简单的道理。"他盯住电视屏幕说。

白云直直地盯着他，觉得他目中无人，大声说："可现在你撕掉了面纱，露出了鬼脸；脱了羊皮，露了狼心。”

“这就对了，不然一直伪装，太累了。”

白云认为他在捉弄人，愤愤地说：“无赖。”

“不犯法，就不赖。”蓝天故意气白云。

白云觉得越争吵越生气，不想多说了，只想把遥控器握在自己手里，随意调换喜欢看的节目，可蓝天就是攥着不放，她忽然站起来到电视机旁“啪”一下关了电视，带着火药味说：“你不让我看，咱都别想看。”

不料，蓝天“啪嚓”把遥控器摔在茶几上，怒火一下子被点燃了，瞪着白云吼：“你以为你是谁？还多金贵啊？黄脸婆、豆腐渣、破烂，还想欺负大老爷们呢，皮肉发烧了。”他似怒狮，凸起的眼球像是要爆炸似的。

前两天，两人因家务琐事争吵了一番，心里都还窝着怒火。蓝天出去两天没进家，这一回来又接上火了。白云觉得蓝天的话很恶毒，很伤人，也毫不示弱，脚一跺，手一指，盯着他怒吼：“我皮肉发烧了，你打呀！打呀！我是破烂，可破到谁手里了？你心里清楚，你不要，我卖给收破烂的行不行？”这句话似乎刺激了蓝天的脑神经，他心里清楚，一般男人给妻子戴“绿帽”很正常，还美其名曰这是优秀男人和成功男人的表现，也体现了男人的魅力和价值。但女人不能给男人戴“绿帽”，否则就是对男人的极大侮辱，女人得到的只能是污言秽语，臭名远扬，社会就是这么不公平。蓝天想借机压一下白云的威风，于是伸手给了白云一嘴巴，说：“你少说几句行不行，还亏死哩。”不料，白云像疯狗似的对他又撕又咬又掐，又像牛似的将他抵倒在沙发上，说：“你打，你打呀，老娘不是好欺负的，今天我不要命了。”她伸手拽着蓝天的头发，“啪啪”又给蓝天两嘴巴。凭打架，白云不是蓝天的对手，蓝天一米八三，身强力壮。白云中等身材，力气弱。蓝天努力克制着不再还手了，他知道她的脾气，一旦爆发起来如恶虎一般，恨不能将人吞吃了，忙说：“好了，好了，熄熄火。”

白云也感到蓝天在忍让，便站起来伸手理着头上的乱发，十分生气地说:“我实话告诉你吧,我早就不想过了,在你眼里就没有这个家,也没有孩子、老婆,这是旅社,你想回就回,不想回就不回,想怎么着就怎么着,目中无人,我何必赖在你眼皮子底下?好合好散,散了,你抱着足球啃,看我还管你不管你?”

“谁怕谁呀,别来这一套。”蓝天铁青着脸靠着沙发背,瞥她一眼,目光移向阳台门口。

“这日子是没法过了。”说着她转身去了卧室,拿出离婚协议书,放在茶几上说,“签字吧!”

雪白的天花板上吊着白色莲花灯,散发出柔和的白光,把客厅里照得如同白昼,也把离婚协议书上的字迹照得清清楚楚。蓝天抬头看看她,觉得这娘们动真格了,早有准备了,本想借机调教调教她,压压她的火爆脾气,看来硬的不行,只能来软的了。想想自己在单位是科长,领导着十几个干事,也算是有头脸的人。这样的人都怕后院着火,都知道外面彩旗飘飘,家里红旗不倒的道理。因为他们不傻,老婆等于是不花钱雇来的保姆,还贴心贴肺贴工资,一心一意为家里服务,照顾孩子,赡养老人,伺候男人,在家里就像闲不住的机器,不停地开动着,消耗着体能,白白做贡献,所以说离婚不是聪明之举。如果离了,孩子要么没爹,要么没娘,就会给孩子带来心灵创伤。如果父母再次各自成家,就不是完整的家了,这样的家庭,时间久了,仍然少不了摩擦,你的孩子他的孩子还有他们两个的孩子,家庭关系变得更复杂,生气的原因更多。男人总是认为人家的女人好,只是看到了表面,不了解其本来面目,如果真和人家结婚了,其实都是一样的,都会因磕磕碰碰的家务事产生矛盾。蓝天的脑子灵活,对男女之事分析得很透,认为外面的野花可爱可看可玩,但不能摘回家当老婆。老婆是自己的,野花是公共的,相比之下还是老婆珍贵,所以现在的想法是保卫家庭,维护团结,宽容妻子。蓝天举着手做投降的架势嘿嘿嘿笑着说:“云,我错了,我错了,都是我不好,我是个球迷,太爱球赛了,不就是因为抢台看电视吗?要解决这问题,太容易了,再买台电视。”接着看着白云长叹一口气说,“都是我不好,说了几句气话,也是玩笑话,何必当真呢？其实你在我心里是仙女、公主，一朵永远盛开不败的鲜花。”

白云紧接着说：“我不听你咧着两片子嘴反说说，正说说，哄小孩呢？”

“这段时间咱们之间出问题，主要责任在我，还不行吗？不至于弄到离婚的份上吧！婚姻不是儿戏，哪能说散就散，其实，我心里一直爱着你，是你不懂我的心，再给点时间，看看我的表现，如果我表现不好再离也不迟啊！”

白云眼里含着晶莹的泪花，经不住蓝天的好话劝说，心一软，泪水像小溪似的流出来。她披头散发一屁股坐在沙发上，想想刚才的一阵武斗，蓝天也没有占上什么便宜，反而解了她的闷气，也知道他在忍让，不然她会吃大亏的。想想当初，是蓝天主动追的她，对她体贴入微，温言善语，什么事都依着她。她觉得他是世界上最完美的人、最可靠的人，可现在变成一个冷漠无情的人，出口就伤人。七年的婚姻生活，虽然感情越来越淡，但也难舍难分。她淡淡地说：“好吧，看在孩子的份上，再给你半年时间。”

蓝天觉得白云像是动了真格，应该慎重对待了，必须以实际行动打消她的不良念头。他来个自我反省，想想以前他有很多不足之处，比如故意气她，嘴不饶她，自私懒惰，不做家务，不知道关心体贴她。在他心里白云是个好妻子，勤快能干，洗衣做饭，常常把家里打扫得干干净净，还要照看孩子，接送儿子去幼儿园，家里的事情他基本上不管不问。同样有工作，他除了工作就是玩，可白云除了工作之外，把精力全部投入到家务和孩子上，她要比他付出得多，这对她确实不公平。他决定以后要知道疼爱妻子，回到家里帮她做些家务活，减轻她的负担，消除大男子主义思想，和她建立深厚的情感联系。

第二天中午，白云下班回到家里，听到洗衣机的嗡嗡声，伸头看看卫生间里，见蓝天正在低头洗衣服，感到很惊喜，情不自禁地说：“今天是怎么啦？太阳从西边出来啦？地球倒转啦？”

蓝天搓着盆里的衣服扭头看看白云，很轻松地说：“可能吧，什么都在变，也都会变，有人变好，有人变坏，像我会变得越来越好，不信你可以看我以后的表现。”

白云觉得蓝天是在变，平时在家里懒得像熊猫，要么坐着看电视，要么躺在床上睡大觉，脏衣服、臭袜子、脏手绢等到处扔，叫它们躺着睡百年大觉都不洗，油瓶倒了也不扶。她常常在屋里像捡破烂似的收拾起来去清洗，可他今天一下子勤快起来，她感到她的招数很灵验，像打赢了一场大胜仗，不由得有几分欣喜和得意。她看看正在转动的洗衣机，隐隐约约听到金属和滚筒的碰撞声，打开一看，见几件白衣服全染上了灰色，其中还有一件是她心爱的白底红花连衣裙，禁不住大惊失色：“啊！你把我的裙子也搅啦？”紧接着“啪”一下关了洗衣机。那件花裙子是她最心爱最贵重最得体的一件衣服。她慌忙捞出裙子，一看上面黑一块、白一块、蓝一块的，完全失去了它的美色，心疼得直想掉眼泪，禁不住怒气上涌，眉头紧蹙，愤愤地说：“你这不是添乱吗？哪有这样洗衣服的？看看把我的衣服弄成什么样了？还怎么穿？怎能把黑白衣服混到一起洗？没长脑啊！”

蓝天瞪大眼睛盯着白云，像公鸡斗架似的忍不住又说：“我干不行，不干还不行，你叫我怎么做才对呢？我知道衣服褪色呀？这有什么大惊小怪的？值得气成这样吗？服装店里的衣服成大堆，给你钱，再买还不行吗？”

白云涨红着脸说：“哪里还有这样的衣服？你以为买衣服好买呀？满大街满商场都是衣服，可买到一件色彩、款式、价格都满意的衣服很难，有时跑断腿也不一定遇到，即使遇到了还想货比三家不吃亏呢。”但男人和女人不同，男人买衣服不讲价钱多少，也不怕人家是否坑骗，只要穿着合适，掏钱便走，原因是懒惰，不愿逛街逛商场。白云想起婚前和蓝天热恋时，蓝天陪白云逛商场，转了不到半小时，走到楼梯口的钢筋混凝土红柱子旁，丢下手中的提包，坐在包上靠着柱子说：“你去转吧，想买啥就买啥，转多长时间都行，我在这里等你。”他觉得坐在这里休息等人比较合适，这是顾客出入口，白云容易找到他，即使找不到，她从这里经过，他也会看到她。白云认为他懒，怕累，沉着脸说："哪像个男子大汉，倒像个老太婆。"蓝天微笑说："你说啥就是啥，你去吧。"她只得独自去逛商场。

蓝天软声细语地说："旧的不去，新的不来，买新潮的，不然，服装师还饿死哩。"

白云将墨色衣服捞出来，发现蓝天的衣兜里有东西，掏兜一看，是手机。禁不住抱怨起来："你的手机，手机呢？洗衣服怎么不掏兜？"

"谁干过这活？洗衣服时，我也没想那么多，拿起脏衣服就往洗衣机里塞。"蓝天也觉得自己失误了。

"谁叫你洗啦，没材料，猪脑袋……"白云嚷嚷起来，发火了。

蓝天从卫生间出来说："我不洗了，去做饭，行不行？"说着去了厨房。蓝天做好饭，端上了桌，先叫白云品尝。白云稍微消点气，刚刚平静下来，拿起筷子夹口菜一尝，眉头皱成了疙瘩，龇牙咧嘴，舌头一伸，把菜全吐出来了，站起来将筷子狠狠摔在桌子上，指着蓝天吼："你尝尝，你尝尝，看能不能吃，你是打死卖盐的啦？把盐都倒咱锅里了，是不是？当初算我眼瞎，找个这样的熊男人，倒八辈子霉了。"说着在客厅来回踱步。

"你嘴巴干净点，你倒霉了？我还觉得你难伺候哩。"他站在厨房门口哭丧着脸说。

"你什么时候伺候我啦？十年八辈子不做一顿饭，做一顿饭，就做成这样？照你这样伺候，还把我气死呢。"她站着指手画脚地吼。

蓝天胳膊一挥说："男女有别，各有分工。天下的男人都拴在家里干家务，社会还发展吗？"

"女人的智商不比男人差，工作起来甚至比男人还优秀呢，那些女企业家、女航天员、女科学家、女领导人等，对社会发挥的作用小吗？"

"不错，可我不要这样的老婆。"

"我也不愿要你这样的男人。"

“我这样的男人怎么啦？工资交给你，家庭大权交给你，别的女人还求之不得呢。”

“狡辩，纯粹是狡辩。看来咱俩是冤家对头，没法过了。”说着转身去了卧室，一头扎在床上呜呜咽咽地哭起来。她想到成立一个家庭真难呀！女人真是遭罪，除了结婚前后没有孩子这个阶段，就没有好时候了。不讲工作，只说料理家务和抚养孩子就让女人累得筋疲力尽了。有了孩子，就像驴上了套，不停地拉磨，围着孩子转，围着厨房转，围着洗衣机转，拖把抹布是女人的得力工具，成为忙不到头的家庭主妇。尤其是孩子的成长过程，女人付出了全心全意的爱，承包了接送儿女去幼儿园、上小学的任务，接下来上初中、高中、大学，然后求人找工作、找对象、娶媳妇，再后来又是一个轮回，抱孙子……一生不得闲。此时，白云倒羡慕起独身主义者，快乐度人生，不白活一回。

蓝天觉得在外面他是人上人，手下的干事看着他的脸色说话，他的话就是圣旨，人家无条件地执行，可在家里就成窝囊废了，在老婆面前什么都不是了。生活像一团乱麻，越抖越乱，也是油盐酱醋茶，里面包含着酸甜苦辣，这话真不假，可人人都沉在里面不能自拔，不管是什么滋味都得忍受着，清官还难断家务事呢。没什么里表可分，今儿好，明儿歹，磨来磨去，可能到老了都像放了气的皮球，再也不蹦了。

一周后的一天晚上，吃了晚饭，蓝天从上衣兜里掏出一对金手链，悄悄放在白云的枕头下，想给她一个惊喜，打消她几天来的不悦，找一下刚结婚时温馨的感觉，然后就领着三岁的儿子亮亮出去散步了，出了大门口，马路对面就是儿童公园。蓝天常带着亮亮来这里玩，对这里的环境很熟悉。公园里散步的人很多，儿子喜欢在人群里穿来穿去，开心地跑着玩。这时，蓝天兜里的手机响了，他只顾接听手机，等接完手机，却不见了亮亮。他就急忙在周围转着大声喊，找遍了整个公园仍不见儿子的踪影，心里一焦急就想到儿子可能是跑回家了，便打电话询问白云，白云说儿子没有回家。白云放下电话，风风火火地也来公园找儿子，一见到蓝天，怒火冲天，放开嗓子吼起来："你是干啥呢？一个大男人连一个小孩都看不住，要找不到儿子，我跟你没完。"说着带着哭腔喊亮亮，心里焦急不安，唯恐找不到儿子。

公园里的人，听到他们的呼喊声都知道孩子在这里走失了，也帮着寻找，一旦发现孩子就会马上告诉他们。蓝天和白云分两路发疯般的在公园里呼喊亮亮，男女高音在公园里回荡，像两个高音喇叭放出洪亮的声音，响遍了公园里各个角落。大约十分钟后，在公园后面传出一位老太太的高喊声："快来，快来人哪！孩子在马路上哭喊哩……"老太太身材矮胖，行动笨拙，望着蓝天招手。

蓝天听到呼喊声像百米赛跑似的冲了过去，看到铁栅栏外面站着痛哭流涕的儿子，一边说"亮亮，亮亮，不哭，不哭，爸爸在这里呢"，一边双手抓着栏杆，纵身一跃，翻了过去，慌忙张开双臂抱起儿子问："你怎么跑到这里了？"

亮亮泪水涟涟，胖乎乎的小圆脸上全是泪痕。他伸出白藕般的小胳膊，扭头指着铁栅栏说："我是从那缝里钻出来的，我找不到你了！"

蓝天伸手为儿子擦着泪："你把爸爸吓坏了，以后可不能乱跑了。"

亮亮嘟着小嘴乖乖地说："好吧。"

回到家里，白云思来想去还是生气，觉得男人除了工作，什么都做不好，可自己呢，绝对是合格的保姆，谁行不行，也辨不出个什么名堂，稀里糊涂，就是感到窝囊。她有个习惯，一生气就躺在床上睡觉，往往睡一觉起来就缓解了怒气，心里就好受些。她又躺到床上去了，想把枕头垫高点，躺着舒服，便掂起蓝花枕头往后挪挪，发现下面压着一对金灿灿亮晶晶的手链，熠熠生辉，在精致的袋里装着，她戴上试试正合适，心里清楚这是蓝天为她买的，代表了他的一片爱心，可不该买这么贵重的东西，多花钱。这是一般姑娘家喜欢佩戴的首饰，目的是把自己打扮得漂亮点，好找对象，而自己是开败的花朵，戴不戴无所谓，花这钱不如买其他东西，想抱怨，又忍住了，只怪男人心粗。

半月后的一天晚上，蓝天回到家里，看到白云做了一桌丰盛的菜肴，其中有他爱吃的红烧排骨、苦瓜炒牛肉、清蒸桂花鱼，都还冒着热气，闻着香喷喷的，肠胃都欢呼起来了。白云也一脸喜色，说："快吃吧，别凉了。"她心里清楚，蓝天的工资今天就该发了，男人喜欢吃喝玩乐，只要先喂饱他的肚子，就好谈事。吃饭的时候，白云问："这菜做得好不好？"

蓝天大口咀嚼着饭菜直点头，伸伸脖子咽下饭菜说："不错，不错，比饭馆里的高级厨师做的菜还好呢。"

白云紧接着问："这个月的工资发了没有？今天买了鱼、肉、排骨，兜里的钱花光了。"

蓝天夹着菜说："发了。"

白云伸出手，故意睁大眼睛说："拿来。"

蓝天放下筷子，从裤兜里掏出一个牛皮纸信封递到白云手里，心想娘们都是钱迷，看到钱，立马就变得温柔可爱、百依百顺了，什么都没有钱的魔力大。白云掏出钱数了数，问："这个月怎么没奖金？"

蓝天边吃边说："前两天你叫我买早餐，迟到两次，没奖金了。"他没抬头，很自然流畅地说着，好像提前准备好了一样。

白云不乐意地说："迟到两次，就把奖金全扣啦？"

"一次也不行，这是规定。"蓝天只顾埋头喝碗里的稀粥，然后站起来去厨房盛饭时，白云看到地板上有个空烟盒，一定是刚才蓝天掏钱时带掉的，她慌忙捡起来一看，里面装着一沓钞票，数了数800元整。蓝天从厨房里端着碗出来，白云问："这是奖金吧？"

"啊！"他惊叫一声，愣怔地半张着嘴，表情怪异，恨自己太粗心，怎么把工资和奖金装在一起呢。

白云的脸色不由自主地阴沉下来，低着头说："行啊！有外心了？"

他端着碗坐下来说："谁有外心，雷劈他。"

"男人在老婆面前发的誓，全是屁话，谁信？你说这钱准备给谁呢？"

他灵机一动答道："准备给你买件时尚衣服。"

"真的吗？"

“骗你是狗。”

“我说过多少遍了，你不会忘吧？不让你给我买东西。上次进城给我买的衣服又肥又大，我一次也没穿过，这不是浪费嘛。”

“那好歹也是我的一片心意，你怎么就不懂呢?”但心想只不过是编个瞎话，哄哄你罢了。

白云昂起头说：“我懂，是想给别人买吧？吃里爬外，寻找候选人是不是?”

蓝天眼一瞪：“放屁。”

白云“啪”把筷子扔到饭桌上，忽然站起来，指着蓝天愤愤地说：“你骂谁？你存私房钱啥意思？反倒有理了，不想过，趁早解散，我不拖你后腿。”

蓝天也“啪”一声把稀饭碗重重地放在桌上，稀饭溅在桌上，他气势汹汹地站起来去卧室了，还气哼哼地说：“怎么着都行，没老婆，还他妈的解放了，少折腾人了。”

桌子上杯盘狼藉，白云没有站起来收拾，想起同事们在一起闲聊时，有人问爱情是什么，有的说是骗局，有的说什么都不是，有的说是冤家相聚，有的说是搁伙计，有的说还不如搁伙计呢，搁伙计不对脾气立马走人，永远井水不犯河水，没有是是非非，可这伙计像撕不烂的套子，像疯狗咬着了，想走人，把你弄得遍体鳞伤，心力交瘁，痛苦不堪。白云也觉得身处此境，无可奈何，可能千家万户都大同小异吧！想到此，便站起来去了卫生间，关上门脱下衣服去洗澡，站在浴室里冲澡时，意外发现乳房肿块隐隐作痛，用手轻轻捏了捏，里面确实有硬块，从前没有注意过。她心里一沉，腿一软蹲在浴室里，吓得脸色苍白，想到这是不良信号。她赤身裸体双手扶着墙，几乎站不起来，马上想到这是肿瘤。她常听说引发癌症的主要原因之一，与生气有关，家里经常磕磕碰碰的事太多，大气不多，小气不断，心情郁闷，肯定对身体不利。她越想越感到恐惧，禁不住浑身出冷汗，肿瘤啊，你比老虎还凶猛，人们常常谈你色变，因为你是致命的根源。如果发现早，是良性瘤的话，可以手术根治，但早期又不易发现，往往发现就晚期了，对于晚期癌症，人们认为就等于判了死刑。天哪，人活着真不容易，好像是来世上旅游一次，停留的时间是短暂的，就像赵本山小品中说的，那个小盒才是永久的家啊！瞬间，她觉得自己还年轻，马上离开人世还有点早，尽管日子过得不如意，但求生的欲望还是很强烈的。

蓝天知道情况后立即把她送往医院，做穿刺检查，结果是恶性肿瘤，当即住进医院。几天后给白云做了手术，为了防止癌细胞扩散，必须做两个疗程的放疗和化疗，每做一次化疗，她就觉得痛苦不堪，就像过了一道又一道鬼门关，没有食欲了，感到身体越来越虚弱，骨头一天比一天凸出，两周后瘦弱得皮包骨头了，每天不停地呕吐，大把大把地脱发。她偷偷掏出皮包里的小镜子照了照面容，脸色蜡黄，没有一点红润的血色了，禁不住大叫起来："天哪！叫我死吧！何必这么折磨我呢，上天对我不公啊！我没有做什么坏事，心眼不孬，怎么还这样惩罚我啊！"她愤怒地拔掉手臂上的输液针头，艰难地坐起来，摸摸自己细长的脖颈，皮肤松弛得一掂老高，像一层揉皱的薄纸在上面浮着。脖颈下面的左右锁骨，像在皮肤下埋了两根弯曲的木棒，高高地翘着，又低头看看自己的手指，像鸡爪似的。

蓝天因熬夜感到疲惫不堪，坐在小木凳上，趴在床边蒙蒙眬眬地睡着，忽然被白云的叫声惊醒了。他抬头一看，慌忙起身把白云揽在怀里，亲昵地说："白云，别这样，千万别这样，你的病已经被控制住了，这是药物反应，等病好了，头发还会长出来，身体会恢复，你会和从前一样美丽。"

白云目光痴呆地盯着对面的白墙壁，眼睛里闪烁着绝望的光芒，喃喃道："你别安慰我，我什么都清楚，还谈什么美呀，我永远与它无缘了，以后我就是鬼了，你愿意跟鬼过吗？我劝你滚出去，以后永远不要再管我了。"

"云，你冷静冷静，行不行？我知道你心里苦，很烦，可人生谁不害病？没灾没病那才叫鬼呢。咱们要坚强，要自信，要好好活下去，我永远都爱你，永远陪伴你，永远不跟你吵架了，咱都好好地活着。"蓝天温言相劝，并轻轻理着她乱成鸟巢似的头发。

蓝天心里是非常喜欢白云的，当初他们两个是某师范学校里的同班同学，是蓝天看中了白云，他喜欢她高高的身材、圆胖白净的面容、温柔的性格。快到毕业时，蓝天就向白云发起了进攻，白云在哪里，蓝天就出现在哪里，紧紧围着白云转。蓝天有意，但白云无心，她只是把他当作友好的同学，从未考虑把他当作恋爱对象。她知道蓝天的家是省城的，家庭条件很好，而她是市里的，一旦毕业就会天各一方，相见就很难了。但有一次两人在校园里相遇，蓝天看看周围没人就塞给白云一张小纸条，向她表白他爱她。白云只是默默地笑笑，她设想将来要找一个身材高大、白白净净的老公，而蓝天肤色有些重，不是她理想的爱人。但蓝天对她大献殷勤，白云渐渐对他有了好感，觉得他勤快、温柔、善良。毕业后，白云回到市里工作，蓝天为了和她结婚，也随白云来到市里。现在尽管白云病得不像样子，但蓝天心里并不厌倦她，仍然爱着她。后来蓝天想想白云的性格变了，这一点是他看走眼了。他曾听老人说过，当姑娘时都是性格温柔的好姑娘，一旦成了人家的媳妇，就有好有孬了。也许是这样，人的弱点一般不在众人面前暴露，那些姑娘们个个温文尔雅看不出来性格好坏。他想想自己的性格也变了，当初白云不也看中他勤快能干吗？可婚后他变得慵懒不堪，常惹白云发火，完全暴露了自己的本性。

白云想起这些天来，蓝天日夜陪伴着她，为她端茶喂药，洗脚擦脸，细心照料。她每次睁开眼睛，他都坐在她身边，输液管里的水凉，他找暖瓶加温，有时她烦躁不安，把被子掀在一边，等她冷静下来，他再轻轻为她盖上，有时她说了很难听的话，他再也不发火了，知道她心里痛苦。医生说化疗后的病人尽量不要和家人接触，避免病人身上放射出的射线对健康人不利。蓝天不介意这些，时刻陪伴在白云身边，怕她孤独无助，给她安慰。她感到蓝天是真心对她好啊！不敢想象当初要和他离了婚，现在孤独地躺在病床上谁来照管？不由得眼里含着泪花，盈盈满满地在眼眶内打转转，继而变成晶莹的泪珠顺着面颊流了下来。蓝天拿着床头上搭着的红毛巾轻轻地为她擦着眼泪说："白云，不哭，不哭。你想吃什么，我给你买去，只要增加营养，身体很快就会恢复过来。”

她哽咽着说：“还恢复什么呀，女人成了男人身。”

他轻声说：“这有什么关系？病好后，带上乳罩，穿上外衣，谁知道？”

“还有这头成了秃子，怎么见人呀？”

“病好了，头发还能长出来，明天我先给你买个假发套戴上，你喜欢什么样的发型？”

白云渐渐平静下来，脸色由青黄变为苍白，说：“要短发吧，好梳理。”

“行。要不我先拿回来几个发型，你挑选挑选？”

“不用了，你看着好就行。”白云说着脸上露出一丝微笑，“那我不成了假人？”

“假比真美，人家整容为什么？不就是为了假的美吗？”

“蓝天，以前我任性，动不动就发火，对不住你。”

“可我也不该故意气你。”

“现在我明白了，你是真心爱我。”

“我始终都爱你，患难见人心嘛。以后，可别再提那两个字了。”

白云立马明白了她常挂在嘴边的两个字是“离婚”，然后破涕为笑。

白云出院时，还欠医院3000块钱。蓝天借了钱装在裤子后兜里，乘公交车去医院了，到医院结账时，一摸兜钱没了。他立即给白云打电话说钱丢了。白云说只要人没丢就好，没钱回来再借。蓝天愣在那儿，什么也说不出来了，他不敢相信这是白云，她变了。

白云想，既然事情发生了，再埋怨，白搭，只会加深矛盾，伤害情感，毫无益处。

（原载于《阳光》2018年第4期，获第四届海内外文学作品大赛一等奖）

老人聊天

原来老头在某市银行工作，老婆是中学老师，二人退休后都和小儿子生活在一起。后来儿子们都各自成家了，大儿子提出轮流赡养老人，老人就同意了。他们一共有四个儿子，老大老二养爹，老三老四养娘，一轮一个月，老人跟着谁，就把工资交给谁。因为儿子们都分散居住，相隔一定距离，所以老人相见不易。现在老婆轮到老三家，老头看望老婆来了。那天上午，儿子儿媳都上班了，孩子上学了，家里只有年过七旬的老夫妻。

老人将屋里的家具、地板、用具等擦洗得干干净净，放置得井井有条，看着整洁美观，还在客厅里喷洒了空气清新剂，散发着淡淡的薄荷味，闻着让人觉得舒心凉爽。老婆将洗净的淡黄色带花纹的沙发罩套在沙发上扶正展平，又把折叠好的粉底草莓图案的踏花被放在沙发头。那是现在流行的布质新款沙发，带着牡丹花图案，既美观又实用，名曰 U 形沙发，就是围着茶几将沙发组合成 U 形，特点是又宽又长，可以坐躺两用，像单人床似的，只是周围有舒适柔软的靠背和靠垫。这样的沙发大气实用，可以随意坐着或躺着看电视，消困解乏，使人感到舒服安逸。在当今住房面积不富裕的情况下，如果有客人来，可以当两张软卧解决住宿问题。老三选择这样的沙发是比较明智的，因为家里住房面积小，仅有两室一厅，一个卧室住着老三夫妇，另一个卧室住着他十几岁的儿子，待母亲轮到他家住时，母亲可以在沙发上就寝，母亲反而觉得比睡在老四家的硬板床上还舒服呢，关键是沙发柔软舒适，减轻了她的腰腿疼病。老婆料理完家务，然后坐在沙发上，觉得像坐在崭新柔软的棉花被上，很舒服。老头坐她身边温言善语地说："你不管到哪个孩子家，总是闲不住，擦擦这，抹抹那，把屋里整得干干净净。这活不见功,可累人。”

老婆苦笑着摇摇头说:“可也没听过儿子媳妇说声好。”心想还是老头子体谅她,儿子一旦成了家,渐渐就和父母的心分开了,疏远了,感情就淡了。

老头看着老婆有些瘦弱和苍老,原来花白的头发变成了加厚的白霜。老头曾让她染染发,她不染,说染发不但麻烦,还危害健康,老了就老了,还装什么嫩。她的眉棱骨凸起来了,一双黑眼睛深深地陷在眼窝里,面部松弛,布满深浅不一的皱纹。老头有些怜悯,说:“他们对你咋样?”

“他们都各忙各的事,且不说孝不孝,总觉得自己像个外星人,和他们搭不上话,孤孤单单的,只有厨房、卫生间才是我的阵地。”老婆沮丧地说着,觉得人老了无可奈何,难以改变自己的处境,常听人说,父母的家永远是儿女的家,儿女的家却不是父母的家。她的确有这种感受,不由得会产生很多顾虑和想法。她低头握着拳头轻轻捶自己的双腿。

老头说:“以后别死心眼,干活悠着点,自己的身子骨要紧。你不是腰疼吗?躺下我给你捶捶腰,按按摩。”

老婆顿时感到心里暖融融、甜蜜蜜的,感动得眼窝里泪花闪闪,扭脸瞧瞧身边面目憔悴的老头,头发花白,身体瘦弱,像营养不良似的,心里不免又涌起了悲凉之情。这哪像他年轻时的模样?那时他天庭饱满,地阁方圆,皮肤白净,目光有神,半仙说他一脸福相。当初她就是看中老头的相貌才嫁给他的。一晃几十年过去了,现在都老了,变丑了,心里却感到亲近了。她轻声说:“你给我买的膏药还真管事哩,贴贴,好多了。”

老头抬抬松弛的眼皮,瞟一眼老婆,并不觉得相貌难看,反而有一种贴心贴肺难分难离的亲近和温暖感,毕竟风雨同舟磕磕碰碰相伴几十年,人老了,心收了,没有什么私心杂念了,看着老伴就珍贵了,禁不住微笑说:“那是,我给你买的是最贵的、效果最好的膏药,肯定治病啊!为给你治腰疼,我打听了好多当年的同事和朋友,他们公认这个牌子的膏药效果最好。”老头叫老婆趴在沙发上,头枕踏花被，帮她摆好姿势，掀起她穿的蓝褂及破旧的白秋衣后襟，看到秋衣边沿都烂了，禁不住说："叫儿子给你买新衣服，这内衣不管穿了。"

"咱都老了，也不讲啥形象了，只要冻不住就行。"老婆被枕头堵了嘴巴，说话有点不清楚，但也能听懂。

老头站起来双手架着老婆的双臂，往沙发头拉拉，以便老婆呼吸顺畅好说话。他知道老婆一辈子勤劳善良，不讲吃穿，逆来顺受。他忽然想到如果不跟儿子一起生活，俺俩单独过，每月工资加起来四千多块，这钱放在老婆手里，想吃啥穿啥买啥都易如反掌，用不着向儿子伸手要，不用看别人脸色，不受任何约束，也不会活得太累，日子过得还自由幸福哩。当初我不该听大儿子的话，把俺俩拆散分开。我们年轻时为孩子们付出，年老了又钻进他们的圈套，这哪是养我们，分明是我们倒贴工资当保姆。自从我俩分开跟着儿子过，老婆就经常腰腿疼，轻轻重重，没有好的时候，显然是干家务累的，都怪我没主见。他对老婆心存歉疚，但这话不能说，怕她落泪伤身。老头为老伴按摩起来，先在她的腰部轻轻地捶捶，捶了一阵后，再伸开手掌摁着疼痛部位适力按摩。

老婆紧闭双目龇牙咧嘴地呻吟起来："咦咦咦！疼疼疼……轻点，死老头子，下手这么重，别把我的老骨头按断了，折腾得病上加病了。"

老头嘿嘿直乐："你不懂，忍着点，一会儿就会好转。上了年纪的人，哪里疼，就是哪里血脉不通，就像医生针灸，扎着又沉又疼又酸的地方就是扎住病根了，这都是一样的理，摁着疼，那就是病根。你想啊，血脉瘀阻、血液流通不畅的地方，就需要给它疏通，这样使劲一按摩，血管里的沉淀物就疏散了，血液就通畅了，病自然就好了。"他认为按摩可以促进血液循环，达到活血化瘀、舒筋活络、止疼的效果。老头不厌其烦地慢慢按摩，想让老婆尽快消疼，身体康复，也想和老婆多说说话，解解闷，倾诉肺腑之言。他多日没有笑出声了，觉得和老婆待在一起开心快乐。

他按着按着，老婆渐渐地感觉疼痛减轻了，不再呻吟了，还真应了老头的话，觉得很舒服，眯着眼甜甜地说："没想到你还是个'小半仙'哩，可几十年没见你露过手啊！"

老头笑着说："当年你腰不酸，腿不疼，即使我有一招，也没机会露啊！就像医生遇到健康人一样，有招也使不上啊！"心想我这一手早就有，就是没给老婆露过。人就是贱，年轻时看自己的老婆不好，见到人家的女人像见了宝。常常对老婆喝来唤去的，从不尊重她，不体谅她，但对别人的女人客客气气的，像孙子一样围着人家转，还甜言蜜语，即使人家说的是屁话，也乐意当圣旨去办。可后来仔细想想，男人是最愚蠢的大傻瓜，失财失神失身失心。人家像耍猴一样耍了你，你却哑巴吃黄连，亏死不敢言。最后人家回头给你说声"拜拜"，你竭尽全力付出的一切全没了，还得狼狈不堪地回到老婆身边，由老婆伺候。想起往事老头也觉得愧对老婆，如今是想尽力弥补。

老头觉得坐的凳子有点矮，坐姿角度不合适，按摩时用不上劲，站起来搬一把高一点的小木凳，将外穿的被儿子淘汰的深蓝色西装褂一脱，撂在另一旁的沙发上，露出内穿的暗灰色衬衣，坐在老婆身边，很认真地伸开手掌，沿着老婆的脊骨从上往下适力推，连续推了十几把。老婆觉得微驼多年的脊骨好像一下子舒展开了，拉直了，脊骨不怎么疼了，很舒服。老头再用双手掌分别在脊骨的两侧从上往下按着推，掌心在其后背上由慢到快地推。感到老婆的肋骨一根一根地顶手，人老了，身子骨就僵硬了，肌肉也失去了弹性，人会越来越瘦弱，即使增加营养，也不容易吸收了。他突然想起人们常说的一句话："阎王爷不嫌鬼瘦，不嫌人丑。"人生老病死，到最后走的时候，基本上都熬干了，剩一把骨头了，或四肢残缺不全，丑陋不堪，阎王爷就把他们收走了。老头想想人生几十年，说过就快过到头了，不定哪一天说走就走了，不觉得有些伤感和沮丧。现在家家户户有吃有喝的，看看日新月异的花花世界这么好，谁也不愿进电炉子爬烟囱，落下一把骨头渣，到阴曹地府见阎王啊！那里可是暗无天日的地狱呀！所以活着就应该注意身体，提高生活质量。

老婆觉得老头的手掌还是那么灵活有力，渐渐地她感到整个后背暖洋洋、热腾腾的，即使有毛细血管瘀堵，也会一触即通。老婆说："你轻点，别把我这老骨头弄散架了。"

老头乐呵呵地说："不碍事，这骨头硬邦邦的，像狗骨头样，结实着哩。再说我也没用多大力啊！感觉咋样？我多给你按几把，照这样每天都给你按按，要不了几天，病就好了。"

老婆有点受宠若惊，想说你在这里多住几天给我按按摩，话到嘴边说不出口了，马上想到这个家自己说了算吗？儿媳同意吗？也叫老头睡沙发吗？于是转移话题，感受着被按摩的滋味说："过去听说男人往按摩店里跑，就猜疑人家不规矩，思想不好，现在自己体会体会，让人按着就是舒服，还能治病哩，兴许我这腰疼病还会好起来，现在就觉得不太疼了，浑身轻松多了。"

老头一边给老婆按摩一边和她交谈，这对老婆来说是一种奢侈的享受，她心里暖融融的，觉得世上最爱她的人还是老头。老头很有耐性地给老婆按摩，老婆的身子微微颤动着。

"腰腿疼怕累，以后少干点活，别累着了，自然就好了。"

"不干，儿媳那脸拉大长，难看。"

"难看也不干。"老头心疼老婆，底气十足地说。

"咱不是跟着他们吃饭嘛。"老婆的声音很低，有点胆小怕事。

"错了，不但没吃他们的饭，还掏钱给他们干活呢。再说儿子吃咱几十年饭了，把咱的血肉都榨干了，咱就是啥都不干，他也报答不完。"

老婆轻轻摇摇头说："他们可不这么想。人老了，惹人嫌了。"

"他们对你说难听话了？"

"那倒没有。"

"你是多心，谅他们也不敢。"

老婆想想自己的儿子媳妇和人家相比确实是好的，只是觉得和他们无话可说，心里感到冷冰冰的，刚才和老头说了一会儿话，觉得心里热乎乎的，从来没有这样开心过。她真想和老头在一起啊！想说啥就说啥，经常说说心里话，开心。老婆突然想起两年前老家出的事，就问老头是否知道村里张三他娘是怎么死的。

老头说："咋不知道？听说是她想不开爬到儿子的平房上滚下来摔死的。"

张三娘和老婆是同村的姑娘，后来嫁到同一个村里，每次老婆回老家都顺便去看看张三娘。张三不孝，老婆很同情他娘，给她送衣服，买点礼品，却遭到张三的埋怨。张三的意思是他不管老娘，也不让别人管。张三娘的死，在当地引起很大轰动。老婆对老头说，不是老人想不开，是因为儿子太坏了。老人有两个儿子，大儿子分门另过，二老跟着小儿子张三生活。因为老人为张三盖了两所平房，一所三间，一所两间，在村里也是数一数二的。另外还有一个大敞棚，里面放着农用机械。院落很大，拉着院墙，安着铁大门，原本是一个很不错的家庭，却因此遭大儿子嫉恨，恨父母偏心不公。老人原想着张三尚未娶妻，等娶了媳妇，他们各住一所房子，不料，张三娶了媳妇不久，就闹着和爹娘分家，而且爹娘必须出家院。张三在村东头盖了两小间泥草房，里面什么都没有，也不给爹娘责任田，就把爹娘撵走了。他爹气得上吊死了，丢下老婆孤孤单单一人。那天，他娘胆战心惊地拿着小铝盆背在身后，站在张三家大门口往里面望，想掠点面，没想到张三从外面回来，伸手夺过母亲手里的小盆，使劲扔得远远的，小盆落在菜地里。他娘"扑通"坐在地上大哭起来，引来不少邻人围观，张三架着老娘的两只胳膊向后拖了很远，邻人纷纷指责他不孝。他娘心灰意冷伤透了心，第二天早上天不亮，爬到张三的屋顶上滚下来，据说当时没死，张三把老娘拉到厨房里锁起来，到第三天他娘死了。他娘死后不久，张三出了车祸，头烂了，腿断了，差点没命。张三媳妇患了癌症死了。村里人说，这是报应，是上天对他们的惩罚。

老头愤恨地说："这就是报应。"心想老人一辈子为儿女，最后把家产全给了他们，到最后走不动了，才需要儿女照顾，即使报恩，才有几天呢？可儿女却连这都做不到，老人可怜可悲呀！如果儿女都非常孝敬老人的话，老人活到百岁都没问题。老头曾听说，有些老人到了最后，是因为不孝的儿女不给治病而死亡的，尤其是家庭经济条件差的，并不是老人害了多大的病，甚至有些老人是被儿媳折磨死的，所以说人越老，心里的恐惧感越强。但这些丧气话不能对老婆直言。

老婆叹口气，扭头向外看看说："邻居丽丽她妈说，人老了，连姓都换了。我不明白她说的是啥意思，问她姓咋换呢，她说都姓熊了。后来我才明白，就是跟着儿子过日子，只干活别说话，一切都由儿女当家，就像父母手里的教子权'啪嚓'没了，让儿女夺走了，谁都不听你的了。"

老头嘿嘿笑笑："你这是啥比喻呢？"

"反正就那个意思。"

"啥事没有绝对的，孩子孝不孝在心哪！一个爹娘生的也不一样，有的心善，有的心孬。"

老婆说："生儿不如养女啊！你看对门的老张家养俩闺女，多幸福，今天大闺女送吃送喝，明天二闺女送衣送钱，老两口每天乐呵呵的。我说你养俩闺女多幸福，老张开玩笑说恁高兴过了，该俺高兴了。说得也是，以前谁家生了女孩，家人都把嘴噘大长，脸阴得想下雨。谁家生了男孩，家人就逢人报喜，高兴得合不拢嘴。老头子，你还记得吗？你也重男轻女啊！当初我生闺女坐月子时，你唉声叹气，愁眉不展，把我撂在一边不问不管。孩子发高烧，叫你去请医生，你一去没影了，把孩子的病耽误了。闺女要活着，准比儿子强。"

老头耐心地为老婆按摩着，经老婆提醒，他想起了此事，曾后悔得肠子就要断，浑身出虚汗，心里抓挠难受。他不是重男轻女，不管男孩女孩都是他的孩，他都一样看待，只是那段时间，他有窝心事，心情不好，怨就怨他太忘事。记得那天他刚出小区大门，看到马路对面乌烟瘴气，黑乎乎的滚滚浓烟直往上蹿。他就知道是着火了，火势一定很凶猛，看到大街小巷的人都往那里跑，他也跑过去帮助救火，觉得这是天大的急事，关系着财产和人身安全问题，等救了火再去给闺女请医生。那是因为电源短路引起的火灾，一边人工泼水，一边消防车也赶到了，很快扑灭了火，结果他把闺女的事忘了。据说每人的大脑中有一根忘事的神经，不知道什么时候发作，当时可能就是这根神经起作用了，把闺女毁了。

老头把忘事的经过告诉了老婆，老婆嘟囔着说："横竖都是你的理。"

老头嘿嘿笑着说："真的，别说我，你不也忘事吗？你煮玉米棒，却弄成大炼锅了。"

老婆说："差点没坏大事啊！真吓死我了。我把锅放在火上，去卫生间洗衣服了，洗着洗着把这事全忘了，洗了半天衣服，忽然闻到烧焦的煳味，像是焚烧玉米秆的味，这味越来越大，我在屋里转转看看，又到厨房，看到锅底下的那炉火红通通的还在可劲地往上蹿呢，才想起了煮玉米棒的事。我慌忙关了火，吓得浑身哆嗦，心里直打鼓。我看着那锅下半截都烧黑了，上面的锅盖也成了焦黄色。我掀开锅盖一看，天哪，那锅底像刷了一层黑漆，又像撒上了一层黑粉，拿着擀面杖轻轻一捣，锅底就成了望远镜。几根玉米躺在锅底都成炭灰了。我怕的是引起火灾咋办，不但自家成了穷光蛋，还殃及人家。我就成了大罪人，是要坐大牢哩。"

"这就是教训，后来还犯这错误不？"

"不敢啊！后来，我一旦把锅放灶上，就不出厨房门了，再不去干其他活了。"

"忘事就会坏大事啊！"老头一边为老婆按摩，一边又接着前面的话题说，"人好坏不在男女，而在人心啊！你看老李家的儿媳，对公婆多好。婆婆瘫五年，硬把她伺候好。别看她个不高，还瘦柴，可精神、勤快，整天把公婆伺候得舒舒服服、乐乐呵呵的，比闺女还孝顺哩。"

"好媳妇少啊！"

老头说："现在咱还能动，不需要儿媳伺候，等不能动了，到那时候才能断定她们孝不孝哩。我觉得咱老四媳妇天兰还行。那次你患急性肠炎在医院住了三四天，都是天兰陪着你，吃喝拉撒都是她照管，可她没有一句怨言，也没找借口叫嫂子们轮流照看，我看她就不错。”

“我也喜欢天兰。她脾性好，话不多，还能干，对咱俩好。还有她爹娘也好，都不是多事人，我看将来咱就指望她了。”

“咱老四也好，从小就听话、勤快，有事爱和我商量，家里一改善生活就叫我去。关键是咱俩得自我保健，身体好好的，不给孩子们添麻烦。”

老头不厌其烦地给老婆按摩，用力不大，但身子也一直在微微颤动着，认为这也是一种自我锻炼的方式，不觉得劳累。老婆觉得老头的话似一股暖流悄悄涌入心田，温暖着她的心，感到很欣慰。老头也觉得常常像这样和老伴说说话，交交心，解解闷，心情愉快，也就知足了。可老夫妻难得待在一起，今日相聚，都感到格外开心快乐。平时老婆在儿媳面前说话小心翼翼，唯恐说错话，让儿媳不高兴。可在老头面前是畅所欲言，没有顾虑，什么话都可以说。

老婆面无表情地说：“咱老了，咋像个流浪人，当起了义务保姆，反倒说儿子养了咱，上哪儿说理去。”老头也想到了这个问题，听老婆这么一说，也算是不谋而合。老婆回想过去，多年来和老头的心贴不到一块，就和孩子的心贴在一起，如今孩子都大了，成家了，一个个又和她的心分开了，想想往事，伤心难过地说：“这辈子快过完了，我就是觉得过得窝囊。年轻时怕公婆，叫干啥就干啥，不听话就挨骂，等到他们走了，你又花心了，一门心思在外面，常常把我撂一边，你还记得咱闹离婚的事吗？”

“那是你小心眼，多心，你提出来离，我就得听，你说不离，我还得服从，这还不行吗？”

“你把我的心伤透了，因为啥要离？”

“过去的事还提它干啥？”

“人家是美好的回忆，我是伤心的回忆。那不是因为你每天早上趴在阳台上往外看，我问你看啥哩，你说看风景呢。我觉得不对劲，外面也没啥风景啊！后来我才发现你是看对面楼上的红背心站在阳台上梳头哩，你两眼发直，全神贯注，目不转睛，像傻了一般。我想她穿红背心，我穿黄背心，她梳头，我跳健美操，非把你的眼神吸引过来不可。我问你我跳得好不好，你嘴上说好，可那眼睛瞪得灯泡似的直朝着红背心看。我看吸引不住你，也在阳台上梳头，感觉还不错，不但空气新鲜，还能弯弯腰，扭扭身，活动活动筋骨。谁知你不看了，却溜进屋里站在窗台后面拿着望远镜看红背心。有一天你没在家，我拿着望远镜一看，妈呀，连红背心脸上的汗毛都看清了，我一气之下，把望远镜摔了，坚决要和你离婚，谁知到了民政局，咱们刚坐下，红背心也来了。我一看见她心里就窝火，断定你们早有关系，都来离婚呢。我心里的怒火禁不住'噌噌'往上蹿，骂她是狐狸精、骚货。她倒先跟我说话了。她说我男人认识你，他说你的健美操比电视上的马华跳得还好呢，身材比马华还苗条呢，该凸的地方凸起来了，该凹的地方凹下去了，不像我一粗一圆，像个水缸，他一天不见你像掉魂似的。我的气一下子全消了，转身走了，说不离了。"

老头嘿嘿直乐："后来也没出啥事啊！"

"我知道你的德行，心早飞了，你是表面不想心里想，白天不想晚上想。老婆是人家的好。"

"想想也是白想。"老头笑着，也觉得年轻时幼稚可笑。

"我也想开了，不把事当事了，只要痛快地活着就行了。"

老头说："没听人说，人生如走路，谁不错两步。"

老婆说："后来咱们都老了，心收了，咱俩的感情也渐渐升温了，却好景不长，咱俩又被儿子分开了。咱们难得相聚，还得在孩子面前约束自己。船到码头车到站，还没享着啥福哩。"

老头因长时间为老婆按摩，也觉得手掌有点发热，腰部稍微有点不舒服，两只胳膊有点累，听着老婆诉说，把不适感全抛在一边了，情不自禁地嘿嘿直乐说："年轻时，谁没有点动荡心理和想象力，可我是守法的公民，没有错误行为啊！话说回来，人无完人嘛，毛泽东他老人家的功过还三七开呢，何况咱这草民。如果时间倒流，回头再重新走一趟人生路，我一定将所有的遗憾都弥补上。可时光匆匆溜走，不会为谁停留，只能成为回忆，咱们的时间不多了，要好好珍惜，享受生活，让夕阳放光彩，让天空出彩虹。"他想到老人怕孤独啊,年轻人喜欢相聚同欢,老人也一样啊!只有同龄人才有共同语言,于是接着说,“我想好了,咱谁都不跟了,他们住高楼大厦,咱住小茅屋也得有个自己的家,以后我天天为你按摩。”

老婆听了老头的一番话,心里像喝了蜜,脸上像开了花,一想到有个自己的家,马上精神焕发,禁不住笑哈哈,不知从哪里来的力量,忽然折身坐起来说:“行了,老头子,不按摩了,歇歇吧,别累着了。”

“我身体好,不用担心。你觉得按摩有效吗?”

“你给我按摩,又跟我说话,我心情好多了,浑身不疼了,没病了。”

“以后我经常给你按摩。”

“我也给你按,还做你喜欢吃的饭。”

“只要心情好,百病不干扰。”

老婆满面笑容地说:“尽管岁月已老,只要咱们的心年轻着就好。”

老头竖起大拇指哈哈大笑说:“精辟,我赞同。”

（原载于《东京文学》2012 年第 9 期）

移　情

女人心想，人心会因时因地因情而变的。

女人记得，婚后不久，那浓浓的幸福之情如蜜一样甜，如火一般热。记得那天她躺在床上，男人用手轻轻摸摸她的额头，惊讶地说：“你发烧了，快起来，去医院看病。女人微闭双目懒洋洋地说：“有什么大惊小怪的，正常感冒，吃点药就没事了。”男人说：“不行，不能耽误病情。”边说边用胳膊托着她的后背让她坐起来，帮她穿衣系扣，穿鞋系带，像父母伺候不懂事的孩子一样，对她体贴入微。女人陶醉在甜蜜的幸福之中。

男人陪着女人看了病回到家里，先为她倒茶喂药，然后把她抱到床上，为她轻轻地盖上被子，低头吻吻她的面颊，亲昵地说：“你睡吧，我去厨房做饭，给你做好吃的。”

女人甜蜜地微微笑笑，心说，找丈夫就应该找爱我的人。她想起当初和男人谈恋爱的情景。

男人和女人是大学同学，都是学中文的。男人写一手好文章，常被老师作为范文剖析讲解，颇有才华，赢得不少女同学的青睐。他却对沉默稳重的女人萌发了爱慕之情，他说她是秀外慧中、文静优雅、讨人喜欢的女孩，便时常向她暗送秋波，但她毫无反应。女人当然明白他的意思，但自己只是看中了他的才华而没有看上他的相貌。时间似流水般过去了，转眼就要毕业了。男人心神不安，寻机在女人的书本里夹一张纸条。女人看到纸条上写着：平民百姓至皇上，古今中外爱女郎；爱美之心人皆有，郎才女貌被颂扬。她心里怦怦直跳，忐忑不安，不知所措。衡量双方条件，除了才华，自己哪方面都胜过他。后来女人经不住甜言蜜语及“情感炮弹”的进攻，心里燃烧起了爱情之火，最终让男人实现了他的愿望。

男人有个习惯，就是每天晚上休息时，总爱倚着床头半躺着看书，看累了便睡，他觉得这是治疗失眠最好的办法。女人躺在他身边，常常缠他讲故事，男人问，今晚想听荤的还是素的？女人说听高雅的。对，你讲讲唐朝为什么能出现“贞观之治”。

男人把手中的杂志放在一边，仰视着天花板，清清嗓音，想了想说：“那是因为魏征荐美。”

她睁大眼睛撇撇嘴：“你编，魏征还选过美女呀？”

男人歪头看看她说：“当然选过，看看，你知识贫乏吧。那是唐朝初年，太宗李世民听信谗言，要在全国选美，任命魏征为‘选美总监’。魏征接旨后，在全国各地选美，半年后，魏征上殿复旨，献上一册《神州百美图》。太宗展开一看，惊呆了，那上面画的全是男人像，而且在每个图像下写有其人的道德品行、学识能力及百姓对他们的评价。太宗看了以后生气地说‘欺君之罪，你可当得起？’魏征跪下说‘请万岁接着往下看！’太宗翻到最后一页，见有一首诗‘创业不易守业难，勤政艰辛淫乐欢。历代昏君爱美女，名君重贤爱江山。’读罢此诗，太宗顿悟，但仍作怒容，责问‘此为何意？’魏征坦然答道‘微臣选美，只选品行美而不选外形美，今献《神州百美图》，均为上品美人，请皇上从中选出绝代佳人。万岁如若认为微臣选美有悖圣意，魏征甘愿受罚。’太宗顺水推舟，哈哈大笑说‘甚合朕意，我定选出几位大美人来！’后来，太宗果真选出一批‘美人’，这些人被任用后，励精图治，廉政爱民，便出现了太平盛世。”

女人听完故事，话锋一转说：“是不是男人都喜欢美女？”

“爱美之心，人皆有之。”

“是不是都想占有她？”

男人摇摇头说：“并不是这样，这要看缘分。为什么唐明皇专爱杨贵妃？他身边的美女并不少吧？”

女人想弄明白男人的心理特征，但仍没有得到确切的答案，只是说：“人与人不同，花心男人也不少呀。”她对他耳语，“男人大多希望老婆脾气好，找个情人长得俏，有机会还想试试妓女的功夫妙不妙，你说对不对？”

男人嘿嘿直乐："照你说，人类又返古啦？又回到原始社会啦？人是感情动物，大多数人都很专情，有些人可能一辈子只爱一个人，像我爱上你，就是这样，即使有别恋，也不能乱来。"

女人嘴一噘，眼一瞪："你要有这想法，我撕吃你。"

男人直点头，连说："好好好。因为我什么都不缺，她们的优点都在你身上体现出来了，我还找别的女人干什么？"

"以后，绝对不能爱别的女人。"

"你放心，绝对不会。"男人打个手势。

"怎见得？"

"我发誓。"男人举起拳头。

女人捂着他的嘴不让他说下去，很信任他，从二人如胶似漆的生活中可以判断。平时他帮她洗衣、做饭、拖地板，很勤快，经验告诉她，找对象就应该找条件差一点的、心肠好的、爱自己的，这样的人没有傲气，妻子若犯下小错误，他会原谅，避免生很多闲气。相反，找各方面都优秀的男人，恐怕女人在家庭中的地位就会下降，甚至会沦为保姆。虽然物质上能得到享受，但精神上会感到痛苦。物质与精神二者相比，女人宁愿选择精神快乐。

十年后，女人被提拔为某校副校长，男人是某广告部经理。女人觉得男人比当初英俊了，白了，胖了，比当初注重打扮了，常常把偏分头梳得光亮，还散发着浓浓的香水味，但关心女人的优点全没了，像用高效清洁剂洗过一般，荡然无存了。女人想，人世间什么都在变，而且变化太快了，快得惊人。看来，时间越长，爱情就越淡，爱情和婚姻是两码事，婚姻是拴在一起过日子的，没了情日子还得过。因为有老有小，女人不愿丢下。

那天，女人去省城开会，会议结束乘公共汽车返回。她坐在一位俊俏姑娘身边，倚着坐背，汽车平稳地快速前行，她不由自主地打起盹来，在睡意蒙胧中，忽然听到姑娘皮包里的手机在响。姑娘慌忙掏出手机，贴在耳边："喂，喂，是你呀！"她很兴奋，脸上绽开笑容，接着说，"我打你手机打不通，给你发短信你不回。"

对方说："我出差不就一星期嘛，你现在在哪里？"

“我在公共汽车上。”

“几点到站?”

“三点半。”

“我去接你。”男人的声音温柔暖人。

“好吧。”姑娘“啪”一下关了手机,脸上洋溢着甜蜜的笑意。

女人从姑娘的对话中,隐隐约约听到对方是男中音,而且很熟悉这声音,像自己男人似的,但马上打消了这个念头,猜测可能是姑娘的男朋友。姑娘把手机装进怀中的精致皮包里,又从里面掏出小镜子,对自己的面容百看不厌。瞧,那双柳叶眉渐细渐淡地隐进鬓角,那双顾盼撩人的大眼睛一忽闪,具有很强的吸引力。那上了色的红嘴唇,红嘟嘟的,边线分明。这副用心修饰过的面容,确实比素颜美。

车到终点站了,车站停着很多车,有依维柯、大巴、中巴。周围还有出租车、小轿车等。人们提着行李从车上下来,潮水般涌向大门口。女人随着人流跟在姑娘的后面往外走,在出站口,姑娘一眼看到来接她的男人了,这男人正是女人的男人。姑娘慌忙迎上去,情不自禁地拥抱着他。她的行动是那样迅速、敏捷。女人站在他们身后,被这一幕惊呆了。男人的下颌在姑娘的肩上,在他微笑着亲昵地拍着姑娘的后背时,忽然看到面前的女人,她正瞪着眼,半张着嘴,傻了。男人回过神来,慌忙松开姑娘,尴尬地看着女人,一脸窘色。女人扭头望着不远处那辆熟悉的黑色轿车,心里什么都明白了,冷冷地说:“姑娘,不要在大庭广众之下太激动、太轻浮了,这不是表白的场所。我为你祝福,你不费吹灰之力上岗了,我这有功之臣被解雇了。”

瞬间,姑娘松开男人,转身瞧着女人愣住了。

小　黑

吃过午饭，小山村的村民和往常一样，聚集在村头的老槐树下乘凉、聊天。

小黑从城里回来路过这里，有人打趣地说："小黑，咋不带个城里妞回来？"

小黑抿嘴笑笑，眯着眼抬手挠挠头，目光巡视着周围的众人，慢吞吞地说："是有个小妞看上俺了，天天像山藤一样缠着俺，可俺瞧不上她。"

有人嘲笑说："你吹吧！"大家都知道他家穷，他相貌又差，一米六几的身高，不足一百斤。

众人嘿嘿直乐。

小黑却收住笑容，睁大眼睛一本正经地说："真的，不是吹，真有个小妞缠俺，俺嫌她身上有骚味儿，天天把嘴唇涂得像喝了猪血，俺瞧不上眼。"他心里清楚这是谎话，像这样的妞乐意追求有钱的漂亮的公子哥儿，她们肯定瞧不上他，但他也看不惯她们故意打扮成妖精模样，觉得那样的人不真实，不可靠，人家是见钱眼开，像花瓶一样谁都可以摸，没有家乡人看着真切、自然、亲近。他心里有一个秘密，就是喜欢本村的山花，只要一见她就想多瞧几眼，觉得她比谁都漂亮都能干都孝顺，可她不一定喜欢他。

在一旁靠着树蹲着的远门大哥，手指缝里夹着冒烟的劣质烟，在唇间深吸了一口，眯着月牙眼，以轻蔑的目光看着小黑撇撇嘴，插话说："你吹啥牛？就凭你这狗模样，城里妞会瞧上你？"

小黑瘦弱，干农活力气不足，村里人都喜欢身材高大强壮的劳力，即使没有什么特长，只要能干农活，不怕出力，就可以养家糊口，好找对象。小黑听了大哥之言，像受了侮辱，有点生气，瞧着大哥翻白眼，强调说："真的，有小妞追我，不骗你们，骗你们干啥？"他觉得自己走出去开了眼界，知道了外面很多东西，自我感觉良好，没想到回来还受村人奚落。

夏日的阳光很毒，穿过茂密的槐树叶斑斑驳驳地照在小黑的脸上。小黑站在人群中，木着脸，额头上渗出细密的汗珠，脖颈上的青筋像蚯蚓似的。众人都在树荫下坐着，坐姿各异，歪歪扭扭很随意。小黑的目光总是扫着山花，心思全在她身上，他这么说，主要是让山花听，意思是他不是找不上对象，也有小妞追他。山花正在低头纳鞋底，一只灵巧的手捏着闪亮的钢针，对着鞋底扎进去，拔出来，带着长长的白线绳"刺啦刺啦"地扯来扯去。她一头又黑又亮的齐耳短发，随着歪头扎针纳鞋底的动作，额前的一绺绺发束在眼前摆来晃去。小黑觉得唯有她的姿势和相貌最美，看着很顺眼。山花听到了小黑的话，没抬头，只是脸上挂着一种似笑非笑的神情。小黑不自觉地又重复说："真的，不骗人。"

小黑也知道自己的模样不俊，尤其是脸黑得有点太出众了。他恨自己貌丑，可这是爹娘给的，又不由己。他想起去年母亲托人给他说了一桩婚事，让他去女方家相亲。他提前三天就开始整理自己的形象，买衣服、洗澡、理发、刮胡须。每天要洗三四遍脸，对着镜子在脸上打香皂，然后拿着湿毛巾狠狠地搓啊揉啊，白花花的肥皂沫满脸皆是，把脸皮搓得又疼又热。母亲看着儿子下大功夫洗脸，似乎看出了他的心思，是嫌自己的脸黑，想把它洗白呀！禁不住说："黑啊，别搓了，你就是在捶布石上捶捶，也弄不白。脸黑咋啦？那黑脸包公比你的脸还黑哩，可万人称颂，人人敬仰。我看这不是啥毛病，庄稼人脸黑壮实，只要咱心眼不孬，这不为丑。当初，我相看你爹时就没嫌他脸黑。"小黑看着母亲皱皱眉头说："娘哎，你那是啥年代呀，再说你头脑简单，根本不考虑下一代的问题，所以才给我整出个这模样。"母亲不乐意了，气哼哼地说："你娘那脚，净瞎胡说，长丑俊能怨爹娘？咱村英英的爹娘都不俊，可英英长得像画一样。依我看，长好长歹都没啥，只要有本事，心眼好就中。"这句话使小黑心里一颤，愣怔了，心想没出过三门四户的娘哟,咋还有这远见?他忽然想到在城里见到那些有钱人带着漂亮妞,亲亲昵昵地冠冕堂皇地出入公共场所。一开始觉得好奇,心想是不是历史退步了,怎么"武大郎"都找上美人"潘金莲"了?让人眼馋。后来想明白了,人家是为了享受,是嫁给钱,不是嫁给人,钱色交易吧!虽然自己的模样不俊,再说也比武大郎强吧!人上一百,形形色色,有几个十全十美的人呢?也许娘说得对,长得丑俊不是关键问题,于是,就有了自信心。

第二天,小黑戴着草帽,穿着白汗衫和蓝色西装裤头,肩膀上扛着锄头来到自家责任田里锄草。他看到不远处的山花也在她家地里锄地,心里不由得异常兴奋。山花的丈夫一年前去世了,家里还有个体弱多病的婆婆,所以地里的活也只有她去干了。

太阳像一个大火球悬挂在他们头顶上空,无情地散发着热量,把大地烤得如热蒸笼一般。四周是连绵起伏的青山和梯田,到处静悄悄的,使人感到一片荒凉。田野里只有小黑和山花顶着烈日在伺候各自的庄稼苗。小黑锄了一会儿地,拄着锄柄站着,抬眼望着前面的山花,她正在弯着腰锄地呢,细细柔韧的腰与浑圆的臀部构成了一道曲线,让小黑怦然心动。虽然她锄地有些吃力,但小黑觉得她的姿势很优美,又让人感到心疼,一个弱女子干这粗笨的活真是难为她了,有心想帮她,又觉得太冒失。顿时心中生起一股难以言传的无法抑制的渴望,使他浑身烦躁不安,于是就扯着嗓子瞎胡吼:"天上的白云跑哟,后面的云哥哥追。地上的妹妹锄草忙哟,哥哥想去帮帮她哟……"

山花听着吼声,明白其意,但依然低头锄地,只是脸上泛起红晕。

小黑瞧着她不理不睬,忍不住摘掉草帽甩在面前的田地里,汗衫一脱,光着膀子抡起锄头狠狠地朝地上砸去……扑通坐在地上,赌气说:"唉,这燥热的夏日!"

小山村就像一块破补丁补在大山腰,外面很少有人进来。这年夏天却来了两个购药材的城里人,一个是老板,一个是雇员,就住在山花家。村里人说:"人家老板真有钱,牛得很,身上还带着宝物,那宝物是个黑疙瘩头,放在耳朵上还能和外面的人通话。"

小黑嘴巴一撇:"土老帽,连那都不知道是啥。"

有人打哈哈说:"那是啥?你有吗?"

"那是手机,这玩意在城里多得是,比咱村的镢头还多哩。"

城里人收药材时让山花掌秤,在那段时间里,山花特别高兴。老板常常和山花窃窃私语,不知说些什么。山花对老板也是大献殷勤,为他做饭洗衣服,忙碌的时候还常常听到她咯咯的笑声,那声音像银铃般好听。那丰满的胸脯里像藏着两只欢蹦的乳鸽,非常诱人。老板到镇上赶集的时候,为她买了两套新衣服。山花穿着合体的衣服显得很精神,那瓜子脸型,笑眯眯亮晶晶的大眼睛讨人喜欢,只是个子矮点,皮肤有点粗糙。村里人说山花有福气,占着老板的大便宜了。

小黑心里像打翻了醋坛子一般,酸溜溜的不是滋味。因为他喜欢山花,心里暗恋着她,所以对老板怀恨在心,隐隐觉得他的存在对自己是一种潜在的威胁。

一个月后,山花跟城里的老板走了。那天晚上小黑失眠了。他恨老板,禁不住自言自语地骂:"你比我还黑,比我还丑,比我还大,管你叫叔,山花却乐意跟你走,你不就是有几个臭钱嘛。"

第二天,小黑也在村里消失了,村里人说:"这小子,又到城里浪荡去了。"也有人说他去北京找他表舅去了,他表舅开个大饭店,去学厨师了,说不准将来也是个饭店老板。其实,小黑去新疆找他大哥去了。他大哥在改革开放后不久随着一批村民迁移到新疆去了,当时凡是内地人支边的都得到政策扶持,只要带着简单的行李就可以了,迁移到新疆后,当地已为他们盖好了房子,置办了家具,拎包入住就安家了。新疆是一个广阔天地,地多人少,这些移民主要在那里包地种地,只要乐意干,你就有干不完的活,有付出,就有回报,他们年收入颇丰,不过几年光景,人们都富裕起来了。小黑见到大哥家住着三层别墅,还有高高的红砖院墙,安着铁大门。那红色大门雄伟、气派,雕着花的铁笼般的弧形门头,高高地支在左右两边的大铁柱子上,像机关或公园的大门,显得大气美观。院里铺着平坦的红砖，放着大型播种机、脱粒机、四轮拖车等现代化农用工具。小黑站在大院里，水灵灵的眼球瞧瞧这里又看看那里，被眼前的一切触动了心灵，情不自禁地自言自语："哥呀，这得花多少钱？你从哪里弄了这么多钱？老家哪有这样好的房屋？"又抬头看看高高的广阔蓝天，像镜面一样干净，觉得自己像到了另外一个世界，顿感天高、地阔、物博、空气清新。大哥穿一身蓝西装从屋里出来，站在小黑面前说："小黑，别回去了，跟着哥干吧，干上一年比在家干五年八年都强，家里地少，产量还低，这里地多，产量还高。就说在这里种植瓜果蔬菜吧，亩产一两千斤，对外直销，可卖万余元。在咱家仅够自己吃，谈不上收钱的事。"

小黑说："现在村里人也不常待在家里了，都外出打工了，不愿在土里刨钱了，可村里的变化并不大，要说变，就是把以前的土坯茅草房扒掉，盖起了红砖平房，谁都比不上你在这里干得好。"

大哥说："你知道这里富裕快的原因吗？快就快在先进技术上。"

小黑疑惑不解地问："啥先进技术？"

"比如说，这里使用的滴灌技术，使庄稼旱涝保收，保证高产。"

"啥叫滴灌技术呀？我没听说过。"

大哥嘿嘿一笑说："走，跟我到田地遛一圈就知道了。"

小黑和大哥来到村外一望无际的棉田里，看到一棵棵青枝绿叶的棉花长势喜人，棉田里摆着横七竖八的绿色胶管，有粗有细，像大方阵。小黑不知道这些胶管是干什么的，便问大哥："摆那么多胶管干啥？"

大哥背着手望着一望无际的田野说："这就是滴灌技术。"他伸手指着管道说，"你看，管道上有很多滴头，里面的水是通过滴头向土壤缓慢地滴水，供应水分、肥料，或其他化学剂，让水和养料慢慢滴进棉花根部的土壤里，这就是一种先进的滴灌技术。省水省工，旱涝保收，稳产增收。"

小黑感到好奇，仔细观察管道的组成，包括水泵、化肥罐过滤器、控制阀、测量仪表等，可以抽水、施肥、过滤，以一定的压力将水分和养料送入干管、支管、毛管及必要的调节设备。其次是滴头以点滴的方式滴入土壤中。小黑笑笑说:“大哥,真没想到你远在天边,竟然享用高科技了,可咱家乡还不知道这是啥玩意儿呢。如果咱家也用这种技术种地,不也富起来了?”

大哥点点头说:“一定会。不过咱家的基础差,舍不得扎本钱。”

“大哥,我不回去了,就在你这里干,给你打工,等有了本钱,我回老家,也推广这技术,再不愁干旱天颗粒不收了。”小黑自感脑子不笨,觉得自己学技术是正事,可以取长补短。他亲眼见到有技术的人不下苦力,日子照样过得很好。

“好,大哥支持你,帮贫致富是好事,你先做榜样。”大哥说。

三年后,小黑带一个白妞回村了。这白妞就是小黑的嫂子的妹妹,她和小黑在大哥家同吃同住同劳动,学会了科学种田。白妞看到小黑勤快能干聪明,对他产生了好感,二人建立了恋爱关系,商定回家乡科技致富。村里人说,这小子真中,八成是发财了,领回来个白妞,像明星一样。小黑嘿嘿直乐,说他俩以后就成村里的福星了,带着致富宝回来的,不信走着瞧。

（原载于《中国作家》2018 年第 5 期）

老　　师

班主任杨老师常年带初中毕业班，她带的班每年在全校毕业班中升学率最高。大家最敬佩她的是，即使差生到了她的班里，成绩也会很快赶上去。有人说她教学有方，可也有让她感到头疼的事，有段时间，班里同学常反映东西被偷，说是杨丽同学干的，但她没有事实根据，无法对杨丽进行批评教育，只是暗中观察。

有天下午放学了，轮到杨丽的小组值日。杨老师来到教室，看到杨丽和另外一个女同学正在弯腰扫地，杨老师两手抱臂悄悄地在教室里缓慢走动，像是在思考什么问题，目光注意到桌面上的一个黄色文具盒，她走过去打开文具盒，在盒里放了五元钱，没有合盖，便默默地走开了，谁也没有发现她的这一动作。杨老师走到教室门口，转身将另一位女同学喊出来，让她打扫室外卫生，屋里只剩下杨丽了。杨老师在院里转悠大约十分钟后，又去教室了，看看那个文具盒里的钱不见了，心里什么都明白了。她看看杨丽，杨丽仍像没事似的扫着地。她说："杨丽，你来一下。"

杨丽跟着杨老师来到办公室，站在门口。杨老师坐在窗口下自己的办公桌旁，抬头看着杨丽，杨丽也睁大圆溜溜的眼睛瞧着她，面无表情地问："杨老师，有什么事啊？"

杨老师一直很镇静，但此刻脸色阴沉下来，说："你拿文具盒里的钱没有？"声音不高，但很沉重。

杨丽心里一沉，感到惊讶，她怎么知道文具盒里有钱？便慌忙说："老师，我没拿。"

"你还不承认？"

杨丽心想，你凭什么这样说。出于对老师的尊敬，她没有说出口，如果是别人这么问，她会毫不犹豫地反问。她对老师说："我真没有，我身上就装了五块钱，是我妈给的，你不信，你搜。”她反应很快，拍拍自己的衣兜。

杨老师的目光一直盯着她：“你还不说实话？”

她急忙辩解：“我冤枉，我没拿人家的钱，你怎么这样怀疑我？”她皱着眉头很焦急，心想我死不承认，因为拿钱时没有任何人在场，为什么指定是我，不由得心生恨意。

“我实话告诉你吧，那文具盒里的钱是我放进去的，钱的右上角写了一个字，把你的钱掏出来看看有没有这个字。”杨老师很生气，但没有大发脾气怒吼，只是声音低、语气重，不这样一针见血地指出来，杨丽是不会承认的。

这时候，杨丽低下头瞧着地面，哆嗦着手伸进裤兜里，掏出那五元钱放在老师的办公桌上，整个人像放了气的皮球，再也弹不起来，软绵绵地说：“我错了，以后再不干了。”那声音像蚊子哼。

杨老师瞟一眼那五元钱，目光又移向她问：“以前班里同学多次反映东西被偷，都是你干的吗？”

她点点头，哭了，抬手抹抹泪。她以为别人都不知道，没想到老师知道得这么清楚，也认识到这是见不得人的耻辱事。刚开始偷东西心里“咚咚咚”直跳，担惊害怕，知道不该拿人家的东西，后来就觉得像吃了糖豆一样甜。因为自己需要的东西有了，不低三下四问父母要钱买了，再说父母也不一定答应她的要求。渐渐地，她就喜欢盯着人家的东西，如果有机会就窃为己有。

办公室里只有老师和她两个人，其他老师都下班走了，屋里很静。杨老师觉得这是最好的时机，她始终没有调高声音，怕伤害杨丽的自尊心，看着杨丽有悔过之意，心里感到高兴，因为目的就是让她改正错误。虽然杨老师的问话声音不高，但杨丽觉得句句话像千斤石砸在她心里，使她无地自容，精神崩溃。杨老师又接着说：“你知道这样发展下去的后果吗？”

“知道。”她低着头回答，脸上冒出了冷汗。接着又说，“今后我一定改正，求求您，千万不要对我爸妈说。”

“你能保证不再犯吗？”杨老师紧紧追问。

“我保证。”她抬起头爽快而坚定地说。

老师也消了气，看她的态度，也相信她会彻底改正错误，于是温和地说：“你放心，我一定为你保密，不会对任何人说。你知道老师这样做是为什么吗？是在挽救你，不然任其发展下去，闹不好还住局子呢，就会毁掉你一生的前程和幸福，你懂吗？”如果杨老师点不透，杨丽是想不到这些的，此言使她茅塞顿开，对老师由恨转爱，进而感激老师。

杨丽抬头望着老师说：“我懂了，杨老师，您全是为我好，以后看我的表现吧。”

杨老师站起来走到杨丽身旁，轻轻拍拍她的肩膀，像父母关爱儿女般亲切温和地说：“我相信你的话，你很聪明，我盼望你将来成为大学生、研究生，挣的钱花不完。好吧，你去吧。”

杨丽转身走的时候，深深地向老师鞠了一躬，说：“谢谢您，杨老师，我会永远记住您的话。”

三个月后，杨丽在期末考试中，成绩全班第一。

商　机

经过反复考虑，我决定经商挣钱。那是 20 世纪 90 年代，在一个月明星稀的夜晚，我和妻子雪英久未入眠，在昏暗的煤油灯下低声交谈。我倚着床头半躺半坐在床上，对身边的雪英说："我跟咱叔去趟省城，没想到外面的世界恁精彩，不但城市如画，而且城里人都很繁忙，分分秒秒都在挣钱。有工作的下班搞第二职业，甚至摆地摊。没工作的全力以赴经商，对他们来说时间就是金钱，人家的挣钱意识都很强，看看人家比比咱，稀里糊涂地熬日子，真的是白活了。"

"眼馋人家干啥？咱生来就是打土坷垃的命。"雪英脱下衣服，钻进被窝，给我个脊背，看着面前墙壁上贴的旧报纸叹口气说。

我们睡的床是父母的双人床，这是爷爷奶奶留下来的家产，木纹上像长了花斑，破旧不堪。如果在上面翻翻身就发出微弱的"嘎吱"声。为了节约房间空间，这床始终贴着后墙放，周围的墙壁上污迹斑斑，我结婚时找了几张报纸贴在墙壁周围。我们休息的习惯常常是我把边，雪英睡在里面。

"咱可以去省城打工，做生意，干它两三年准能挣大钱。"我紧接着说。

雪英翻身平躺着，望着布满尘灰污垢的房顶，撇撇嘴说："钱也不是好挣哩，别做梦了。"

"真的，我做梦都想挣钱，这穷日子我过够了，咱得想办法致富，人家出去就能挣钱，咱也不缺胳膊少腿，为啥不能挣。"我说得很认真，话音中带着硬气。

"谁不想富？那不是喷大话喷出来的。"雪英嘲弄道。

我双手抱臂，目光转移到对面的墙壁上，直直地盯着土坯墙壁发呆,想到当初因家穷父母逼迫妹妹为我换老婆的情景。令我难忘的是妹妹出嫁前的那天晚上,她不吃不喝躺在床上"呼哧呼哧"地哭泣,泪水像涌泉似的顺着眼角流,浸湿了枕头。眼睛哭得红肿,像蜜桃似的。她对自己的婚事极其不满,不愿看见跛腿丑陋的丈夫,可母亲跪在她面前苦苦哀求,妹妹万般无奈,只好答应了,于是,母女俩跪着抱头痛哭。我目睹这一幕,心里像一把钢刀在戳,心碎了,眼里噙着泪花悄悄地溜出家,来到村外那间破旧漆黑的炕房里,独自蹲到半夜,默默地流泪。我爱妹妹,疼妹妹,也不想叫她这样做,可为了讨老婆,实现父母的愿望——传宗接代,也只能这样做了。我明白这一切都是因为一个"穷"字,从那天晚上起我彻底痛恨起这个字来。

"睡吧,别胡思乱想了,钱不是好挣的。"雪英似乎认命了,没有什么理想和愿望。她是用我妹为我换来的媳妇,她家也是因为穷,父母逼她换亲,好在我是个四肢健全的人。她和我妹相比,对这桩婚事还是满意的。她又说,"前年,人家给俺哥领个媳妇,那是个四川妞,人家只要两千块钱,可俺拿不出。我还记得小时候,俺奶有病,因为没钱买药,慢慢熬死了。"

听雪英这么一说,我颇有同病相怜之感。我轻轻地理着雪英前额上的发丝,心里清楚不是因为家穷,她也不会嫁给我。我让她的头枕在我的臂弯里,瞧着她温言善语地说:"雪英,常言说,穷没根,富没苗。今后,我一定让你享福,咱一定要想办法挣钱,现在政策好了,鼓励群众致富。我认为致富的门道很多,有的是靠双手勤劳致富,有的靠智商致富,有的靠下苦力致富。我想靠智商致富是最便捷的一条路。"我边说边用另一只手指着自己的头,我小时候就是个爱动脑筋的人,上学成绩一直很好,上到高中,因家里穷,爹不让我上了。现在,我相信凭自己的智力就能致富。

"你别喷了,会有啥绝招?"

"我已经想好了,咱先到省城服装市场租间房,办服装专卖店,你先去经营,我暗中相助。等半月后,我再租一间房亲自经营,同样的品牌,同样的质量,你店的服装售价要高于我的一倍,不还价。

这样我这边的生意就‘火’了。”

“你到哪里弄本钱?”

“我找人贷款。”

“好贷吗?”

“只要给人家回扣,就好贷。”

“咱卖衣服可不能坑人家。”

我觉得雪英的心肠是善良的,说:“价格嘛,要比大商店的低,比自由市场的高。这就看咱进货的渠道和服装质量了。对,我想起了在杭州真丝厂工作的表姨,她那里专做丝绸服装,她一定会帮咱,到时候,她从那边给咱发货,我从这边接货,中间就节省了路费。”当时市场上流行丝绸服装,尤其是女人的各种花裙子、夹克衫、裤子等,穿着轻松、飘逸、凉爽,销售量大。

雪英的目光一下子亮了,对我充满了信任和希望,情不自禁地抬起头看看我说:“你还怪能哩,脑筋还会转转圈,看来我嫁你嫁对了。”

我发现她用从没有过的充满激情的眼神在直直地凝视着我,我俩的目光相遇了,刹那间碰出了心灵的火花。她伸手亲昵地抚摸着我的面颊,脸色立刻涨红起来,像一个熟透的红苹果。我从内心里迸发出一股无法遏制的激情,禁不住吻吻她的面颊,雪英紧紧地抱住了我……

不久,我的经商计划实施了,两个月后,我在省城服装市场成了名人,那个从外地搬来的“小老板服装店”,里面的服装款式新颖,价格低廉,做工精细,全是上等的丝绸料,招来很多追求时尚的摩登女郎,生意红火。我成了小老板,殷勤地为顾客服务。那天正当满屋顾客熙熙攘攘争相购买服装时,雪英怒气冲冲地闯进来责怪我:“你还叫我做生意吗?同样的服装,你卖价恁低,是不是想砸我的牌子?”购衣者有的用白眼翻她,有的嘴里嘟囔“管得着吗”。我假装生气地把脸扭向一边说:“自由市场,自由买卖,我赔我赚用得着你管吗?”雪英发火了,指着我近乎怒吼:“你到别处去卖,别在我眼皮下做买卖。"我不再吭声，但心里清楚，这是俺两个一唱一和在演戏，但顾客不知。

晚上，我关上服装店里的门，在里面打开折叠床，突然听到"咚咚咚"的敲门声，我猜想是雪英来了，果然是她，她面带微笑进屋，反身把门锁上，说她今天只卖了一件衣裳，还是卖给老外了。

"中啊！卖一件吃半月。"我乐呵呵地说。

"这哪像做生意？几天不卖一件，这倒好，你这边撑死了，我那边饿死了，干脆，我把那边的货全搬过来。"

"不行，样品必须挂着。叫你好好休息休息，还有啥不愿意。"我提醒她说。

她最关心的是我的销量，转移话题问："今天卖了多少钱？"

"你猜猜。"我心里甜蜜蜜的，情不自禁地微笑着说。

雪英兴致勃勃地猜着说："五六百吧！"

我从两个鼓囊囊的裤兜里掏出一把一把的钞票，放在伸开的折叠床上，对雪英说："你数数吧！全在这里。"

雪英高兴地数着钱，我在一旁整理着零乱的服装，片刻，雪英像小孩似的手舞足蹈，咧着嘴笑，又弯腰搂着我的脖子在面颊上"啾"亲了一口，我瞧着她兴奋的样子问："卖了多少钱？"

"整整卖了一千六百五十块，净赚八百，我真不敢想啊！"雪英小孩似的欢天喜地，从未这样高兴过。

"你知道能卖这么多钱的原因吗？"我问。

她爽快地回答："因为我要价高。"

我说："也不完全是。主要因为今年流行真丝服装，穿着柔软凉爽透气，有汗了还不沾身，轻得像羽毛似的，另外，同样的牌子、质量，大商店每件卖一百五十块，咱卖一百，而且货全。消费者都不傻，大多是逛了商场做了比较才来买的。"

"只要咱的货销得快，先把钱赚到手，用不着死抠价钱，就这一件衣裳还赚几十块哩。"雪英茅塞顿开地说。

"你现在迷过来啦？薄利多销是经商常用的一种手段。"我看着雪英身上穿着以前的旧衣服，再看看我们服装店里满屋新衣，款式新颖,我说:“雪英,咱这么多好衣服,你可以挑着穿,咋不穿呢?”

她笑笑说:“我舍不得,一件衣服能赚几十块呢。”

我伸手指指她说:“你傻吧,为了钱,就不知道享受了,咱的衣服穿着凉快舒服。”我从挂满墙壁的衣服里取下一套绿底带梨花图案的衣服说:“这套不错,你试试,保证穿上好看、凉爽。”

雪英笑着说:“我不配穿这么贵的衣裳。”

我说:“你试试,只管穿。”

雪英穿上这套衣服,马上像变了个人似的。我看着她身材苗条,胸部丰满,臀部微翘,有女性特有的曲线美,像演员一样,和城里的姑娘一样美。我暗自为娶个漂亮老婆而高兴,当即说:“别脱了,穿着吧。”没想到第二天,她又将那套衣服挂到墙上卖了,赚了五十块钱。为这事我埋怨她不该这么节省,她只是笑笑,说等以后再穿。这一年我们挣了六万元,这是我做梦也没想到的。

后来一次偶然的机会,我又发现了另一种赚钱的商机。春节来临,我同雪英乘火车回家过年,快到本县城时,我透过车窗看到贴近铁路有一座普通民房,京九铁路刚刚建成使用,铁路穿过这里要拐个弯道,那房子正好对着弯道处。那是三间红砖平房,外面还有高高的围墙,安着朱红色铁大门。我突然冒出个想法,感到这座民宅所处的位置很好,可它荒废在这里很可惜,如果我拥有了它,就会使它产生较大的价值。我家居住在县城郊区的一个小村子里,距县城不远。我熟悉城内的地理环境,在城里还有很多同学朋友,想打探这座房子的房主不难。我找房主的目的是想问问这座房子是否出租或售卖。

我回到家里先给几家广告公司打电话,向他们说明情况,都同意合租下来当“广告墙”,并且商定了广告费。我喜出望外,心里就有了底。第二天就给城里的同学打电话,让他们帮我寻找房主,很快便有了回音。我找到那房主聊天,从他朴实的穿戴和诚实的交谈中,我断定他是一位普通市民,六十多岁,老实、温和、善良,这样的人在生活中称为好人,没有那么多心眼,不坑人害人,还热心帮人,但他的经商意识和办事能力就会差一些。我问起房子的事,他一脸愁容，哭诉道："这三间房子前几年就盖起了，近两年门前的铁路一开通，火车成天轰隆轰隆，烦死人了，家里人不愿住，都搬回老房了。你说要是家具能搬就搬搬，可这房子咋搬？算俺倒大霉了，花了钱盖了房，一点用处都没有，这钱不就打水漂啦？"

我说："大叔，你愿意卖吗？"

他苦笑着说："谁买呢？"

我直截了当地说："我买，出五万，你卖不卖？"

房主翻眼看看我，递给我一支烟，不信任地冷冷一笑，说别开玩笑了，租都租不出去，你还掏钱买哩。

我摆摆手，意思是不抽烟，主要关心的是房子问题，便直截了当地说："大叔，我不是开玩笑，如果你同意卖，咱们现在就签合同。"我很认真地说。

我们就在大街旁商议此事，好在天气不太冷，阳光充足。大叔靠墙蹲着，从兜里掏出打火机准备给自己点烟，手指缝夹着烟卷，咧嘴嘿嘿直乐，面颊像两个小馒头似的鼓胀着，稀疏的眉毛舒展了，眼睛眯成一条缝。他想不到会有这种好事，房子临铁路，荒废多年，不值啥钱，怎么也没有想到有人竟然出这么多钱来买。当时盖这房子花了两万多，现在还能赚两万多，这是天大的好事，只是觉得这人是吃憨药了，还是缺心眼？无论怎样，要抓住机会来赚钱，接着他爽快地说："你要说话算数，咱马上就签合同，免得回去变卦。"

"大叔，你放心，今天咱就把这事办妥。"我说得很干脆，随即从兜里掏出提前写好的合同，只需在上面签个名。

我们当即签好了合同，各持一份，大叔站起来怜悯地看了我很久。我站起来将合同装在衣兜里，抬头见大叔还在呆呆地看我，我说："怎么啦，大叔？您后悔啦？"

大叔摇摇头说："孩子，有点亏了你，到时候我再退你点钱。"

我说："大叔，不必了，您老人家弄钱不容易，我算是个生意人，只要生意好，天天都见钱，您回去吧。"我觉得老人确实是好人。

我拿着签好的合同回到家里，却遭到全家人反对。雪英立刻气得脸色发紫，双颊的肌肉抽搐，五官挪位，一双充满仇恨的眼睛死死地盯着我，像野兽一般怒吼："你是一个十足的大傻瓜，猪脑袋，哪里的房子买不来，偏买那个火车吼叫鬼哭狼嚎的地方，挣几个钱怕烧死你了，怕烫死你了，怕咬死你了？"她怒气冲冲地从我手里一把夺过合同，"刺啦刺啦"撕得粉碎，把碎纸片砸在我头上，纸片纷纷扬扬落在我面前。我从来没见过雪英这么凶，她是恼恨到了极点。

父母也在一旁火上浇油谩骂不止。父亲怒目圆睁，脖子里的青筋鼓起来，像一条条蚯蚓趴在那里，跺着脚指着我骂："你是胆大包天，瞎球折腾，眼里根本就没我这个老子，这么大的事你也不跟家人商量，家人辛辛苦苦挣几个钱容易吗？你说买那房子有啥用？你去住？"

母亲伸着指头捣我的头，咬牙切齿地瞪着我说："孬种货，鳖孙货，家里咋出你这个败家子。家里的钱你一分都不能动，你动，我跟你拼命。"

他们一个个像竹筒倒豆子似的滔滔不绝，容不得我插话。

我坐在小木凳上低垂着头，极力控制着自己，任他们泄愤，将想说的话说尽，经过一阵血淋淋的批斗和辱骂后，我才冷静地说："京九铁路是一条忙碌的交通大动脉，每天有几十辆火车从这房前穿过，因为是弯道，火车在这里要减速，又因为这三间房子的周围很空旷，房子显得很突出，成了一道风景，可以用这房子的外墙做成绝妙的广告墙。我已经与几家公司通了电话，他们愿意合作租'广告墙'，一租三年，每年支付租赁费五万元。这样一年的房租就把本钱赚回来了，这生意有啥不能做？"

一场争论结束了，父亲靠着门板抽闷烟，母亲去厨房做饭去了，雪英像扎破的车轮，泄气了，不再吭声了。

我说："买下这房子后，还要住人看管广告图案。我想好了，叫秀秀和雪强搬过去加工衣服，把租人家的房子退了，住咱这房子，咱不要他们一分钱的房租，他俩既能做衣服，又有了一个稳定的家。"妹妹秀秀会裁剪做衣服，妹夫雪强给她当帮手，近两年来他们在县城里做衣服，把做好的成衣对外批发卖，日子也好过多了。

雪英听我这么一说，那副面容由阴变晴，而后温和地说："明天咱就去取钱，赶快把房子买下来，先叫我哥和秀秀搬过去。"

不久，省城的饮料公司包下了"广告墙"，刷上了鲜艳醒目的大幅广告，饮料公司的五万元专款也打到了我的账户上。

洋　　装

天中原来是一位乡村民办教师,看到村里的中青年劳力都进城打工了,发现他们家吃的住的穿的用的都有了新变化,尤其是原来的旧房渐渐减少,红砖平房渐渐增多,想到走出去一定能挣钱,不安分的心思时刻困扰着他,不久便辞去教师工作到省城和老乡干建筑承包工程,他负责财务和购料,没几年就成了大款。人有钱了就觉得腰板硬了,底气足了,说话声音也大了,穿戴也讲究了,精神头也格外足了,有什么新的理想和愿望很容易就实现了。他的理想是出国旅游,很快就付诸行动,在国外游了一圈,购一些心爱的物品,其中有一套心爱的洋装,回来穿在身上,有一种超凡脱俗的感觉。心想怪不得人们崇洋媚外,这洋货就是好,不但布料好,而且做工细腻,款式新颖,穿在身上感觉洋味十足,还很可体,将他肥胖的身躯掩饰得苗条多了,没有水缸腰了。某日,他穿着这套洋装到办公室炫耀起来,兴致勃勃地说:"你们猜我这套服装多少钱?"

有人翻翻衣襟看看说:"不错,千把块?"

有人说:"一两千吧?"

"七八百?"也有人这么问。因为当时普通人穿百八十块钱的衣服就不错了,因为他是有钱人,大家猜多猜少只是随口一说,与自己没什么关系。

天中摇摇头笑笑:"你们眼力不行,不识货,三千多呢。这是最新流行款,世界名牌'爱马仕',穿着感觉就是不一样,你们没看出我和以前有变化吗?"

办公室里坐着一位大伯,歪着头看着他笑笑说:"咋没变化,像羊群里跑出来个驴,不伦不类。"

天中白他一眼苦笑着说:“您是哪个年代的人哪?思想守旧,和时代格格不入,满脑陈规陋习,懂啥?”又低头打量着身上的衣服说,“这叫新潮,懂不懂?不赶潮流,就会被社会淘汰。”说着摇摇头,“没法和您沟通。”

老人乐呵呵地说:“在毛主席时代,这是严重的资产阶级思想表现,典型的崇洋媚外,妖里妖气的,是批判对象,你还觉得怪美呢。”

天中不在意他怎么说,只是认为老人腐朽顽固,适应不了改革开放新风尚新思想新事物新变化。他想到同事说20世纪80年代初,刚时兴烫发头,女孩都想赶时髦。有一个单位领导看不惯手下几个女孩的烫发头,专门把她们叫到一起,伸手指着她们很反感地说,看看你们的头发,本来好好的,非弄个鸡窝头,有什么好看?一个个像大头鬼一样。她们的发型像个绣球,发丝都曲曲弯弯蓬蓬松松,显得头很大。那位领导接着说,明天县里领导要到咱单位来检查工作,看看你们这个样子咋见人?都弄成了这玩意,像啥?中国人咋要学外国种?现在都给我回去把头发捋直。他青紫着脸大发雷霆,几个女孩吓得目瞪口呆,没有一个人吱声。这几个女孩都没有结婚,同住一个寝室,回到寝室后,有的伸手拽着捋头发,有的用热毛巾捂着头发,有的把头发弄湿用梳子一遍一遍梳头发,都想尽快把头发捋直。烫发不容易一下子恢复原样,几个女孩折腾了一宿,只是使小卷发变成了大卷发。第二天来单位检查工作的领导临走时说,你们单位的几个女孩气质不错,看着都怪洋气呢。那位批评烫发的领导只是笑笑没吭声,但心里想,人的审美眼光不同啊!

平时天中穿戴是比较讲究的,但人到中年,加上营养过剩,身板也发福了。他身上穿的那套暗黄色洋装确实很新潮,在国内是很少见的。柔软而富有弹力的布料,后面带着披肩帽,既可以当衣领,又可当帽子使用,还有腰带在后面系着。前门缀着用布条缝成绳子再用手挽成的疙瘩扣,似乳头那么大。款式土洋结合,收腰身,款型有点瘦长,与众不同,很有个性,穿上显得人苗条、精神。

天中笑眯眯地说:“我一穿上这套服装,就是感觉不一样,这八戒肚子水桶腰,咋就没了,就像舞台上的书生一样,格外神气、利索。你说这外国货怎么恁大魔力呢!”

有位朋友随声附和:“那是,那是,物有所值,俗话说,掏钱多,买盐多,这话不假,何况还是外国货。”

某日,天中走在大街上看到一位中年男子,穿的衣服和自己的一模一样,他睁大眼睛盯住他,慌忙上前询问:“你的服装在哪里买的?”

中年男子上下打量着他笑笑说:“你也买了这个款型的服装啊?”话音里饱含着感谢之意。

天中觉得此人不凡,不是大款,就是掌大权的人,否则绝对不买这么贵重的衣服,说:“同志,咱俩这服装一样,你花多少钱买的?”

中年人说:“就在本地,布料八十,做工六十。我就是服装设计师,产品远销国内外,感谢你看中了我设计的这套服装。”

“你真是人才。”天中尴尬地说。心想,天哪,洋鬼子坑死人哪!